대야망 1

대야망 1
분열

이원호 지음

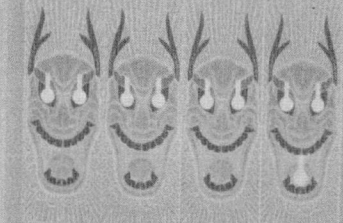

한결미디어

저자의 말

'대야망'으로 '난세의 영웅', '삼국지'에 이은 역사무협소설을 완결한다.

주인공 이산의 파란만장한 생(生)은 임진년의 왜란부터 시작하여 청(淸)의 건국, 2대 황제 홍타이지 시대까지 이어진 것이다.

청의 2대 황제 홍타이지는 이산의 친자(親子)였으며 이괄의 아들 이전은 홍타이지를 도와 명(明)을 멸망시켰다. 청(淸) 황실에 조선인의 유전자가 섞여있었던 것이다.

기록을 참조했으나 사건과 시간, 공간을 기반으로 새로운 역사를 펼치겠다는 의도였다. 한반도에 묶여 제대로 된 전쟁 주역으로 된 적이 없었던 역사에 대한 한(恨)도 섞여 있었다.

이산의 '대야망'은 가능한 이야기다. 태조실록을 읽으면서 숨겨지다가 어쩔 수 없이 드러나는 대국(大國) 명의 그림자를 본다. 이게 무슨 나라냐? 태조대왕 좋아하네, 물론 대왕(大王)은 우리가 붙여줬지만,

그래서 이산의 '난세의 영웅', '삼국지' 그리고 '대야망'은 우리에게 있어야만 하는 영웅전설이다.

내가 여러번 머리말에서도 썼지만 역사는 승자의 기록이다. 그리고 그 승자

는 자신의 주변을 합리화시키고 미화한다. 그래서 그 '쫌생이'를 영웅으로 배우는 후손들의 스케일이 작아질 수밖에 없다.

여기 대야망의 '이산'이 있다. 기록에는 없지만, 그 시대에 배출될 수 있는 인물이다. 왜? 조선인의 영웅은 없다고 생각하는 거냐? 만들기 나름이지, 뭐, 삼손, 조자룡, 하다못해 미야모토 무사시 정도로 묘사해주지는 못할망정,

김유신이 기생집에 안간다고 작심한 어느날, 말에 타고는 잠이 든 김유신을 애마가 자주가던 대로 기생집 앞에 데려다주었다는 것이다.
잠이 깬 김유신이 놀라 기생집으로 데려다준 애마의 목을 칼로 베어 죽이고 그 결심을 지켰다는 영웅담,

지금은 강아지 밥을 안줘도 난리가 나는 세상이기도 하지만 그런 '영웅담'을 잘 못 만들었다.

그래서 이렇게 나는 끝없는 '영웅담' 중 하나인 '대야망' 시리즈를 종결한다.

2025. 08. 18
이원호

차례

저자의 말 | 4

1장 아마가이의 수난 | 9

2장 강홍립의 투항 | 60

3장 유대도(大刀)의 전사 | 122

4장 이산과 누르하치의 대결 | 183

5장 황제를 살려주시오 | 245

6장 암살단 | 307

1장
아마가이의 수난

강홍립이 이끈 1만 3천의 조선 병이 요동에 닿았다. 명(明)은 5만을 요구했지만 어쩔 수 없이 1만 3천을 수용한 것이다.

명 조정은 도독 유정을 후금 정벌사로 임명하여 전군(全軍)을 지휘하도록 했다.

유정은 왜란 때도 도독 직임으로 조선에 내려왔던 인물이다.

용감하고 무용이 출중해서 전투에는 선봉에 서서 대도(大刀)를 휘둘렀기 때문에 유대도라고 불렸다.

"오, 그대가 왔는가?"

전위현의 진에서 유정이 강홍립의 인사를 받는다.

이때 유정도 58세.

강홍립과 동갑이다.

유정과 강홍립은 왜란 때 조선에서 만난 사이다.

더구나 나이도 같아서 서로 호감을 느끼고 있다.

"장군, 오랜만에 뵙습니다."

"오, 벌써 20년이 되었는가?"

"21년이 되었습니다."

"이런. 그대도 많이 늙었구나."

"장군께선 22년 전과 똑같으시오."

둘이 덕담을 주고받는 사이에 둘러선 장수들의 분위기도 밝아졌다.
유정이 말했다.
"먼 길을 왔으니 군사를 쉬게 하고 오늘은 술이나 마시세."

인사를 마치고 진으로 돌아오면서 부원수 김경서가 강홍립에게 말했다.
"도원수, 명(明)은 10여만 군사라고 하더니 진을 둘러보니까 5만 정도밖에 되지 않습니다."
"서북쪽에 전충이 거느리는 서북면군 20여만이 있어."
목소리를 낮춘 강홍립이 말을 이었다.
"서북면군은 지금 봉천의 누르하치를 상대하는 중이고, 유정은 나머지 병력을 모아 태음령 서북쪽의 개양성을 맡은 것 같다."
"우리가 이산의 상대가 된단 말씀이오?"
놀란 김경서가 발걸음을 늦췄을 때 강홍립이 쓴웃음을 지었다.
"바라던 바야. 그것이 조선군이 살길이네."

개양성의 청.
편지에서 시선을 뗀 이산이 앞에 앉은 윤직을 보았다.
조선의 도승지 윤직이 광해의 밀사로 온 것이다.
미시(오후 2시) 무렵.
청에는 대장군 신지, 최경훈, 군사 스즈키와 요중까지 둘러앉아 있다.
"잘 읽었소. 강홍립에게도 말을 해놓으셨다니 연락이 곧 오겠지."
"예, 도원수가 노련한 사람이니 군사를 사지(死地)로 내몰지 않을 것입니다."
"조선 조정은 어떻소?"
이산이 묻자 윤직의 표정이 어두워졌다.

"실리를 취하는 정책을 펴고 있습니다. 도읍을 교하로 옮기기 위하여 기초공사 중이고 왜국과도 물물교류를 시작했습니다. 토지를 개간한 자에게 5년 동안 세금을 물리지 않도록 왕명을 내렸습니다."

"잘하시는군."

"천민을 해방하려고 관비를 없애는 중입니다. 그러나 유생들의 반발이 심해서 진행속도가 늦습니다."

"왕권이 강화되고 있소?"

"파벌의 뿌리가 너무 깊어서 왕명이 늦게 내려갑니다."

"1천 년간 손바닥만 한 땅에서 서로 싸움질이나 해왔기 때문이오."

이산이 고개를 저었다.

그때 최경훈이 헛기침을 했다.

"강 도원수가 우리와 내통하고 있다는 정보가 나가면 틀림없이 명에 밀고하는 자가 생길 것이오. 그것을 핑계로 반란이 일어날지도 모르니 조심하시오."

"알고 있습니다."

"지난번에 파당의 씨를 말리고 왔어야 했는데 잘못했소."

그때 이산이 말했다.

"조선의 운명이야. 나는 할 만큼 했다."

유정이 보낸 도위 장윤은 전충과 안면이 있는 장수다.

한때 전충의 휘하 장수였기 때문에 유정이 보낸 것이다.

전충의 본진 청 안.

장윤이 전충에게 말했다.

"상장군, 도독께서 기마군 3만, 보군 7만을 청하셨습니다."

전충은 딴전만 보았고 장윤이 말을 이었다.

"조선군은 이미 도착했습니다. 그러니 시급하게 군사를 보내주시기 바랍니다."

"이봐, 도위."

전충이 몸을 기울여 장윤을 보았다.

청 안이 조용해졌고 전충의 말이 이어졌다.

"나는 누르하치를 상대하고 있네. 내가 뚫리면 누르하치는 곧장 장성을 넘어 북경으로 내려갈 거네. 알고 있지 않은가?"

"예, 압니다."

"그럼 군사를 보내줘야 하겠나? 도성이 무너지면 도독이 승전해도 소용이 없지 않겠나?"

"그건 그렇습니다."

"누르하치는 30만이 넘는 대군이네. 거기에 비하면 나는 20만 정도야."

"상장군, 이산군도 30만 가깝게 됩니다."

"제각기 맡은 적을 상대해야 하네. 도독은 조선군까지 원병으로 받았지 않나?"

"도독이 시급합니다. 이산군이 움직이고 있어서……."

그때 전충이 고개를 저었다.

"그렇다면 황궁의 태감한테서 명령서를 받아오게."

숨을 들이켠 장윤을 향해 전충이 말을 이었다.

"내가 유 도독의 지시를 받으라는 명령서 말이네."

장윤이 숨을 죽였다.

그렇게 된다면 전충은 서북면절도사 직을 내놓고 또 사라질 것이다.

그렇다고 환관들이 전충을 잡아 죽일 수도 없는 상황이다.

이산은 개양성에서 움직이지 않았다.

이곳 대륙의 전쟁은 넓은 땅에서 길게 이어지는 것이 일반적이다.

조선 땅에서 일어나는 전쟁과는 다르다.

기다리고 물러났다가 다시 전진하는 대륙의 전쟁이다.

패권을 향한 전쟁이 대부분 이렇게 진행된다.

순찰대와 함께 적정을 살피고 온 요중이 이산에게 보고했다.

"유정이 요동태수가 지휘하는 각 지방의 병력을 모으고 있습니다. 조선군까지 포함해서 약 15만 가깝게 됩니다."

"전충은 지원군을 내지 않는 모양이군."

이산의 말에 요중이 정색했다.

"유정이 북경에 사람을 보내 총지휘권을 달라고 했다는데요."

"그렇겠지. 지휘관을 둘 내보낸 건 환관다운 인사다."

고개를 든 이산이 주위를 둘러보았다.

"이 상황에서 유정군(軍)을 먼저 격파하는 것이 이롭겠다."

"그렇습니다."

옆에 앉아있던 스즈키가 고개를 끄덕였다.

"위충현이 전충이나 유정 둘 중 하나에게 지휘를 맡기기 전에 한쪽을 깨뜨리는 것이 낫습니다."

"인목대비가 한을 품고 있습니다."

좌찬성 고경이 말하자 광해가 외면했다.

장덕궁의 내실 안이다.

방에는 둘이 독대하는 중이다.

고경이 말을 이었다.

"전하, 반란 세력의 중심은 인목대비입니다. 영창이 죽은 것을 안 후부터 대비는 사람을 모으고 있습니다."

"대비는 놔두어라."

광해가 외면한 채 말했다.

그렇다.

인목대비가 뿌리이며 수괴다.

인목대비는 유영경 등의 종용에도 불구하고 광해에게 언문 교지를 내려 왕으로 즉위하게 했지만, 미련은 버리지 못했다.

어린 영창을 왕으로 올렸다가 해코지를 당할까 두려웠고 유영경 등의 권신들을 제어할 자신도 없었기 때문이다.

그러다가 영창이 죽은 것을 안 후부터 독기를 품었다.

고개를 든 광해가 고경을 보았다.

"능양군은 지금 어디 있느냐?"

"예, 근신하고 있습니다."

고경이 번들거리는 눈으로 광해를 보았다.

"감시병을 붙여두었습니다."

"끈질긴 가계다."

광해가 쓴웃음을 짓고 말했다.

"인빈 김씨의 가계 말이다."

고경은 고개만 떨구었다.

과연 그렇다.

선조는 인빈 김씨한테서 4남 5녀를 낳았다.

그만큼 총애했다는 증거다.

공빈 김씨한테서는 2남을 낳았는데 임해군과 광해군이다.

인빈 김씨의 왕자 중 둘째인 신성군은 왜란이 시작된 해에 죽었다. 그 신성군을 선조는 총애했는데 살았다면 세자가 되었을 것이다. 신성군이 죽자 선조는 인빈 김씨의 셋째 아들 정원군을 옆에 두고 살았다.

그 정원군의 장남이 능양군이고 셋째가 능창군이다.

그 능창군을 왕으로 추대한다는 모의가 발각되어서 사화가 일어났다.

그 일로 능창군이 자살한 것이다.

능창군은 임진왜란 때 죽은 신성군의 양자로 입적되었던 인물이다. 총명하고 기상이 비범해서 대북파의 경계를 받아왔다.

그러다가 신성군이 세자가 되지 못했다는 것에 한을 품은 소북파, 또 다른 파당들이 신성군의 양자인 능창군을 옹립하려는 음모를 꾸미다가 발각된 것이다.

"아아!"

광해가 갑자기 탄식했다.

"나도 강홍립과 함께 대륙으로 나갈 걸 그랬구나."

고경이 숨을 죽였을 때 광해가 말을 이었다.

"이산이 청소를 하고 돌아갔어도 잡초의 뿌리가 깊게 박혀 있어."

"전하, 쉽게 풍토가 바뀌지 않는 것 같습니다."

고경이 겨우 그렇게 위로했다.

최경훈에게 꾸지람을 받았지만 보르츠는 위축되지는 않았다.

그것이 상관에게 보고하지 않았다는 절차 때문인 것을 알기 때문이다. 그래서 그 후에는 1천인장 가르단을 대동하고 민정(民政)을 배웠다. 적극적인 성품인 데다 머리도 영민했고, 무엇보다도 소탈했다. 포용력도 커서 금세 군사들의 사랑을 받았고 주민들이 좋아하는 1백인장이 되었다.

"가르단, 오늘은 어디로 가는가?"

보르츠가 묻자 가르단이 말고삐를 당기면서 속도를 늦췄다.

"여기서 30리(15킬로) 정도 떨어진 한족 거주지입니다."

"한족인가?"

"예, 한족 이주민이 많습니다."

가르단이 말 배를 붙여 오면서 말을 이었다.

"우리 여진족은 다 합쳐도 80만도 안 됩니다, 공자님."

"그렇군."

"대륙으로 넘어가면 그곳에는 한족이 수억 명입니다."

"수억이라니, 얼마야?"

"예, 1만 명 부대가 1만 개 있는 것이 1억이지요. 그것이 몇 개 더 있는 숫자입니다."

"실감이 안 난다. 난 기껏 1백인장이야."

보르츠가 힐끗 뒤를 따르는 1백 기의 기마군을 보았다.

1천인장 가르단은 휘하 군사를 두고 왔기 때문이다.

그때 가르단이 말했다.

"공자님, 공주님께서 저를 불러 말씀을 주셨습니다."

보르츠의 시선을 받은 가르단이 말을 이었다.

공주님이란 보르츠의 어머니를 말한다.

"공자님께 세상을 정확하게 알려주라고 하셨습니다."

"나는 내 눈으로 보는 것만 믿을 거야."

보르츠가 웃음 띤 얼굴로 가르단을 보았다.

거주지의 중심에 있는 주택이 관리소 역할을 했다.

말에서 내린 보르츠가 마당으로 들어서다가 걸음을 멈췄다.

옆쪽 담장에 붙어 앉아있는 두 여자를 보았기 때문이다.

유시(오후 6시) 무렵.

11월이어서 싸늘한 날씨다.

둘은 넝마 같은 장옷을 머리에서부터 뒤집어썼고 몸을 웅크리고 있다.

보르츠가 다가가자 둘은 엉거주춤 일어섰다.

그러자 하나는 중년이고 다른 하나는 젊은 여자인 것이 드러났다.

둘 다 겁에 질린 표정이다.

"왜 여기 앉아있나요?"

보르츠가 한어로 물었다.

보르츠는 어렸을 때부터 여진어와 함께 조선어, 한어를 배웠다.

이산과 차드나가 철저하게 언어 교육을 시켰다.

그때 젊은 여자가 대답했다.

"땅을 얻으러 왔습니다."

낭랑한 목소리다.

이제 보르츠의 옆에 가르단이 다가와 섰다.

보르츠가 다시 물었다.

"그런데 왜 여기 앉아있는 겁니까?"

"저희 모녀한테는 땅을 주지 못하겠다고 해서요."

"그래서요?"

"지쳐서 쉬고 있습니다."

"왜요?"

"먼 길을 왔기 때문에요."

"어디서 왔는데요?"

"산둥(山東)성에서 왔습니다."

"산둥이 어디야?"

고개를 돌린 보르츠가 가르단에게 물었다.

"여기서 2천 리쯤 됩니다."

가르단이 여자들을 훑어보면서 대답했다.

"먼 길을 왔군요. 산해관을 지나왔겠지요."

보르츠가 다시 여자들을 보았다.

"그런데 왜 땅을 주지 못한다는 겁니까?"

"남자가 없기 때문입니다. 식구가 우리 둘뿐이거든요."

"왜 남자가 없어요?"

"다 죽었습니다."

그때 보르츠가 입을 벌렸다가 닫았다.

왜 남자가 죽었느냐고 물으려다가 만 것이다.

숨을 고른 보르츠가 가르단을 보았다.

"이 여자들을 씻도록 하고 옷을 갈아입히게."

"예, 공자님."

가르단이 선선히 대답했고 보르츠가 이어 말했다.

"그리고 밥을 먹이게."

술시(오후 8시)가 되었을 때 이산이 청에서 사내 하나를 마주 보고 있다.

기름등 빛에 비친 사내는 지친 기색이다.

그때 사내가 고개를 들고 이산을 보았다.

"도독 유정은 곧 남진(南進)할 작정입니다. 기마군 3만, 보군 5만이 앞장설 것이고 각 지방에서 차출된 약 7만가량의 보기(步騎)가 뒤를 따를 것입니다."

잠시 말을 그친 사내가 숨을 고르고 나서 이산을 보았다.

"조선군은 처음에 선봉을 세우려고 했지만, 내부에서 조선군이 도망치면 전군이 무너진다는 말이 있었기 때문에 후미로 돌렸습니다."

사내는 강홍립이 보낸 밀사다.

이제 명군(明軍)과의 대전(大戰)이 시작되었다.

"긴 싸움이 될 것입니다."

여진 출신의 군사(軍師) 요중이 말했다.

"우리 여진족은 팔기군이 중심입니다. 한족, 몽골족도 팔기군으로 조직해서 편입시켜야 합니다."

"그렇다."

이산이 고개를 끄덕였다.

여진에 팔기군(八旗軍)을 도입한 것이 바로 이산이다.

그때 스즈키가 말했다.

"일단 소규모 단위로 조직했다가 공에 따라서 승진시키는 것이 낫습니다."

이렇게 한족, 몽골족의 팔기군이 결성되었다.

결전이 임박하면서 팔기군의 세(勢)도 급격히 늘리려는 것이다.

지금까지 독자적인 한족, 몽골족의 팔기군이 없었기 때문이다.

"아군은 기마군 12만, 보군 14만이 되었습니다."

신지가 말했다.

그동안 양성한 병력이 조금 늘었다.

영지의 주민이 늘어났기 때문에 지금도 지원자가 늘어나는 상황이나.

이산이 입을 열었다.

"대기하라."

아직 유정이 지휘하는 명군(明軍)은 움직이지 않았다.

오늘도 민정 시찰을 나간 보르츠가 한족 거주지에 들렀을 때는 미시(오후 2시) 무렵이다.

관리소의 청으로 들어선 보르츠에게 관리소장인 1백인장이 다가와 보고했다.

"이틀 전에 보살피라고 하셨던 모녀가 객사에 있습니다. 어떻게 할까요?"

"아, 그렇구나."

잊고 있었기 때문에 보르츠가 청에 앉으면서 말했다.

"데려오게."

잠시 후에 두 여자가 마당을 건너 다가왔는데 보르츠가 눈을 크게 떴다.

전에 본 여자들이 아니다.

특히 젊은 여자는 다르다.

뽀얀 얼굴, 검은 눈동자와 선명한 얼굴 윤곽, 큰 키, 날씬한 몸매.

거지가 선녀로 변한 것 같다.

그때 청 밑에 다가선 두 여자가 보르츠를 보았다.

"도와주셔서 고맙습니다."

나이든 여자가 먼저 입을 열었다.

"이제 곧 떠나겠습니다."

"어디로 간단 말인가?"

보르츠가 묻자 여자는 주춤하더니 대답했다.

"농사는 해본 적이 없어서 땅을 얻어도 저희한테는 무리인 것 같습니다. 살기가 어려워서 무작정 찾아왔지만 다른 일을 찾아보겠습니다."

"너희들은 전에 무슨 일을 했나?"

옆쪽에 앉아있던 가르단이 묻자 나이든 여자는 입을 다물었고 젊은 여자가 입을 열었다.

"전 태사 허윤의 딸이고 이 사람은 제 유모입니다."

"태사 허윤?"

"예, 하남성의 태사였는데 반란죄에 연루되어 참형을 당했고 가족도 몰사했지만 저는 유모하고 도망쳐서 이곳에 온 것입니다."

여자의 검은 눈동자가 흐려졌지만 목소리는 또렷했다.

그때 보르츠가 물었다.

"그대 이름은?"

"허진입니다."

고개를 끄덕인 보르츠가 아래쪽에 서 있는 1백인장에게 말했다.

"집을 한 채 구해주고 양식을 대주게."

"예, 공자님."

1백인장이 바로 대답했다.

두 여인의 시선을 받은 보르츠가 자리에서 일어섰다.

그러나 둘과 시선을 마주치지 않았다.

"출동했습니다."

신지가 이산에게 보고했을 때는 신시(오후 4시) 무렵.

강홍립의 밀사가 다녀간 지 열흘이 지난 후다.

개양성의 청 안이다.

신지가 말을 이었다.

"선봉은 유주자사 한국필이 기마군 3만, 보군 4만을 이끌고 있습니다. 그리고 중군에 유정을 중심으로 기마군 4만, 보군 5만, 후군에 조선군, 몽골군 등이

3만 5천입니다."

기마군 7만여 명, 보군이 12만 5천이다.

이산이 지휘관들을 둘러보며 말했다.

"1군이 출동한다."

모두 숙연했고 이산의 말이 이어졌다.

"긴 싸움이 될 것이니 서둘 것 없다."

1군은 대장군 신지가 지휘하는 기마군 4만, 보군 5만이다.

유정군보다 숫자는 열세다.

신지가 고개를 숙였다.

"가겠습니다."

오래전부터 준비해 온 상태다.

일본에서부터 수백 번 대소(大小) 전쟁을 치른 터라 신지는 이웃집에 마실 나가는 자세다.

그리고 허식을 싫어해서 말투도 간결했다.

명군의 총대장 유정 또한 조선전쟁 이전부터 수많은 전쟁을 치른 백전노장이다.

중군의 진막에서 유정이 선봉장 한기필에게 지시했다.

"이보게, 자사. 이산군(軍)의 대장군 2명 중 하나가 선봉군을 맡을 것인데, 첫 번째는 조선인 순찰사 출신인 최경훈이야. 그놈이 대군을 지휘한 적은 없지만, 병법에 통달하고 용의주도한 인물이라는 소문이 있어. 참고하게."

"예, 도독."

한기필이 고개를 끄덕였다.

"명심하겠소."

한기필은 44세.

유정의 휘하로 여러 번 전투에 참여한 경험이 있다.

서로 뜻이 통하는 사이인 것이다.

고개를 든 유정이 둘러선 장수들에게 말했다.

"모두 자리를 비워라. 자사에게 할 이야기가 있다."

장수들이 서둘러 진막을 나가고 둘이 남았을 때다.

유정이 흐려진 눈으로 한기필을 보았다.

"이보게, 자사."

"예, 도독."

"군사들이 어떤가?"

"용장 밑에 약졸이 없지요. 제 부하 장수들이 제 몫은 합니다."

"그럴까?"

"지휘관 옆에 감독관으로 제 수하를 하나씩 붙여 놓았습니다."

"지휘관들도 알고 있겠구만."

"당연하지요."

"내가 보기에는 지휘관 대부분이 전쟁에서 목숨을 내놓을 의지가 없네."

한기필의 시선을 받은 유정이 쓴웃음을 지었다.

"그 이유가 뭔지 아는가?"

"황제 폐하에 대한 충성심이 없기 때문이겠지요."

"옳지. 그대도 아는구나."

쓴웃음을 지은 유정이 말을 이었다.

"이런 상황에서는 1백만 대군을 모으고 있어도 지는 싸움이야."

"……."

"내가 조선에서 싸워봐서 알아. 거기에서는 백성들이 의병을 조직해서 수십만 왜군을 물리쳤네. 백성이 뭉치면 대군도 무너지네."

"민란처럼요."

"지금 우리 명군(明軍)은 대의가 없네."

"도독, 무슨 말씀을 하시는 겁니까?"

"정면으로 부딪치지 말게."

"예, 도독."

"그렇다고 도망치면 안 되네. 그때는 걷잡을 수 없이 군(軍)이 무너지게 될 테니까."

"압니다, 도독."

"길게 끌도록 하게. 그래야 불쌍한 병사들의 목숨을 구하게 되네."

그러자 한기필이 길게 숨을 뱉었다.

"명심하겠습니다."

한기필이 선봉군을 끌고 떠난 다음 날 오후에 유정이 보고를 받았다.

본진의 진막 안에는 장수들이 모여 있었는데, 강홍립도 끼었다.

군사(軍師) 양세규가 보고했다.

"여진군은 팔기군(八旗軍) 1만인대(隊)로 9개가 됩니다. 기마군이 4만, 보군이 5만입니다."

"흥. 깃발로 구분이 되니 군세(軍勢)를 파악하기가 쉬워서 좋다."

유정이 가벼운 표정으로 물었다.

"이산이 지휘하고 있나?"

"아닙니다. 왜인으로 신지가 1군 사령관이 되어서 전군(全軍)을 지휘하고 있습니다. 이산은 아직 개양성에 있는 것 같습니다."

"신지에 대해서 누가 아는가?"

유정이 물었지만 아무도 대답하지 않는다.

그때 유정이 입맛을 다셨다.

적장에 대해 모른 채 전쟁을 시작하게 되었다.

청으로 들어선 보르츠가 숨을 들이켰다.

청 안에 이산까지 와 있었기 때문이다.

어머니 차드나가 불러서 온 보르츠다.

술시(오후 8시) 무렵이다.

그때 이산이 말했다.

"거기 앉아라."

보르츠가 앞쪽 의자에 앉았을 때 이산이 말을 이었다.

"한족 거주지의 두 여자를 돌보아주고 있느냐?"

놀란 보르츠가 차드나를 보았지만 시선을 보내지 않는다.

숨을 들이켠 보르츠가 이산을 보았다.

얼굴이 붉어져 있다.

"예, 아버지."

"그 여자하고는 어떤 관계냐?"

"불쌍해서 돌보아주고 있습니다."

그때 차드나가 입을 열었다.

"내가 그 말을 듣고 그 아이를 만났다."

보르츠가 몸을 굳혔고 차드나가 말을 이었다.

"애가 교양이 있고 성격이 강인한 데다 착했어. 더구나 빼어난 미모고."

"……."

"그래서 네 아버지도 그 애를 만나보셨다."

"……."

이산이 말했다.

"하지만 그 아이는 네 신부로 교육을 받아야 한다. 그러니 부모가 허락할 때까지 만나는 건 금한다. 알았느냐?"

"예, 아버지."

보르츠가 고분고분 대답했다.

얼굴이 다시 붉어져 있다.

보르츠가 방을 나갔을 때 차드나가 웃음 띤 얼굴로 이산을 보았다.

"보르츠는 군주(君主)가 되면 선정을 베풀 거예요."

차드나가 말을 이었다.

"절제력이 강하고 백성들의 지지를 받는 군주가 되겠죠. 아바가이보다 자질이 나아요."

"차드나, 말 삼가시오."

"아바가이도 당신의 아들이지만 내 말이 사실이란 건 당신이 더 잘 아실 텐데."

"그런 말이 보르츠한테 위험하다는 건 당신이 알겠지?"

"난 누르하치 황제의 여동생이에요. 그것도 동복의 막내 여동생."

"차드나."

"하고 싶은 말은 다 해요. 그리고 오빠도 이해해줄 것이고."

차드나가 웃음 띤 얼굴로 이산을 보았다.

"아바가이가 오빠의 뒤를 이어서 후금 황제가 되고 나서 보르츠가 그 뒤를 이으면 되겠지요?"

"……."

"보르츠의 자질이 뛰어난 것을 알고 나서 그 생각이 더 굳어졌어요."

"차드나, 나한테 약속해주시오."

정색한 이산이 차드나를 보았다.

"이것은 보르츠의 생사가 걸린 일이니 나하고 약속을 해줘야겠소."

"뭔데요?"

"보르츠는 당신과 내 자식이오. 그러나 당신이 지금 그런 이야기를 꺼낸다면 황제 폐하가 오해하실 수 있소. 후금 제국을 이산의 자식들이 농단한다는 오해 말이오."

"……"

"그래서 보르츠의 생명까지 위험하게 될 수 있소."

"아니, 누가 감히 내 아들을. 오빠는 절대 그럴 분이 아닙니다."

"그때는 황제께서 말씀하시기 전에 내가 보르츠를 죽여야 할 것이오."

순간 차드나가 눈을 치켜떴지만 입을 열지는 않았다.

이산이 말을 이었다.

"그 방법밖에 없소. 황제 폐하의 우려를 덜어드리려면 말이오."

"……"

"그러니 차드나, 약속해주시오, 앞으로는 그런 말을 누구에게도 꺼내지 않는다고. 그것이 우리 자식을 위한 일이오."

"알겠어요. 약속할게요."

차드나가 외면한 채 말했다.

"말 꺼내지 않을게요."

다음 날 오전.

이산이 청에 나온 대장군 최경훈을 불렀다.

이미 대장군 신지가 군사를 이끌고 전장으로 떠난 후여서 청 안은 뒤숭숭했다.

최경훈과 둘이 청 옆의 회견실에 마주 보고 앉았을 때 이산이 어젯밤 차드나와의 대화를 말해주었다.

이야기를 마쳤을 때 최경훈이 굳어진 얼굴로 이산을 보았다.

"공주께서 위험한 행동을 하십니다."

"폐하를 너무 믿고 있어."

이산이 한숨을 쉬었다.

"너무 순수해서 그렇다."

"폐하 입장으로는 주군의 자식들이 계속해서 황제를 이어가는 것입니다. 옆에서 부추기는 사람도 있지 않겠습니까?"

"……"

"그리고 아바가이 님의 자식이 생겨날 것 아닙니까?"

고개를 든 이산이 최경훈을 보았다.

"보르츠를 전선으로 투입하게."

최경훈이 숨을 들이켰고 이산의 말이 이어졌다.

"내 아들이니 전장(戰場)도 겪어봐야지."

신지는 팔기군(八旗軍)을 거느리고 신중하게 전진했다.

장관이다.

제각기 8개 색깔의 깃발을 등에 꽂고 달리는 기마군과 보군의 위용에 구경꾼이 모일 정도였다.

그러나 서둘지 않아서 강을 만나면 우회했고 길이 험하면 쉬었다.

이곳은 개양성에서 2백 리 떨어진 우창현의 황무지다.

술시(오후 8시) 무렵.

닷새 만에 2백 리를 전진했으니 느린 셈이다.

"명군(明軍)도 3백 리를 남진(南進)했습니다. 서두르지 않습니다."

척후장의 보고를 받은 신지가 이를 드러내고 웃었다.

"한기필이 노련한 장수인 것 같다."

이제는 명군의 전력을 다 파악해놓은 상태였고 지금은 지휘관의 성품을 검토하는 중이다.

신지가 말을 이었다.

"열흘쯤 후면 부딪치게 되겠지."

아바가이가 누르하치 앞에 불려왔을 때는 사시(오전 10시) 무렵이다. 봉천은 후금(後金)의 황성이 된 후에 궁(宮)을 여러 개 세웠는데, 누르하치는 동궁(東宮)의 청 안에서 아바가이를 맞는다.

"왔느냐?"

아바가이의 인사를 받은 누르하치가 말했다.

청 안에는 대신들이 도열해 있었기 때문에 숙연한 분위기다.

용상에 앉은 누르하치는 이때 60세.

아바가이는 27세다.

누르하치가 지그시 아바가이를 보았다.

"이번 전쟁은 네가 맡아라."

고개를 든 아바가이를 향해 누르하치가 말을 이었다.

"너한테 기마군 6만, 보군 8만을 내주겠다. 군사(軍師) 정문기가 너를 보좌할 것이다. 너는 지금부터 총사령이다."

"예, 아버님."

"세자로서 첫 대전(大戰)이지만 공(功)에 집착하지 마라."

"예, 아버님."

"네 상대는 명(明)의 대원수 전충이야. 아래쪽 유정의 군사는 대원수가 맡을 테니 서로 협조하도록."

"예, 아버님."

고개를 든 아바가이가 누르하치를 보았다.

처음으로 대군(大軍)을 이끌게 되었다.

가슴이 벅찼지만 아바가이는 어금니를 물고 참았다.

위아래로 형제가 수십 명이다.

자신은 일찍 세자가 되었지만 경쟁자가 될 형제들이다.

더구나 숙부들의 자식까지 합하면 숫자가 몇 배로 늘어난다.

모두 부족장이고 사병(私兵)을 거느리는 장수들이다.

그래서 누르하치는 일찍 세자를 정한 것이다.

세자궁(宮)은 황궁의 오른쪽이다.

아직 궁(宮)을 짓지 않아서 서너 채의 건물을 사용하고 있었는데 안채로 들어선 아바가이를 세자비 한윤이 맞았다.

"출정하시게 되었다면서요?"

관모를 받아든 한윤이 물었다.

한윤은 이제 세자비에 익숙해져서 몸가짐에도 품위가 배어났다.

그러나 둘만 있는 경우에는 태도가 자연스럽다.

아바가이가 고개를 끄덕였다.

"그래. 이번에 처음 대군을 지휘하게 되었어."

"축하드려요."

"정문기가 군사야."

"잘되었습니다."

여진 땅에 온 지 이제 9년이 넘은 한윤이다.

방으로 들어온 아바가이가 앞쪽에 앉은 한윤을 보았다.

"어머님께 다녀왔소?"

"예, 벌써 하드락, 자이툰, 보르둑 왕자비가 와 있더군요."

"다른 왕자비도 오겠지."

"그러겠지요."

아바가이의 시선을 받은 한윤이 얼굴을 펴고 웃었다.

"신경 쓰지 마세요. 이젠 당신이 대군을 맡아서 출정하게 되셨어요."

"알고 있지만 내궁(內宮)의 잡음이 심해."

아바가이가 말을 이었다.

"나에 대한 험담은 모두 주변에서 흘러나오는 거야."

왕자들이다.

누르하치는 지금까지 부인 12명을 내궁에 들였는데 앞으로도 또 늘릴 것이다.

그때 한윤이 말했다.

"오랍나랍 후비가 아들을 데리고 병문안을 왔더군요."

한윤이 말을 이었다.

"도르곤 왕자가 많이 컸습니다. 6살인데 8살쯤으로 보이고 영리했습니다."

아바가이가 고개만 끄덕였다.

요즘 아바가이의 모친인 차연이 몸살로 앓아누웠기 때문에 왕자비늘이 문안을 오는 것이다.

차연이 세자의 모친이기 때문에 그렇다.

오랍나랍 후비는 이번에 병문안을 왔는데 아들인 도르곤을 데리고 왔다는 것이다.

도르곤은 아바가이의 배다른 동생이 되는 셈이다.

정문기는 한인으로 산시(山西)성 방산 출신이다.

산시성에서 태사를 지내다가 직을 던지고는 여진에 투항했다.

세상을 바꾸겠다고 결심했던 것이다.

49세.

가족은 피신 중에 다 죽었다.

정문기가 아바가이에게 말했다.

"세자 저하, 전충은 제가 잘 압니다. 용장(勇將)이라기보다 지장(智將), 덕장(德將)에 가깝습니다."

정문기가 정색하고 아바가이를 보았다.

"저하께서는 자신의 결점이 무엇이라고 보십니까?"

"나 말인가?"

아바가이가 주위를 둘러보는 시늉을 했지만 진막 안에는 둘뿐이다.

이곳은 외성의 벌판에 마련된 출정군의 대장군용 진막 안이다.

정문기가 사람을 물리쳤기 때문에 둘뿐인 것이다.

아바가이가 입을 열었다.

"남을 믿지 못하기 때문에 사람 만나기를 기피하는 경향이 있는 것 같네."

"또 있으십니까?"

"성품이 급해, 격하고. 하지만 그때마다 참기 때문에 그렇게 보이지는 않겠지."

"다 말씀하시지요."

"예민하고 정에 약하네. 그리고 끈질겨서 원한을 쉽게 잊지를 못해."

고개를 든 아바가이가 정문기의 시선을 받더니 쓴웃음을 지었다.

"이 정도인 것 같네."

"그만하면 군왕으로 손색이 없으시오."

정문기가 염소수염이 달린 턱을 들고 아바가이를 보았다.

눈이 흐려져 있다.

"그것만 알고 계시면 성군(聖君)이 되시리라."

"왜 그런가?"

"자고로 명군(名君)이라고 불린 군주 중 결점이 없는 분이 없으셨습니다."

정문기가 말을 이었다.

"그리고 이런 대화를 나눈 분도 없으셨습니다."

"설마 그렇겠나? 전해지지 않았을 뿐이겠지."

"저하께서는 왕자가 많다는 것에 불안감을 느끼십니까?"

"난 여덟 번째이고 내 위로 왕자 여섯이, 아래로도 여섯이 있네. 더구나 내 강력한 후원자이신 어머니가 병환 중이야."

아바가이가 쓴웃음을 짓고 정문기를 보았다.

"그리고 내 어머니는 생모(生母)가 아니시거든."

"압니다."

정문기가 고개를 끄덕였다.

"지금까지 저하께선 잘 처신하셨습니다. 그리고 앞으로도 염려하실 것 없습니다."

"알다니, 뭘 말인가?"

"여진 부족장들까지 다 알고 있는 사실 아닙니까? 저하께서 양자로 오셨다는 것 말씀입니다."

"난 조선인이네."

"조선은 문화를 갖춘 땅입니다. 명(明)보다 더 훌륭한 문명을 이뤘지만 좁은 땅에서만 서로 부대끼다 보니까 당파라는 악습이 병균처럼 번졌지요."

정문기의 눈이 흐려졌다.

"그것만 빼면 개개인의 품성은 천하제일입니다. 그 피를 이어받으신 저하께서 대륙으로 옮겨오신 것입니다."

정문기의 목소리가 열기를 띠었다.

"저는 저하의 수하로 임명되자 하늘이 내리신 축복으로 생각했습니다. 처자식을 희생하고 여진으로 온 대가를 받은 것입니다. 저는 저하를 대륙의 주인으로 만들 것입니다."

군사를 모으고 출진 준비를 하는 데 열흘을 잡았다.

그동안 아바가이는 매일 어머니 차연의 병문안을 갔다.

한윤과 함께 간 적도 있다.

아바가이가 출전하기 전날.

그날은 아바가이가 한윤과 함께 병문안을 갔다.

"너희들 왔느냐?"

둘을 본 차연이 환하게 웃었다.

처음에는 몸살인 줄 알았더니 차연은 기력을 잃고 식욕이 떨어졌다. 약을 쓰다가 주술사까지 불렀지만, 병명을 모른 채 시름시름 한 달을 끌고 있다.

그동안 누르하치도 세 번이나 다녀갔다.

둘이 앞쪽에 앉았을 때 차연이 손을 저어 둘만 남기고 시녀들을 내보냈다.

방에 셋이 남았다.

향냄새가 진한 방이다.

상반신을 침대에 기대고 앉은 차연이 둘을 번갈아 보았다.

"너희들이 의좋게 살아서 보기 좋구나."

"고맙습니다."

한윤이 인사를 했지만 아바가이는 쳐다만 보았다.

그때 차연이 아바가이에게로 고개를 돌렸다.

"아바가이."

"예, 어머니."

"젖을 떼지도 못한 너를 데려와 내 젖을 먹여 키웠다."

"예, 어머니."

"마른 줄 알았던 내 젖이 나오더구나."

"……"

"넌 내 아들이다."

"예, 어머니."

"네 생모(生母)의 무덤에는 가보았어?"

"안 갔습니다."

"불쌍한 여자야. 널 두고 가면서 얼마나 가슴이 아팠을꼬?"

"어머니."

"아직 젖을 떼지도 못한 너를 두고 말이다."

"어머니."

"내가 그 심정을 지금 절절하게 느끼고 있구나."

"어머니, 이젠 그만 쉬세요."

다가간 아바가이가 차연의 어깨를 감싸 안았다.

"내 어머니. 오래 사셔야 해요."

아바가이가 차연의 어깨를 당겨 안았다.

"전쟁 치르고 돌아올게요."

"아바가이."

손을 뻗은 차연이 아바가이의 손을 잡았다.

그러고는 다른 손을 한윤에게 내밀었다.

"아가, 네 손을 다오."

한윤이 내민 손을 쥔 차연이 흐린 눈으로 말했다.

"너도 부모를 잃고 만리타향에 네 남편 하나를 의지하고 있구나."

"어머니."

한윤이 마침내 흐느껴 울었다.

"어머니, 왜 그런 말씀을 하세요."

"너희들은 후금의 황제, 황비가 되어야 한다."

차연이 가쁜 숨을 내쉬며 말했다.

"알았느냐?"

"예, 어머니."

"아바가이, 참고 기다려라."

"예, 어머니."

그때 차연이 침대 끝에 등을 붙였기 때문에 아바가이가 시녀를 불렀다.

한윤이 얼굴의 눈물을 닦는다.

8기군(八旗軍)의 14군(軍)이 출진하고 있다.

1군(軍)은 1기군(旗軍)을 말한다.

1군은 1만 명 단위의 부대다.

장군이 이끄는 군단으로 각각 8기(八旗)로 구분되어 있다.

8기(旗)는 황, 청, 백, 적의 4개 색상에다 각각 테두리를 적색으로 만든 3개 군이며, 적(赤)색의 테두리는 백색으로 만들었다.

　봉천을 떠난 대군은 곧장 서진했는데, 목표가 전충이 이끄는 서북면군을 향해서다.

"전충은 진을 벌리고 맞는 자세입니다."

이미 척후를 여러 번 보낸 정문기가 아바가이에게 말했다.

"아래쪽 유정군(軍)도 천천히 동진(東進)하고 있습니다. 서둘지 않습니다."

"군사, 우리도 서둘 이유가 없지 않은가?"

"그렇습니다."

정문기가 고개를 끄덕였다.

"전의(戰意)로 말하면 우리가 더 높습니다. 시간이 지날수록 우리가 유리합니다."

사방에서 민란이 일어나고 있어서 여진군과 구분이 안 되는 상황인 것이다.

말 배를 붙인 정문기가 말을 이었다.

"이 기회에 각 기장(旗將)을 장악하도록 하시지요."

1만 기를 이끄는 장군은 부족장급이다.

그리고 같은 부족을 중심으로 1만 기가 구성되어 있어서 큰 과오가 없는 한 세습되고 있다.

아바가이가 고개를 끄덕였다.

누르하치의 의도를 짐작한 것이다.

　백기군(白旗軍)의 수장(首將) 오르타이는 50세.

건주여진 나남족 족장이며 백테군 수장(首將) 카벤의 부친이다.

백테군은 백기(白旗)에 적테를 두른 군단이니 부자가 2개 군단을 이끄는 셈이다.

아바가이가 이끄는 보기(步騎) 14군(軍) 수장 중에서 족장이 9명이나 되는 것이다.

오르타이가 아바가이의 진막에 들어왔을 때는 출진 이틀째가 되는 날 술시(오후 8시) 무렵이다.

"아바가이 님, 우리 백기군(白旗軍), 백테군이 선봉을 서지요. 허락해주십시오."

앞자리에 앉은 오르타이가 대뜸 말했다.

"제가 기마군을 이끌고 앞장을 서겠습니다. 저하고 카벤은 손발이 맞습니다."

진막 안에는 군사(軍師) 정문기와 다른 기(旗)의 수장 서너 명이 더 있었지만 모두 침묵을 지켰다.

그때 아바가이가 웃음 띤 얼굴로 오르타이를 보았다.

"지금은 선봉을 정할 때가 아니지만 전충의 군사가 3백 리쯤 거리가 되었을 때 군사(軍師)와 상의하겠소."

"아바가이 님, 선봉은 출진하면서 정해도 됩니다."

정색한 오르타이가 말을 이었다.

"황제께서는 대부분 출진 전에 선봉을 정하셨지요. 저도 여러 번 선봉을 맡았습니다."

아바가이는 시선만 주었고 오르타이가 말을 이었다.

"선봉군은 대단히 중요합니다. 전쟁의 승패가 선봉군에 의해서 좌우되지요."

아바가이가 고개를 끄덕였다.

오르타이는 백기군(白旗軍), 백테군의 통합 사령관으로 후금(後金) 제국에서는 나남왕의 작위를 받았다.

부족 왕이라는 명예직이다.

따라서 법으로 정하지는 않았지만, 황제 추대에도 영향력을 행사했다.

부족장들이 반대하면 황제에 오르는 데 장애가 되는 것이다.

그때 아바가이가 고개를 끄덕였다.

"그렇다면 나남왕이 이번 원정군의 총사령을 맡는 것이 낫겠소."

눈만 크게 뜬 오르타이에게서 아바가이가 시선을 돌려 정문기를 보았다.

"폐하께 전령을 보내 나남왕께 총사령 직을 넘긴다고 하게."

아바가이가 말을 이었다.

"나는 나남왕한테 전략을 배우면서 휘하로 종군하겠다는 서신을 보내게."

"아니, 아바가이 님."

오르타이가 아바가이를 보았다.

눈동자가 흔들리고 있다.

"나는 그런 자격도 없고 그럴 생각도 없습니다."

"내가 대군을 지휘하는 것이 처음이니 어설프게 보일 수도 있겠지."

아바가이가 고개를 들어 정문기를 보았다.

"군사 이동을 중지시키고 이곳에서 숙영한다."

"예, 세자 저하."

정문기의 목소리가 진막을 울렸다.

고개를 든 정문기가 진막 안의 장수들을 둘러보았다.

"저하께서 별도 지시를 내리실 때까지 이곳에서 숙영하겠소."

그날 밤.

오르타이의 진막 안에 셋이 둘러앉았다.

오르타이와 아들인 백태군의 수장 카벤, 그리고 오르타이의 참모이자 나남족의 원로인 시리곤이다.

셋의 표정은 어둡다.

그때 고개를 든 오르타이가 시리곤을 보았다.

"폐하께 전령이 갔어?"

"예, 오후에 떠났습니다."

"사흘 후면 돌아오겠군."

"아버님."

카벤이 상반신을 굽히고 오르타이를 보았다.

"이대로 기다리고만 있으실 겁니까? 조처를 해야 합니다."

"무슨 조처를 한단 말이냐?"

오르타이가 역정을 내었다.

"나는 자원해서 선봉을 서겠다고 한 거다. 그것을 아바가이가 트집을 잡은 거야."

"아바가이가 잘됐다 할 겁니다. 함정에 빠진 느낌이 듭니다."

"그래서 어쩌란 말이냐?"

"행동으로 옮겨야 합니다."

"이놈이 큰일 날 소리를."

"아버지, 이미 큰일은 난 겁니다."

눈을 부릅뜬 카벤은 30세.

나남족 족장의 후계자다.

나남족은 부족원이 8만.

건주여진의 25개 부족 중 대형 부족 측에 든다.

카벤이 말을 이었다.

"아버지, 대열에서 이탈하든지 아니면 아바가이의 머리를 들고 전충에게 가든지 해야 합니다."

그때 오르타이가 어깨를 부풀렸다가 내렸다.

"아바가이가 내 의도를 안 것 같군."

"아버지, 누르하치가 어떤 지시를 내릴 것 같습니까?"

카벤이 이제는 누르하치 이름을 불렀다.

그때.

지금까지 듣기만 하던 시리곤이 고개를 들었다.

"아바가이 님은 족장의 의도를 예상하고 있던 것 같습니다."

옆에 앉은 카벤이 숨을 죽였을 때 시리곤이 말을 이었다.

"이미 살은 시위를 떠났습니다. 과녁에 맞느냐 안 맞느냐만 남았을 뿐이오."

"영감, 게으른 한족처럼 공자 말씀만 늘어놓지 마라."

오르타이가 핀잔을 주었다.

"지금 나남족의 생사가 걸린 문제야."

"족장."

시리곤이 번들거리는 눈으로 부자(父子)를 보았다.

원로 시리곤은 65세였으니 오르타이보다도 15년 연상이다.

그러나 이만 빠졌을 뿐이지 정정했고 말을 타면 하루에 300리를 달린다.

그때 오르타이가 말했다.

"우리가 선봉군을 지원한 것은 아바가이의 명령을 받지 않고 독자적으로 활동하려는 목적이었어."

오르타이가 둘을 번갈아 보았다.

그렇다.

오르타이의 생각이다.

그래서 전투가 일어났을 때 부족을 희생시키지 않으려는 의도였다.

나남족은 건주여진의 대부족 중 하나다.

누르하치 부족과 대등한 관계였다가 북부 4개 대부족장의 투표에 의해서 대족장의 위치를 빼앗긴 것이다.

누르하치가 그 여세를 몰아 여진 부족을 통일하고 후금(後金)의 황제가 되는 것을 눈을 빤하게 뜨고 바라보고만 있어야 했다.

그래서 이번 전쟁에 아바가이의 수하가 되어서 방패막이가 되는 것을 참을 수가 없었다.

시리곤이 말을 이었다.

"이왕 이렇게 되었으니 가만있을 수는 없소."

"영감 생각은 뭔가?"

"전충에게 밀사를 보냅시다."

시리곤이 목소리를 낮췄다.

"기마군을 이쪽으로 급파하게 만들고 주위를 산만하게 하는 겁니다."

"……"

"그리고 그사이에 우리가 아바가이의 본진을 급습하는 것이오."

둘이 숨을 죽였고 시리곤의 눈이 번들거렸다.

"위사대 30여 명을 추려서 전충의 암살대로 위장시킨 다음 아바가이를 베어 죽이는 것이오."

"……"

"물론 그때 전충의 군사가 주위를 소란하게 만들어야겠지요."

"좋다."

고개를 든 오르타이가 시리곤을 보았다.

"밀사를 보내라."

오르타이가 고개를 돌려 카벤을 보았다.

"너는 암살대를 모아라."

시리곤과 카벤이 자리에서 일어섰다.

아바가이가 하바진에게 말했다.

"여기서 대원수가 계신 곳까지는 1,500리. 밤낮으로 달리면 이틀 길이냐?"

하바진이 고개를 들었다.

"예비마를 네 필씩 끌고 가면 됩니다."

"뵙고 전해라."

"예, 아바가이 전하."

"폐하께도 전령을 보냈지만 대원수께서도 상황을 아셔야 할 것이다."

"예, 전하."

고개를 든 하바진이 말을 이었다.

"현재 상황만 말씀드리면 됩니까?"

"그렇다."

아바가이가 고개를 끄덕이자 하바진이 절을 하더니 몸을 돌렸다.

자시(밤 12시) 무렵.

1백인장 하바진은 지난번 아바가이와 함께 이산을 따라 조선까지 다녀온 적이 있다.

하바진이 진막을 나갔을 때 정문기가 아바가이에게 말했다.

"세자의 첫 전쟁 때 내부 분란이 일어난 셈입니다. 기수장(旗首將)들이나 원로 대신들의 마음이 흔들릴 수 있습니다."

"그런가?"

아바가이가 쓴웃음을 지었다.

"출진하자마자 내부 정리를 하는 거야."

"그렇습니까?"

정문기가 고개를 들고 아바가이를 보았다.

정문기는 여진에 투항한 지 2년이 채 안 된다.

그래서 여진 부족 내부의 상황에 대해서는 잘 모른다.

아바가이가 말을 이었다.

"나남족장 오르타이는 아버님의 경쟁자였어. 지금도 오르타이를 중심으로 대여섯 명의 부족장, 기수장(旗首將)들의 세력을 갖고 있지."

"그렇군요."

정문기가 천천히 고개를 끄덕였다.

"폐하께서 오르타이 같은 거물을 세자께 붙여 보내신 이유를 알 것 같습니다."

"무슨 이유라고 생각하는가?"

"이번 기회에 오르타이를 처리하시는 능력을 보여드려야 할 것 같습니다."

"내 생각도 그러네."

아바가이가 웃음 띤 얼굴로 정문기를 보았다.

"내 휘하에 오르타이 같은 거물을 두고 주의 말씀도 하지 않으셨어."

그때 정문기가 고개를 들었다.

"오르타이가 지금 어떻게 하고 있는지를 알아야 합니다."

정문기는 목숨을 걸고 명(明)을 탈출해 온 경험이 있다.

청기장(靑旗將) 차하드는 48세.

오르곤족의 부족장을 겸하고 있다.

오르곤 부족원은 5만 5천.

차하드의 청기군(靑旗軍)은 보군으로 1만 명 병력 중에 한족과 몽골 부족이

4천여 명 포함되어 있다.

오르곤 부족의 병력으로는 1만을 채울 수가 없었기 때문이다.

이것이 여진군의 현실이다.

만일 이산이 팔기군(八旗軍) 체제를 만들지 않았다면 누르하치의 서진(西進)은 아직 이루어지지 못했을 것이다.

"아니, 웬일인가?"

술시(오후 8시) 무렵.

부대가 정지되어 있기 때문에 차하드는 아들과 함께 술을 마시는 중이었다.

아들 고방은 8척 장신의 거구로 1천인장이다.

놀란 차하드가 시리곤을 맞았지만 긴장한 기색이 역력했다.

지금 아바가이군(軍)은 출진하자마자 내분 상태다.

그 원인이 백기군(白旗軍)의 선봉 지원 때문이 아닌가?

"드릴 말씀이 있어서."

위사가 안내한 앞쪽 자리에 앉으면서 시리곤이 말을 이었다.

"우리 부족장은 황제 폐하께 충성서약서를 보낼 예정입니다. 내일 오전에 전령이 갑니다."

"아, 그래야지."

술잔을 든 차하드가 고개를 끄덕였다.

"그럼 백기군(白旗軍)은 선봉을 사퇴할 것인가?"

"그래야지요. 그래서 내일 세자께 사퇴하고 물의를 일으킨 것에 대해 사죄를 할 것입니다."

"잘되었어. 모두 그대가 건의했겠군."

"아니올시다."

쓴웃음을 지은 시리곤이 말을 이었다.

"부족장은 자숙하는 의미로 후군(後軍)을 자원하기로 했습니다."

"후군을……."

놀란 차하드가 술잔을 내려놓았다.

여진군은 선봉이 명예다.

후군은 낙오병, 패잔병이 모이는 곳으로 되어있기 때문이다.

차하드의 시선을 받은 시리곤이 한숨을 쉬었다.

"어쩔 수 없습니다. 세자께 불손했던 죄를 그렇게라도 해서 사죄를 하는 수밖에요."

"그럼 내분은 해결되겠군."

차하드가 얼굴을 펴고 웃었다.

"아니. 내분이라고 할 것도 없지. 이것으로 결속이 더 굳어질 거요."

시리곤이 돌아갔을 때 고방이 이맛살을 찌푸리고 차하드에게 물었다.

"아버님, 그런데 시리곤이 이곳에 온 목적이 뭘까요?"

"내일 일이 다 풀릴 것이라고 말하러 다니는 거다."

차하드가 말을 이었다.

"최선을 다하고 있다는 것을 알리는 거야."

"그렇군요."

"아마 각 기족장(旗族長)마다 돌아다니면서 알릴 거야. 그래서 만일 황제 폐하나 아바가이가 내리는 심한 처사에 동정심을 끌어내리는 것이지."

차하드가 눈을 가늘게 뜨고 고방을 보았다.

"오르타이는 만만한 인간이 아니야. 그래서 이번에 폐하가 아바가이 세자의 부대로 편성했을 때 나도 의아했었는데 사흘 만에 이 사달이 났다."

"내일 어떤 결과가 날까요?"

고방이 물었지만 차하드는 대답하지 않았다.

그날 밤.

자시(밤 12시) 무렵이 되었을 때 1백인장 유스노리는 말굽 소리를 들었다.

수백 기의 말굽 소리다.

"무슨 일이야?"

이맛살을 찌푸린 유스노리가 버럭 소리치면서 진막에서 뛰어나갔다.

이곳은 본영의 서쪽, 황기군(黃旗軍)의 동쪽 외곽 초소다.

그때 말굽 소리가 2백 보쯤 앞으로 다가오더니 곧 남쪽으로 돌려졌다.

"정찰병을 보내!"

유스노리가 소리쳤다.

"어느 부대 놈인지 알아내라!"

부대가 이동한다는 연락이 없었기 때문이다.

곧 이쪽에서 3, 4기의 기마병이 진속력으로 달려 어둠 속에 모습을 감췄다.

잠시 후에 돌아온 순찰병이 유스노리에게 보고했다.

"놈들은 남쪽으로 사라졌지만 떨어뜨린 물건이 있습니다."

순찰병이 내민 기구를 본 유스노리가 눈을 치켜떴다.

명군(明軍)의 참호 통과용 접이식 사다리다.

유스노리도 눈에 익은 명군(明軍)의 기구다.

"명군(明軍)이다."

고개를 든 유스노리가 뒤쪽을 보았다.

황군(黃軍) 본진의 부족장에게 보고를 해야 될 것인가?

"앗!"

외침이 울렸기 때문에 1천인장 요르바스는 상반신을 일으켰다.

"습격이다!"

이어서 비명 같은 고함 소리가 울렸고 요르바스는 옷도 걸치지 못하고 뛰어나갔다. 밖으로 뛰어나온 요르바스의 시선은 위쪽으로 향해졌다.

위쪽이 총사령 아바가이의 진막인 것이다.

위사대에 둘러싸인 아바가이의 진막 쪽에서 소동이 일어나고 있다.

한쪽은 이미 불길이 솟아오르는 중이다.

"날 따르라!"

고래고래 고함을 친 요르바스가 칼을 빼들고 달려갔다.

요르바스의 부대는 아바가이의 근위군인 것이다.

대여섯 걸음을 뛰는 동안 앞쪽 상황이 파악되었다.

아바가이의 본진은 습격을 받은 상태다.

외침과 고함 소리가 진동하고 있다.

이쪽저쪽에서 근위대, 위사대가 달려가고 있지만 접전하는 소리는 들리지 않는다.

오직 외침으로 뒤덮여 있을 뿐이다.

잠시 후에 요르바스는 본진의 진막 앞에 서 있다.

요르바스 앞에는 아바가이의 위사대장 파갈이 서 있다.

주위에는 수백 명의 위사대, 근위대가 모여 있지만, 지휘관들이 돌려보내는 중이다.

파갈이 불에 탄 진막을 둘러보면서 말했다.

"기습이었어. 아군 피해는 7명. 부상이 12명인데 놈들은 세자 저하의 진막만 습격하고 빠져나가갔어."

"저하께선?"

조바심을 낸 요르바스가 묻자 파갈이 얼굴을 일그러뜨리며 웃었다.

"진막에 안 계셨네."

"안 계시다니?"

"군사(軍師)의 권고로 다른 곳에 옮겨가 계셨어."

"그렇군. 그런데 명군(明軍)이야? 전충이 보낸 기습대야?"

"서쪽 황군(黃軍)의 동쪽 외곽으로 명군(明軍) 기마대가 지나갔어. 그 증거가 있네."

"명군(明軍)이군."

요르바스가 어깨를 부풀렸다가 내렸다.

"이곳까지 암살대를 보내다니. 전충이 적극적이군."

그때 파갈이 잠자코 시선만 주었는데 눈이 흐려져 있다.

"오르타이가 선봉을 서겠다고 했어?"

누르하치가 묻자 타르스가 고개를 들었다.

"예, 폐하. 그래서 세자께서 전군의 전진을 중지시키고 나남왕에게 총사령직을 양위하는 것이 낫지 않겠느냐면서 폐하께 저를 보내신 것입니다."

"오르타이가 출정 사흘 만에 나섰구나."

누르하치가 쓴웃음을 지은 얼굴로 옆쪽의 타이론을 보았다.

황궁의 밀실 안에는 대신 타이론과 중신 만파쿤까지 넷이 둘러앉아 있다.

유시(오후 6시) 무렵.

누르하치는 밀실로 아바가이의 전령 타르스를 부른 것이다.

누르하치가 말을 이었다.

"일단 아바가이는 나한테 결정을 미루는 방법을 썼군."

"폐하, 오르타이가 선봉을 제의한 것에 대해서는 문책할 수가 없습니다."

만파쿤이 말했다.

"오히려 세자의 반응이 감정적으로 보입니다. 그래서 오르타이가 의심할 수도 있습니다."

그때 타이론이 말을 받는다.

"이봐요, 만파쿤. 이건 폐하께서 이미 예상하고 계셨던 일이오."

만파쿤이 입을 다물었을 때 타이론이 말을 이었다.

"아바가이 님한테 말씀하지 않으신 것은 대처 능력을 시험해보려는 의도시오."

"그렇지만 위험하지 않습니까?"

그때 누르하치가 쓴웃음을 지었다.

"그쯤 내분도 해결하지 못하는 놈이 어찌 대륙의 통치자가 된단 말인가?"

누르하치의 눈빛이 강해졌다.

"공(功)을 세워서 1백인장, 1천인장으로 승진해온 장수들이 보면 아바가이는 황금 수저를 쥐고 태어난 놈이다. 그들에게 존경받는 군주가 되어야 한다."

만파쿤이 어깨를 늘어뜨렸을 때 타이론이 말했다.

"폐하께서 오르타이에 대해서는 말씀 안 하셨지만, 세자도 나남 부족을 잘 알고 있었을 것이오. 그래서 이렇게 반응한 것이지."

그때 누르하치가 고개를 돌려 타르스를 보았다.

"너는 이곳에 머물러라. 아바가이가 내 대답은 듣지 못한 것으로 하겠다."

"예, 폐하."

"그리고."

누르하치가 타이론에게 말했다.

"근위군을 아바가이군(軍) 뒤쪽에 잠복시키도록. 그쯤이 내가 해줄 수 있는 최선이다."

오르타이와 차하드 등 기장(旗將)들이 본진에 들러 아바가이의 안부를 묻고 돌아갔다.

그러나 아바가이를 만나지는 못했다.

군사(軍師) 정문기만 만나고 돌아갔다.

본진이 명(明) 기습대의 기습을 받았지만 세자는 진막을 비웠기 때문에 화를 피했다는 것이다.

옹색한 변명이다.

더구나 모습을 보여서 안심을 시켜줘야 할 아바가이가 나타나지 않아서 금방 소문이 전군(全軍)에 퍼졌다.

기습군에게 당해 부상을 입었다는 소문이다.

살해되었다는 소문도 났다.

"봉천으로 도망간 건 아니겠지요?"

백기군(白旗軍) 진영으로 돌아오면서 카벤이 오르타이에게 물었다.

오르타이는 앞만 보았고 카벤이 말을 이었다.

"이즈하는 진막이 비었다고 했습니다. 아바가이는 눈치채고 피신한 겁니다."

아바가이의 진막을 기습한 부대는 카벤이 직접 고른 기습대 50명이다.

여진군이었기 때문에 본진까지 다가가 잠복하는 건 쉬웠다.

명군(明軍)으로 변장하고 아바가이의 진막을 기습했지만 비어 있었다. 빠져나오다가 6명이 죽었지만, 명군(明軍) 복색이어서 발각되지 않았다.

그때 오르타이가 말했다.

"이것으로 아바가이의 간덩이 크기를 알았다. 아바가이는 이제 세자 노릇은 못 한다."

"아버님."

카벤이 말 배를 바짝 붙여 오면서 말을 이었다.

"누르하치가 이 사실을 알면 눈치챌 것입니다. 이제 군사를 끌고 대열에서 이탈합시다."

"……."

"아바가이가 실종된 상태니 누르하치가 움직이지 않겠습니까?"

그때 앞쪽에서 이쪽으로 달려오는 기마인이 보였다.

본진을 지키고 있던 1백인장이다.

다가온 1백인장이 소리쳐 보고했다.

"족장! 진막에 세자께서 와 계십니다!"

순간 숨을 들이켠 카벤이 고개를 돌려 오르타이를 보았다.

오르타이의 눈이 흐려졌다가 곧 초점이 잡혔다.

"혼자 오셨느냐?"

"예, 위사장하고 위사대 10여 명이 호위하고 있습니다."

그때 오르타이가 고삐를 당겨 말을 세웠다.

그러고는 카벤을 보았다.

진막과는 5백 보쯤의 거리다.

오르타이가 카벤에게 물었다.

"네 생각을 듣자."

"아버지, 죽입시다."

카벤이 번들거리는 눈으로 오르타이를 보았다.

"제 발로 덫 안에 뛰어든 놈입니다. 지금 죽이지 않으면 우리가 죽습니다."

카벤의 목소리가 열기를 띠었다.

"죽이고 나서 부대를 이끌고 이탈하는 겁니다. 이미 저놈은 우리가 한 짓을 다 알고 있습니다."

"……."

"저놈이 만용을 부리고 있는 겁니다. 이 기회를 놓치면 안 됩니다."

"……."

"아버지, 마음을 강하게 먹어야 합니다."

카벤의 시선을 받은 오르타이가 심호흡을 하더니 말을 걸렸다.

"진막으로 가자."

"아버지."

"아바가이를 보고 나서 결정하겠다."

고개를 든 오르타이가 카벤을 보았다.

"입 닥치고 따라와."

카벤이 입을 다물더니 잠자코 뒤를 따른다.

"세자께서 오셨습니까?"

진막 안으로 들어선 오르타이가 묻자 아바가이는 고개만 끄덕였다.

오르타이의 진막이지만 아바가이는 총사령이다.

상석에 앉아있었는데 뒤에 위사대장 파갈이 서 있을 뿐이다.

그동안 아바가이를 접대하던 시리곤이 자리에서 일어섰다.

오르타이와 카벤이 앞쪽에 앉았을 때 아바가이가 물었다.

"내 진막에 다녀오신 거요?"

"예, 저하."

오르타이가 눈을 가늘게 뜨고 아바가이를 보았다.

"명(明)의 기습대가 허를 찌른 것 같습니다. 진막을 비우신 것이 천행이었소"

"내가 예전에 대원수를 따라 조선에 다녀왔소."

아바가이가 차분한 표정으로 오르타이를 보았다.

"거기서 많은 것을 배웠소. 좁은 땅에만 박혀 있으면 서로 싸우기만 한다는 거요. 그래서 온갖 구실을 만들어서 모함하고 죽이는 것이지요."

"……."

"후금도 전열을 정비하는 동안 비슷한 경우가 일어났소."

그때 오르타이가 고개를 들었다.

"세자 저하, 오늘 저를 찾으신 이유를 듣고 싶습니다."

"폐하는 나를 시험하고 계시오."

오르타이의 시선을 받은 아바가이가 쓴웃음을 지었다.

"내가 족장을 어떻게 처리할 것인가를 주시하고 계신 것 같소."

"……."

"보고를 받았겠지만 나는 위사 10명만을 데리고 이곳에 왔소."

"……."

"목숨을 내놓고 온 것이지, 10명으로 1만 명의 적진에 들어왔으니까."

"저하."

카벤이 나섰기 때문에 시선이 모였다.

"적진이라니요? 무슨 말씀입니까?"

"난 폐하께 내 행동을 전해드리겠다."

아바가이가 혼잣소리처럼 말했기 때문에 모두 시선만 주었다.

그다음 순간이다.

아바가이가 자리에서 일어서면서 허리에 찬 장검을 후려치듯이 빼내었다.

칼날이 날아가 카벤의 목을 쳤다.

바로 두 발짝 거리다.

반쯤 베어진 목에서 피가 뿜어 나왔고, 그 순간이다.

아바가이의 뒤에 서 있던 위사대장 파갈이 칼을 빼들면서 뛰어올랐다.

그사이에 오르타이는 상체를 뒤로 젖혔지만 파갈이 장검을 내려쳤다.

"퍽!"

오르타이의 머리통이 갈라지는 소리다.

그때 몸을 옆으로 비킨 시리곤이 길게 숨을 뱉었다.

오르타이의 머리에서 튄 피가 몸에 뿌려졌지만 시리곤의 표정은 차분했다.

시리곤이 말했다.

"제가 수습하겠습니다."

"오르타이의 진막으로 찾아갔어?"

누르하치가 묻자 전령이 대답했다.

"예, 위사대장과 위사 10명만 데리고 갔습니다."

"그리고 진막 안에서 오르타이하고 카벤을 베어 죽였단 말이냐?"

"예, 폐하."

그때 청 안의 대신들이 웅성거렸다.

대신 타이론이 손을 들자 모두 조용해졌다.

황궁의 청 안이다.

사시(오전 10시) 무렵.

누르하치 앞에 엎드린 사내는 아바가이의 출정군에서 달려온 전령이다.

다시 누르하치가 물었다.

"자세히 말하라. 진막 안에는 세자와 위사대장 둘이 들어갔어?"

"예, 폐하. 먼저 세자께서 카벤을 베어 죽였고 위사대장 파갈이 오르타이를 죽였습니다."

전령의 목소리가 청을 울렸다.

"진막 안에 나남 부족의 원로 시리곤이 있었지만 세자께 호응하여 나남족을 복속시켰습니다. 그래서 세자는……."

전령이 고개를 들고 누르하치를 보았다.

"폐하께서 나남부족장을 임명해달라고 하셨습니다."

전령의 시선을 받은 누르하치가 고개만 끄덕였다.

청에서 나온 누르하치의 뒤를 대신 타이론과 만파쿤이 따른다.

"폐하, 세자가 단숨에 처리했습니다."

복도를 걸으면서 타이론이 누르하치의 등에 대고 말했다.

"예상을 깼습니다. 단신으로 적진에 들어가 적장을 베어 죽였습니다."

"……."

"폐하를 꼭 닮았습니다."

그때 누르하치가 고개를 돌려 타이론을 보았다.

눈은 치켜떴지만 입술은 웃는다.

"미친놈."

"먼저 시리곤을 끌어들이고 나서 두 부자를 베어 죽인 것입니다. 무모하지도 않았습니다."

그때 멈춰 선 누르하치가 지시했다.

"타이론, 네가 아바가이한테 가라."

타이론을 떠나보낸 누르하치가 내궁으로 들어섰을 때다.

내궁 관리관이 옷자락을 휘날리며 달려왔다.

"폐하, 비 마마한테 가보시지요."

숨을 가누면서 관리관이 멈춰 섰다.

"비 마마께서 찾으십니다."

황비 차연이다.

몸을 돌린 누르하치가 황비의 침전으로 향했다.

침전 안으로 들어선 누르하치가 숨을 멈췄다.

향내가 자욱하게 깔려있기 때문이다.

궁녀들이 비켜섰고 누르하치가 침상으로 다가갔다.

예상했던 대로 차연은 침상에 누운 채 가쁜 숨을 몰아쉬는 중이다. 몸은 야위었지만, 오늘은 차연의 얼굴에 화색이 번져 있다.

다가선 누르하치가 차연을 내려다보았다.

"어떻소?"

"폐하."

차연의 흐려졌던 눈에 초점이 잡혔다.

그때 누르하치가 자리에 앉으면서 차연의 손을 쥐었다.

손이 뜨거웠기 때문에 누르하치가 웃었다.

"몸이 더운 걸 보니 당신은 곧 낫겠소."

"폐하, 아바가이를 부탁합니다."

차연의 또렷한 목소리를 들은 누르하치가 다시 웃었다.

"아바가이 걱정까지 하다니, 곧 나하고 같이 만나러 갑시다."

"아바가이가 조금 전에 이곳에 다녀갔어요."

"오, 그래?"

누르하치는 차연의 눈이 흐려져 있는 것을 보았다.

고개를 든 누르하치가 옆에 선 어의를 보았다.

어의는 눈썹을 모은 채 차연만 내려다보고 있다.

그때 차연이 말을 이었다.

"아바가이가 말했어요. 나를 따라가고 싶다는군요. 나를 업고 간다고 해서 넌 나중에 오라고 했어요."

말이 또렷했지만, 누르하치는 왠지 가슴이 서늘해졌다.

그래서 차연의 손을 힘주어 쥐고 말했다.

"그만 말하고 쉬게. 한숨 자고 나서 다시 이야기합시다."

"여보, 누르하치."

차연이 이름을 불렀기 때문에 누르하치는 숨을 들이켰다.

그러고는 예전처럼 반말로 묻는다.

"응, 차연. 왜 그러나?"

"아바가이하고 살았던 27년이 행복했습니다. 당신 덕분이죠."

"……."

"여보, 누르하치."

"말하게."

"난 오늘 떠나요."

"어디로 말인가?"

"당신과 이야기 끝나고, 저세상으로."

"이 사람이."

"그러니까 내 마지막 소원을 들어줘요."

"말해, 차연."

"아바가이를 버리지 말아요."

"내가 그럴 리가 있나?"

"아바가이는 당신의 뒤를 훌륭하게 이어갈 자식이에요."

"알고 있어. 그러니까 푹 쉬어."

"약속해요."

"약속하지."

누르하치가 차연의 손을 힘주어 쥐었다.

그때 차연도 따라서 힘을 주었다가 곧 손이 늘어졌다.

고개를 든 누르하치가 차연을 보았다.

차연은 눈을 뜨고는 있었지만 흐리다.

그러나 얼굴은 웃는 모습이다.

그때 어의가 다가와 차연의 코에 거울을 대더니 말했다.

"떠나셨습니다."

2장
강홍립의 투항

누르하치의 대신 타이론이 본진으로 들어섰을 때는 신시(오후 4시) 무렵이다.

본진에는 연락을 받은 출정군의 기장(旗將), 부족장들이 기다리는 중이다.

안으로 들어선 타이론이 먼저 아바가이를 향해 인사를 했다.

"세자 저하를 뵙습니다."

"잘 왔소."

아바가이가 정중하게 타이론을 맞는다.

타이론은 황제의 특사다.

인사를 마친 타이론이 옆에 놓인 붉은색 보자기를 풀더니 안에서 금박을 입힌 두루마리를 펼쳤다.

황제의 명령서인 칙서다.

"황명이오."

타이론의 옆에 선 수행원이 외치자 아바가이를 포함한 진막 안의 모두가 무릎을 꿇고 엎드렸다.

그때 타이론이 칙서를 읽는다.

"세자 아바가이를 나남왕으로 봉한다. 따라서 지금부터 나남부족은 아바가이를 족장으로 모시도록 하라."

황제의 칙명이다.

칙서를 다 읽은 타이론이 아바가이에게 넘겨주었다.

임명장이다.

그때 타이론의 시선이 시리곤에게로 옮겨졌다.

"시리곤, 지금 백기군(白旗軍), 백테군의 상태는 어떤가?"

"안정이 되었소."

시리곤이 외면한 채 대답했다.

"세자 저하의 부족이 되었으니 사기가 1백 배는 치솟을 것입니다."

타이론이 고개를 끄덕였다.

"세자께서는 나남 부족의 부족장이 되시면서 백기군(白旗軍)과 백테군의 기장(旗將)이 되신 거네."

당연한 일이다.

따라서 아바가이는 2만 기의 기마군을 지휘하게 된 것이다.

진막 안이 숙연해졌다.

이제 나남 부족은 주인이 바뀌었다.

세자의 부족이 되었으니 부족의 위상도 높아진 것이다.

부족원이 싫어할 이유가 없다.

그 시간에 이산은 본진에서 군사 스즈키와 대장군 최경훈과 각 기장, 그리고 아들 보르츠까지 불러놓고 회의 중이다.

이곳에서 후금의 도성 봉천까지는 2천여 리(1,000킬로).

그사이에 신지의 1군, 유정군, 전충의 명군까지 3개 군단이 펼쳐진 형국이 되어있다.

그래서 아바가이가 보낸 전령노 엿새나 걸려서 노착한 것이다.

그것이 바로 어제다.

전령의 보고를 받은 이산이 말했다.

"세자가 출동하자마자 내분을 맞았군."

"대원수 각하, 지원군을 보내야 되지 않겠습니까?"

신지가 물었고 진막 안에 있던 도모란 부족장 브라트가 나섰다.

"나남 왕 오르타이는 세자 저하의 출정군에서 빠져나가려고 했던 것 같습니다."

"폐하께서도 전령을 보냈다니 기다려보시는 게 나을 것입니다."

요중이 말했을 때 이산이 입을 열었다.

"소식을 아는 것으로 끝낸다. 세자가 스스로 처리하도록 하자."

"그렇습니다."

스즈키가 동의했다.

이산이 고개를 들고 장수들을 둘러보았다.

"유정의 명군(明軍)을 맞는 것이 급하다."

이제 명군과의 거리는 2백여 리로 가까워졌다.

양쪽에서 접근하고 있었기 때문에 사흘 후면 부딪치게 된다.

유정의 선봉장 한기필은 진군은 했지만 속도가 느렸다.

유정의 지시대로 시간을 끌면서 그동안에 군사들을 단련시키려는 의도다. 그러나 여진군과의 거리가 점점 가까워지면서 긴장감이 높아졌다.

한기필은 기마군 3만, 보군 4만의 병력이지만 전군(全軍)이 넓게 산개한 상태다.

보군과 기마군이 뒤섞여 있는 것이 수비형 진용인 것이다.

"180리가 되었습니다."

중랑장 장태진이 보고했을 때는 신시(오후 4시) 무렵.

장태진은 기마군 3천을 이끌고 있는 첨병장이다.

한기필의 선봉군 중 가장 전투력이 강한 부대다.

장태진이 말을 이었다.

"장군, 적은 기마군을 앞세운 공격 대형이오. 우리도 진(陣)을 만들어야 되지 않겠소?"

"네가 대장이냐?"

버럭 소리친 한기필이 쥐고 있던 말채찍으로 탁자를 후려쳤다.

위협적이다.

진막 안이 조용해졌지만 장태진은 움찔도 하지 않았다.

장태진이 눈을 가늘게 뜨고 한기필을 보았다.

"내가 이곳에선 중랑장 직임을 받았지만, 태사요. 대장은 말이 가볍소."

"무엇이?"

"작전 건의를 할 수도 없단 말이오?"

"네 이놈. 군법에 의해 처단하겠다!"

"그게 안 될 것이오."

이제는 성이 난 장태진의 목소리도 높아졌다.

"작전 건의를 했다고 군법으로 처리한다고 했소? 나도 적전(敵前)에서 꾸물거리는 대장을 군법으로 제지할 수 있소!"

"네 이놈!"

벌떡 일어선 한기필이 장태진을 가리켰다.

"이놈을 잡아라!"

그때 중군대장 여천이 나섰다.

"대장, 진정하시오. 중랑장이 군법에 저촉될 언행을 하시 않았소."

그러자 진막 안의 이쪽저쪽에서 장수들의 목소리가 울렸다.

"그렇소."

"중랑장 건의는 정당하오."

한기필이 심호흡을 했다.

이미 눈이 흐려져 있다.

진막을 나온 장태진에게 보군대장 사준이 다가왔다.

"이것 보게나, 중랑장."

걸음을 늦춘 장태진에게 사준이 말을 이었다.

"그대는 모르는 모양인데 선봉장은 도독한테서 될 수 있는 한 접전은 피하고 시간을 끌라는 지시를 받았어."

순간 걸음을 멈춘 장태진이 사준을 보았다.

"정말이야?"

"내가 도독 측근한테서 들었어."

"이런 빌어먹을. 그럼 나만 앞에 나가 있는 거 아냐?"

"곧 선봉장이 전군을 우회시킬 거야. 그러니까 너무 앞서가지 마."

"그래서 저 자식이 난데없이 화를 내었구만."

"도독이 시간을 끌라고 했다는 말을 할 수는 없으니까."

사준과 장태진은 같은 하남성 출신으로 고향이 같다.

고향이 같으면 온갖 인연으로 얽혀지는 법이다.

장태진이 고개를 끄덕였다.

"그렇다면 내가 한기필의 방패 역할을 할 수는 없지."

아바가이가 앞에 둘러앉은 20여 명의 지휘관을 보았다.

모두 1천인장 급이다.

그리고 모두 나남 부족의 소부족장이다.

1천인장급은 대개 수천 명의 소부족을 지휘하는 소부족장이 임명되는 것이다.

나남 부족도 수십 개의 소부족이 모여서 이루어졌다.

아바가이가 입을 열었다.

"그대들도 모두 알 것이다."

모두의 시선을 받은 아바가이가 말을 이었다.

"내가 누르하치 황제 폐하의 적통이 아니라는 것을 말이다."

순간 모두 숨을 죽였다.

1천인장급이 아니라 여진의 말단 병사까지 다 아는 사실이다.

아바가이가 대원수 이산의 아들이며 누르하치가 양자로 들였다는 사실이다.

그러나 그 말을 입 밖으로 낸다면 대역죄로 처리된다.

그것을 아바가이가 본인의 입으로 발설한 것이다.

그때 아바가이가 고개를 들었다.

"그래서 황제 폐하께서는 나를 나남 부족장으로 임명하신 것 같다."

아바가이의 얼굴에 웃음이 떠올랐다.

"후금의 세자에게 맞는 부족으로 말이다."

진막 안에는 숨소리도 나지 않았지만 눈동자는 모두 흔들리고 있다.

'세자의 부족'이란 말에 동요하고 있기 때문이다.

그때 아바가이가 물었다.

"너희들 생각은 어떤가? 나를 나남 부족장으로 받아들이겠는가?"

그 순간 서너 명이 소리쳤다.

"황공하오!"

"영광이옵니다!"

"부족장 만세!"

그러자 일제히 소리쳤다.

"부족장 만세!"

아바가이가 숨을 들이켰다.

전화위복이다.

문득 황제가 이런 결과를 예상한 것으로 믿어졌다.

아바가이가 본진으로 돌아왔을 때 정문기가 보고했다.

"전하, 황성에서 전령이 다녀갔습니다."

"다녀갔어?"

"예, 전령은 방금 대신과 함께 황궁으로 돌아갔습니다."

"대신과 함께 돌아가?"

타이론과 함께 돌아갔다는 말이다.

정문기가 헛기침을 했다.

"드릴 말씀이 있습니다."

아바가이는 시선만 주었고 정문기가 말을 잇는다.

"황비 마마께서 돌아가셨습니다."

순간 숨을 들이켠 아바가이가 정문기를 보았다.

눈이 흐려졌다.

"황제 폐하를 뵙고 손을 쥔 채 돌아가셨다고 합니다."

"……"

"유언으로 말씀을 남기셨는데, 폐하께 전하를 부탁한다고 하셨답니다."

"……"

"폐하께 약속을 받고 나서 떠나셨다고 합니다."

그때 아바가이가 고개를 들었다.

"전령이 누구야?"

"황비궁의 1백인장입니다. 중신 만파쿤이 사실대로 전하께 보고하라면서 1백인장을 보냈다고 합니다."

"……."

"황제 폐하의 지시도 있었습니다. 세자께서는 그대로 전쟁을 치르라고 하셨습니다. 장례식에 올 필요는 없다는 말씀이지요."

아바가이는 어금니를 물었다.

차연은 어머니다.

젖도 안 뗀 아바가이를 젖을 물려 키운 어머니인 것이다.

생모(生母) 홍화진에 대해서는 말만 들었다.

보르츠는 신지군(軍)의 우측 군에 소속된 기마군 1천 기를 이끌었다. 우측 기마군 1만 기는 적기군(赤旗軍)으로 기장(旗將)은 다이락 족장인 유니마다.

유니마는 이산군의 군사(軍師) 요중과 친구 사이로 신중한 성품이다.

"이보게, 1천인장. 이 지도를 보게."

유니마가 손으로 지도를 가리켰다.

"지금 우리는 이곳에 있어."

손가락으로 한 곳을 짚은 유니마가 보르츠를 보았다.

"적은 앞쪽에 횡대로 벌려 있어. 이건 무슨 의미인가?"

"아직 공격할 준비를 하지 않은 것 같습니다."

보르츠가 지도를 내려다보면서 대답했다.

진막 안에는 유니마와 보르츠 둘뿐이다.

술시(오후 8시) 무렵.

유니마는 이 시간이면 보르츠를 불러 지형과 전술, 때로는 날씨에 관한 교육을 하고 있다.

요중이 부탁했지만 처음에는 사양했었다.

몇 번 사양했다가 사령관 신지가 유니마를 불러 이산의 말을 전하고 나서야 받아들였다.

유니마는 전투의 달인이다.

병법에도 도통해서, 요즘 보르츠는 마른 땅에 물을 빨아들이는 것처럼 지식을 빨아들이고 있다.

고개를 든 유니마가 보르츠를 보았다.

"전투 전에는 꼭 적의 상황을 알아야 하네. 지피지기(知彼知己)는 백전불패(百戰不敗)이지."

보르츠가 고개를 끄덕이더니 불쑥 물었다.

"장군, 아바가이 님이 나남부족장이 되었다는데요. 들으셨습니까?"

"들었어. 나남 부족은 대부족이지."

유니마가 웃음 띤 얼굴로 보르츠를 보았다.

"보르츠, 그대는 대원수 각하께서 이끄시는 이산족의 상속자 아닌가?"

그렇다.

이산이 일본 영지에서 끌고 온 일본군 1만여 명이 이제는 가족을 데려오거나 이곳에서 가족을 만들었기 때문이다.

그래서 군세가 4만여 명으로 늘어났다.

더구나 조선에서 여진으로 이주한 조선인들이 가세해서 부족원도 30여 만으로 증가했다.

대부족이다.

그때 보르츠가 말을 이었다.

"내일은 명의 첨병대와 부딪치게 되지 않겠습니까?"

명(明)의 첨병대는 항상 50리쯤 앞쪽에 나와 있었기 때문이다.

한기필은 예상했던 대로 전군(全軍)을 우회시켰다.

신지의 선봉군과의 거리가 1백 리(50킬로) 정도가 되었을 때 안진산맥 쪽으로 방향을 튼 것이다.

미시(오후 2시).

첨병대장 장태진이 본진에서 온 전령을 맞는다.

전령이 마당에서 소리쳐 말했다.

"선봉장의 지시요!"

장태진이 마상에서 잠자코 시선만 준다.

전령이 말을 이었다.

"첨병대장을 총병 허창에게 인계하고 후군 경비대장으로 옮겨가라는 지시요!"

"나를 후군 대장으로?"

장태진이 되묻자 전령이 고개를 끄덕였다.

"그렇습니다."

그때 장태진이 숨을 고르고 나서 대답했다.

"알겠네."

조선군 도원수 강홍립이 진막 안으로 들어선 김경서에게 물었다.

"이보게, 부원수. 아직 본진은 움직일 기미가 없나?"

"그렇습니다."

부원수 김경서가 말을 이었다.

"유정 도독은 군(軍)의 사기부터 올리고 나서 전쟁을 한다는 것입니다."

"사방에서 민란이 일어나고 있으니 후금군(後金軍)만 상대할 수는 없겠지."

"그래서 한기철의 선봉군에도 접전을 피하고 우회하라는 지시를 내린 것 같습니다."

"우리도 질질 끌려다니게 되었다."

"하지만 신지군(軍)이 빠르게 북진하고 있으니 피한다고 해도 부딪칠 겁니다."

김경서가 방바닥에 펼쳐놓은 지도를 내려다보면서 말을 이었다.

"그리고 아바가이군도 내분을 수습하고 전충군(軍)을 향해 다가가고 있습니다."

강홍립이 고개를 끄덕였다.

"신지군과 한기철의 선봉군, 아니면 우리가 있는 보군이 먼저 부딪칠 것 같네."

선봉군이 우회하면서 유정 본군과의 거리가 가까워졌기 때문이다.

"아바가이가 오르타이를 처리한 방법이 대담하지만 가볍다."

누르하치가 술잔을 들고 말했다.

황비 차연의 장례식을 치른 다음 날 저녁이다.

아직 황궁 안은 장례 분위기로 덮여 있다.

"계획하고 직접 시행했어. 적진 복판으로 들어가서 말이야."

"폐하, 이젠 세자가 전충에게 집중하도록 해주소서."

병부상서 윤청이 조심스럽게 말했다.

"전충의 명군(明軍)이 전열을 정비하고 있습니다."

봉천 황궁의 청 안이다.

누르하치가 대답하지 않았기 때문에 분위기가 무거워졌다.

이제는 모두 누르하치가 아바가이를 시험하고 있다는 것을 안다.

장례를 치른 차연이 유언으로 아바가이를 부탁했다는 것도 안다.

차연까지 불안감을 느끼고 있었기 때문이 아니겠는가?

그때 누르하치가 한 모금에 술을 삼켰다.

청에 둘러앉은 대신은 10여 명.

장례를 마친 누르하치가 대신들을 모아 위로주를 마시는 중이다.

이때 누르하치는 60세.

후금(後金)의 체제를 정비하는 중이어서 한인 관리들을 대거 등용했다.

병부상서 윤청도 한인이다.

술시(오후 8시)가 지난 청 안은 불을 환하게 밝히고 있다.

그때 누르하치가 자리에서 일어섰다.

윤청의 건의에는 대답하지 않았다.

침실로 들어선 8번째 부인 하르나는 누르하치 앞에 술상을 내려놓았다.

작은 술상에는 술병과 잔, 말린 말고기 한 접시가 놓여 있다.

누르하치 앞에 앉은 하르나가 술병을 들고 말했다.

"폐하, 인삼주입니다. 드시지요."

"대신들하고 술을 마셨다."

누르하치가 술을 이미 마셨다고 했지만 불쾌한 기색은 아니다.

하르나가 술병을 들었더니 누르하치가 잔을 쥐었다.

그것을 본 하르나가 눈웃음을 쳤다.

하르나는 40세.

누르하치의 16명의 부인 중에서 가장 미모이고 처신술이 뛰어났다. 황비의 귀여움을 받아서 오히려 황비가 누르하치의 침실로 밀어 넣을 정도였다.

한 모금 인삼주를 마신 누르하치가 지그시 하르나를 보았다.

"쿠슬란은 지금 어디 있느냐?"

"바미드 부족 회의에 제 아버님하고 같이 가 있습니다."

하르나가 웃음 띤 얼굴로 누르하치를 보았다.

"아버님도 기뻐하십니다."

"잘된 것이지."

누르하치의 얼굴에도 웃음이 떠올랐다.

하르나는 여진 대부족 중 하나인 바미드 족장 위라산의 딸이다.

위라산은 누르하치 부족, 오르타이의 나남족과 함께 건주여진의 3대 부족인 것이다.

20년 전 누르하치는 위라산의 딸 하르나를 8번째 부인으로 맞으면서 바미드 부족을 끌어들였다.

지금 하르나의 아들 쿠슬란은 외조부 위라산한테서 바미드 부족장 지위를 물려받은 상황이다.

하르나가 다시 잔에 술을 채우면서 말했다.

"폐하, 세자가 지금까지 불안한 위치였는데 안심이 돼요. 이제 세자의 기반이 굳어진 셈이니까요."

누르하치가 한 모금 인삼주를 삼켰다.

아바가이에게 나남 부족을 맡긴 것을 말하는 것이다.

"네가 그렇게 생각해주니 고맙다. 죽은 황비도 고마워할 거다."

"황비께서 저와 쿠슬란을 무척 아껴주셨어요."

"내가 안다."

누르하치의 눈이 흐려졌다.

"착한 사람이었지."

"훌륭하신 분이었습니다."

"네 성품이 착하다."

누르하치가 하르나를 칭찬했다.

차연 황비를 잃은 상심이 조금 가신 느낌이다.

오랍나랍은 누르하치의 12번째 부인으로 당시 28세.

아들인 도르곤은 6세이다.

차연이 황비로 생존했을 때 도르곤을 데리고 자주 문안을 드렸기 때문에 하르나하고도 친숙한 관계다.

밤.

해시(오후 10시)가 되었을 때 도르곤을 재우고 온 시녀 채주가 말했다.

"폐하는 지금 하르나 님과 계십니다."

오랍나랍의 시선을 받은 채주가 말을 이었다.

"폐하가 부르시지 않았는데도 하르나 님이 술상을 들고 침소로 가셨습니다."

채주는 도르곤의 유모로 오랍나랍과 함께 궁 생활을 시작했다.

채주가 목소리를 낮췄다.

"하르나 님 시녀들 사이에서 나온 소문입니다. 하르나 님이 쿠슬란 왕자님을 세자로 민다는 것입니다."

"……."

"시녀한테 그런 말도 했다는군요. 이번 전쟁에서 세자한테 사고가 생기면 그때는 쿠슬란 님이 세자가 된다고요."

"가볍게 입 놀리지 마라."

"하르나 님이 돌아가신 황비님한테까지 총애를 받지 않으십니까? 그것도 다 계략이 있었기 때문이랍니다."

"시끄럽다."

그러나 채주가 눈을 흘겼다.

"마님, 황궁에 16명의 후비가 있습니다. 그 자식이 16남 8녀이고 15살 이상의 왕자는 12명이나 됩니다."

"……."

"우리 도르곤 님은 이제 겨우 여섯 살입니다. 그래서 그 경쟁에 끼지도 못하고 있지요."

채주의 눈이 번들거렸다.

"15살 이상의 왕자를 가진 후비는 7명입니다. 그 후비들도 지금 전쟁 중이지요."

이산이 앞에 앉은 아율무치를 응시한 채 한동안 움직이지 않았다.

진막 안은 한동안 정적에 덮여 있다.

미시(오후 2시) 무렵.

진막 안에는 이산 대원수를 중심으로 30여 명의 지휘관들이 둘러앉았다.

아율무치는 조금 전에 봉천 황궁에서 황비 차연의 장례식이 끝났다는 이야기를 한 것이다.

이윽고 이산이 입을 열었다.

"잘 치렀다니 다행이군."

"예, 국장이었기 때문에 장례식이 이틀 걸렸습니다."

"폐하께서는 건강하신가?"

"예, 대원수 각하."

아율무치는 여진인으로 누르하치의 측근이다.

이산의 눈이 흐려졌다.

"갑자기 세상을 떠나시다니 안타깝다."

고개를 든 이산이 지휘관들을 둘러보았다.

"이제는 나도 직접 명군(明軍)을 치겠다."

이산의 본군(本軍)도 움직이겠다는 포고다.

당시의 요동은 4개 군단으로 나뉘어 있는 상황이다.

먼저 후금(後金) 제국은 아바가이군(軍)과 이산군(軍)으로 나뉘어 있다.

그리고 명군(明軍)은 이번에 진출한 도독 유정의 군(軍)과 서북면병마절도사 전충의 군(軍)이다.

제각기 상대를 잡았지만 아직 제대로 된 접전은 일어나지 않았다.

신지가 지휘하는 이산의 1군(軍)은 유정의 선봉군 한기철과 문청 황야에서 대치하게 되었다.

한기철이 이리저리 회피하다가 산맥에 막혀서 돌아오는 바람에 마주치게 된 것이다.

유시(오후 6시) 무렵.

진막 안에서 신지가 지휘관들에게 말했다.

"첨병의 보고를 받았다. 명의 좌측군과의 거리가 150리(75킬로)로 좁혀졌어. 오늘 밤 기습대를 보내 좌측군을 친다."

모두 긴장했고 신지가 말을 이었다.

"기마군 5천 기로 기습 공격을 한 후에 회군한다."

신지가 바닥에 놓인 지도를 지휘봉으로 짚었다.

"격파하고 우측으로 꺾어서 돌진하라."

고개를 든 신지가 지휘관들을 보았다.

"이번 기습 공격의 지휘관은 적기장(赤旗將)이다. 지금 즉시 출발해서 기습하도록. 그동안 우리 본대는 적 본진을 친다."

적기장(赤旗將)은 다이락 부족장 유니마다.

유니마가 고개를 끄덕였다.

"대장군 지시를 받겠소."

유정군(軍)과 첫 대전이다.

"그대는 내 위사대와 함께 움직이도록. 절대 이탈하면 안 된다."

유니마가 보르츠에게 지시했다.

짙은 어둠 속에서 유니마의 적기군(赤旗軍)이 질주하고 있었기 때문에 땅이 울리고 있다.

예비마 2필씩을 끌고 가는 것이다.

말을 갈아타면 지친 말은 걸어서 부대로 돌아온다.

벌써 두 번째 듣는 말이어서 보르츠가 이를 드러내고 웃었다.

"걱정하지 마세요. 전 족장님 옆에만 붙어있겠습니다."

보르츠는 유니마의 적기군(赤旗軍)과 함께 있기 때문이다.

신지는 백전노장이다.

일본 시절부터 사소한 영지 싸움부터 수백 번의 전투, 전쟁을 치르면서 성장해왔다.

아마 이산군, 누르하치군 중에서도 가장 경험이 많을 것이다.

고개를 든 신지가 지휘관들을 보았다.

조금 전 유니마가 이끈 적기군(赤旗軍) 기습대가 떠난 후다.

"기습대가 명군 좌측 돌출부를 칠 테니 우리는 전군(全軍)으로 우측을 친다."

신지가 말을 이었다.

"우측을 치고 뒤로 돌아서 명군을 아래쪽으로 밀어내는 거야."

진막 안이 술렁거렸다.

이제야말로 대전(大戰)이다.

유정군이 동진하고 나서 석 달 동안 차일피일 미루던 후금군과 명군의 대전이다.

첫 전쟁인 것이다.

유정군의 선봉을 맡은 한기필군은 기마군 3만, 보군 4만의 병력이다.

한기필은 유정의 지시를 받고 여진군과의 접전을 피해 요리조리 방향을 틀었다.

한기필의 상대가 된 이산군의 선봉장 신지가 달려들지 않았기 때문에 전선은 소강상태였다.

그렇게 석 달이 지났으니 모두 지칠 만했다.

이곳은 선봉군의 좌측인 보군대장 사준의 진막 안.

술시(오후 8시)가 지난 시간이다.

막 저녁을 마친 사준에게 장태진이 찾아왔다.

장태진은 첨병대장에서 후군대장으로 옮겨간 후에 시간이 많다. 후군 기지가 20리(10킬로)나 떨어져 있는데도 말을 몰아 달려온 것이다.

"또 왔나?"

쓴웃음을 지었지만 사준이 위사에게 술상을 봐오라고 지시했다.

이리저리 이동만 하는 부대여서 군기가 슬슬 빠지고 있다.

특히 보군인 사준의 부대에서는 도망병이 늘어나고 있다.

4천 명 병력 중에서 벌써 도망병이 1백 명 가깝게 된 것이다.

곧 술상이 놓였을 때 장태진이 말했다.

"이산군 대장군 신지는 60이 넘었는데도 한 끼에 닭 세 마리, 돼지고기 세 근을 먹는다는군."

그러자 사준이 쓴웃음을 지었다.

"그자가 휘두르는 일본도에 바위가 갈라졌다는 말은 안 들었나?"

"들었어."

술잔을 든 장태진이 따라 웃었다.

"전쟁터에서는 별 소문이 많지."

"특히 사기가 떨어진 군사들에게 많아."

"이대로 가면 하룻밤 사이에 무너지네."

목소리를 낮춘 장태진이 말을 이었다.

"도독이 접전을 피하라는 지시를 내렸다는 소문이 다 퍼졌어."

"도독은 어쩔 생각인지 모르겠어."

"서북절도사하고도 손발이 맞지 않는 모양이야."

그때 고개를 든 장태진이 말을 이었다.

"난 전쟁이 붙으면 내 군사를 뺄 거야."

"무슨 소리를."

숨을 들이켠 사준이 목소리를 낮췄다.

"큰일 날 소리를 하는군. 가족 생각은 안 하나?"

"피신하라고 했어."

"피신이라니?"

"내가 패전하면 저놈 한기필이 나를 가만두지 않을 것 아닌가? 그러니 미리 피신시킨 것이지."

"……."

"그리고 명(明)은 이미 망했어. 이 요동 땅에 군소 도적단이 수백 개야. 이미 후금(後金)이 자리 잡았고 자금성 주변에도 도적단이 창궐하고 있지 않은가?"

"……."

"이런 전쟁도 부질없는 것이지. 이미 대세는 명을 떠났어."

"그럼 후금(後金)인가?"

"천운(天運)을 잡으면 산적 두목이 대국(大國)의 황제가 될 수도 있지."

"하긴 주원장도 처음에는 거지였으니까."

명(明)의 시조 주원장을 말한다.

거지 탁발승이었다가 도적단에 가입한 것이 천운(天運)을 맞아 황제가 되었다.

축시(오전 2시)쯤 되었다.

사준과 함께 술에 만취했던 장태진이 땅을 울리는 말굽 소리에 눈을 떴다.

기마군이다.

벌떡 상반신을 일으켰지만 어지러웠기 때문에 머리를 흔들었다.

그때 진막 밖이 어수선해지더니 외침이 울렸다.

"기습이다!"

그때는 사준도 벌떡 일어섰다.

"이런!"

일어선 장태진이 허리 갑옷을 걸치면서 소리쳤다.

"기마군이야!"

"1만 기는 되겠는데!"

보군대장인 사준이 소리쳐 대답했을 때 장태진이 의외로 소리 내어 웃었다.

"마침내 왔구나. 기마군 5천 기 정도야."

"이보게, 빨리 떠나게!"

진막을 뛰쳐나가면서 사준이 소리쳤다.

장태진의 기마대는 이곳에서 20리(10킬로)나 떨어져 있는 것이다.

유니마의 여진 기마군은 송곳처럼 명(明)의 보군 진지를 뚫고 지나갔다. 앞을 가로막는 보군을 비로 쓸 듯이 소탕했지만 멈추지는 않았다.

그것이 기마군의 특징이다.

이렇게 적의 전선, 방어선을 무너뜨린다.

그 뒤를 보군이 훑고 가는 것이다.

그러나 유니마의 기마군은 뚫고 허물고만 갔다.

"우회전!"

앞장선 1백인장 아르가스가 칼을 치켜올리면서 소리쳤다.

우측에는 또 하나의 보군 부대가 있는 것이다.

아르가스의 기마대는 1백 기에서 60, 70기 정도만 남아있는 상태다. 한 덩이가 된 기마대가 어둠 속에서 우측으로 방향을 꺾었다.

이곳은 황무지로 평탄한 지형이다.

뒤쪽의 보군 진지에서는 함성과 함께 불길이 치솟고 있다.

기마군의 기습을 받은 명(明)의 보군은 아마 절반가량이 피해를 입었을 것이다.

이번 기습은 성공이다.

보군대장 사준은 분전했지만 난전 중에 피살되었다.

사준이 이끌던 보군은 사분오열되어 흩어졌는데 4천 명 군사 중에서 절반 가까운 희생자를 내었다.

사준의 보군 부대 우측에는 귀주자사 연규가 이끄는 기마군 5천이 주둔하고 있다. 거리는 2리(1킬로) 정도여서 소음은 들었지만 긴박감은 느끼지 않았다.

더구나 소음은 옆쪽 보군 부대에서 일어났기 때문이다.

"무슨 일이야? 가봐라!"

순찰근무 중이던 교위가 소리쳐 기마 순찰군 둘을 보냈다.

깊은 밤.

아직 이쪽 진막은 깨어나지 않았다.

그때 기마군의 말굽 소리가 와락 가까워졌다.

벌떡 일어선 연규가 소리쳤다.

말굽 소리다.

"무슨 일이냐!"

"지금 알아보고 있습니다."

뛰어온 위사장이 진막 밖에서 대답했다.

"좌측이냐?"

"예, 보군 진지입니다!"

진막 밖으로 뛰어나간 연규는 곧 좌측 밤하늘이 붉어져 있는 것을 보았다.

그때 말굽 소리가 더 가까워졌다.

"이런!"

연규가 고래고래 소리쳤다.

"모두 말에 올라라!"

눈을 치켜뜬 연규의 가슴이 미어졌다.

연규도 전장(戰場) 경험이 많은 무장(武將)이다.

예감을 느낀 것이다.

그때 신지가 이끄는 기마군 3만 5천은 한기필의 본진과 4리(2킬로) 거리까지 다가온 상태다.

인시(오전 4시) 무렵이 되어가고 있지만, 주위는 아직 칠흑 같은 어둠 속이다.

"한 식경이면 명군(明軍)의 본진에 닿습니다!"

옆으로 다가온 전령이 소리쳐 보고했다.

"이미 기습군은 적진 좌측을 휘젓고 있습니다!"

신지가 고개만 끄덕였다.

오늘 밤 유정의 선봉군을 궤멸한다.

"따르라!"

보르츠가 손에 쥔 장검을 휘두르며 소리쳤다.

뒤를 기마군이 따른다.

1천 기 중 약 7, 8백 기가 남아있다.

지금 유니마의 기습군은 연규의 기마군 진지로 돌입한 상태다.

보르츠가 이끄는 기마군은 유니마의 중군 바로 뒤에 이어져 있다.

"와앗!"

함성이 일어났다.

기습군 5천 기는 다시 명의 기마군 진지를 유린하기 시작했다.

"보르츠 님, 앞장서지 마십시오!"

옆으로 다가온 가르단이 소리쳤다.

"대열을 이탈하시면 안 됩니다!"

"안다, 가르단!"

보르츠가 이를 드러내며 웃었다.

"지휘관은 직접 부딪치지 않는다는 것도!"

"전장에서도 절제가 필요합니다!"

그사이에 보르츠는 옆으로 다가온 명 기마군 하나와 스치듯이 지나갔다.

물론 적 기마군은 옆쪽 위사가 휘두른 칼에 낙마했다.

적에 가로막혀 말의 달리는 속도는 늦춰졌지만, 기마군은 그대로 적진을 뚫고 나갔다.

승리다.

칼을 휘두르면서 보르츠는 벅찬 쾌감을 느낀다.

이것이 전장(戰場)에서의 성취감이다.

"돌격!"

옆에서 지휘관들이 소리쳤고 신지도 적진으로 돌진하는 중이다.

기마군 3만 5천.

그것이 각 기군(旗軍)으로 나뉘어 있지만 10인대, 50인대, 1백인대, 1천인대로 나누어진 기마군이 수백 개의 송곳처럼 명군(明軍)을 쑤시고 있다.

명의 대군이 송곳으로 갈기갈기 찢기는 것이다.

깊은 밤.

좌측에서 흔들렸던 명군 진지가 우왕좌왕하던 중이다.

그때 기마군 3만 5천이 동시에 기습해왔기 때문에 명의 선봉군은 일시에 혼란에 빠졌다.

중군(中軍)에 있던 명의 선봉장 한기필은 신지의 대군이 아래쪽에 닿았을 때에야 진막에서 나왔다.

"황 태위의 기마군이 뚫렸습니다!"

전령이 달려와 보고했을 때 한기필의 얼굴이 굳어졌다.

한기필은 이제 진막 앞에 나무 걸상을 내다 놓고 앉아있는 중이다.

황 태위의 기마군은 아래쪽 3리(1.5킬로) 거리에 주둔하고 있다.

"장군."

옆쪽에서 외침 소리가 울렸기 때문에 한기필이 고개를 돌렸다.

판관 오기청이 달려오고 있다.

투구도 쓰지 않고 허리 갑옷만 입은 차림이다.

뒤로 부장과 군관 대여섯 명이 따라온다.

다가선 오기청이 소리쳐 말했다.

"전 전선에서 부딪쳐 왔습니다! 지금 막아 싸우고는 있지만 밀립니다!"

"이봐! 그대는 이곳에서 10리(5킬로) 좌측에 있어야 하지 않은가?"

한기필도 소리쳐 물었다.

주위의 소음이 커졌기 때문이다.

아직 적은 접근하지 않았지만, 사방에서 함성과 말굽 소리가 울렸고 불길이 번지고 있다.

그때 오기청이 소리쳐 대답했다.

"2천 기를 끌고 온 겁니다! 나머지는 흩어졌소!"

숨을 들이켠 한기필이 오기청을 노려보았다.

오기청은 기마군 5천 기를 지휘하고 중군(中軍)의 좌측을 맡고 있었다.

오기청이 숨을 고르면서 소리쳤다.

"장군, 작전 지시를 해주시오!"

"이 미친놈아, 닥쳐!"

한기필이 버럭 소리쳤다.

"여기서 군을 움직인다면 대번에 꼬리가 잡히게 된다! 그걸 모르느냐!"

과연 그렇다.

기습을 받은 군대가 섣불리 이동하면 그것이 도망치는 것으로 오인받는 것이다.

적의 오인도 그렇지만 더 두려운 것은 아군의 오인이다.

계획된 후퇴가 아니면 도망이다.

대번에 사기가 떨어진 군사는 무기를 내동댕이치고 도망가는 것이다.

함성이 더 커졌고 말굽 소리도 사방에서 가까워졌다.

그때 군사(軍師) 방세직이 한기필에게 말했다.

"장군, 뒤로 물리시지요."

후퇴하자는 말이다.

"쫓아라!"

명군(明軍)이 뒷모습을 보였을 때는 묘시(오전 6시) 무렵이다.

동녘의 해가 떠오르는 이른 아침에 전장(戰場)의 모습이 드러나면서 명군(明軍)의 모습이 드러났다.

명군도 주변을 두 눈으로 보면서 현실을 느끼게 되자 도망질을 치기 시작했다.

패주는 마치 둑이 터진 것과 같다.

물이 산사태처럼 쏟아지는 것이다.

말리려고 나선 장교나 장수는 밟혀 죽는다.

밟혀 죽지 않으려면 같이 달려야 한다.

적에게 등을 보인 채 살려면 더 빨리 뛰어야 한다.

진시(오전 8시)가 되었을 때 20리(10킬로)까지 추격했던 신지군은 전장(戰場)을 수습했다.

단 하룻밤의 대전(大戰)으로 유정의 선봉군 7만을 섬멸했다.

기마군 4만을 투입해서 요절을 내버린 것이다.

전장을 수습했더니 명군은 2만 8천의 전사자를 내었고 1만 5천이 포로가 되었다.

나머지는 산산이 흩어졌는데 선봉장 한기철은 목숨을 붙이고 도주했다.

미시(오후 2시) 무렵.

군(軍)을 정비한 신지가 이산에게 전령을 보내고 나서 지휘관들에게 말했다.

"대승이다. 그러나 유정의 본군이 닷새 거리에 있다. 오늘은 병사들을 쉬게 하고 내일 보군과 합류한다."

신지의 군(軍)은 이번에 보군 5만은 사용하지 않았다.

기마군 4만만을 써서 한기필의 7만 군사를 대파한 것이다.

지금도 보군은 아래쪽 이틀 거리에서 북상하고 있다.

그때 부장이 말했다.

"포로로 잡은 적장이 드릴 말씀이 있다고 합니다. 기마군 대장이었던 장태진이란 자입니다."

신지가 고개만 끄덕였더니 곧 부장이 장태진을 데려왔다.

밧줄로 묶인 장태진의 몰골은 흉했지만 차분한 표정이다.

신지의 시선을 받은 장태진이 입을 열었다.

"유정군(軍)에서 투항 가능한 장수들을 알려드리지요. 소인을 이용하신다면 성과를 내보이겠소."

장태진의 거침없는 말을 들은 신지가 눈을 가늘게 떴다.

"네가 명(明)을 배신하는 이유부터 듣자."

"가족을 미리 피신시켰기 때문이오. 그것이 첫 번째 이유이고."

고개를 든 장태진이 신지를 보았다.

"환관이 통치하는 제국에 충성할 생각이 없기 때문입니다."

"네 보상은?"

"제가 공을 세우면 가족에게 보내주시오. 처자식과 말년을 지내고 싶습니다."

"그렇다면 내 군사(軍師)의 휘하에 들라."

신지가 지시했다.

이렇게 장태진이 신지군(軍)의 참모가 되었다.

승전의 보고를 받은 이산이 전령에게 지시했다.

"곧 본진과 합류할 테니 대기하라고 전해라."

이산의 표정이 밝아졌다.

보르츠가 유니마 군단과 함께 기습군으로 참가했다는 것도 알고 있다.

"내가 대장군에게 황금 깃발을 내리겠다."

황금 깃발은 승전군에 내리는 여진군 최고의 영예다.

전령이 황금 깃발을 들고 돌아갔을 때 이산은 전군(全軍)의 북상을 명령했다.

이제 유정 본군과의 대전이다.

유정은 조선전쟁 때에도 도독 직임으로 명군을 이끌고 왜군과 싸웠던 전력이 있다.

이제 다시 부름을 받아 요동에 투입되었으니 나이가 60 가깝게 되었다.

신시(오후 4시) 무렵.

유정이 지휘관 회의를 소집했다.

한기필의 선봉군이 석 달 동안 회피 작전을 펴다가 단 하룻밤 만에 궤멸한 후의 첫 지휘관 회의다.

고개를 든 유정이 지휘관들을 둘러보았다.

"선봉군이 패했으니 적은 기세가 올랐을 터, 이제야말로 이산군(軍)을 궤멸시킬 때가 왔다."

유정이 말을 이었다.

"그동안 이산군의 전력을 파악했고 여진의 내부 사정도 알게 된 데다 전력도 증강되었소."

한기필이 결전을 미루는 동안 유정은 자금성의 환관들로부터 10만 가까운 병력을 증원받았기 때문이다.

기마군 3만 5천에 보군 6만이다.

한기필이 잃은 병력보다 많다.

현재 유정의 군사력은 기마군 8만 5천, 보군 13만의 대군이다.

유정이 허리를 폈을 때 군사 양재규가 입을 열었다.

"이산의 본군이 북상하고 있습니다. 선봉군과 합류하려는 것 같습니다. 그러면 기마군이 7만 가깝게 되고 보군은 10만 정도입니다."

유정의 병력과 비슷한 규모다.

유정이 고개를 끄덕였다.

얼굴에 웃음이 떠올라 있다.

"여진군이 팔기군(八旗軍) 체제를 갖추고 조직이 잘 짜인 것 같지만 허점이 크다. 각 기군(旗軍)이 부족 단위여서 옆집에 불이 나도 상관하지 않는다. 각개격파하면 된다."

이것이 지금까지 여진군을 관찰한 유정의 비책이다.

고개를 든 유정이 구석 쪽에 서 있는 강홍립을 보았다.

"조선군에 임무를 주겠다."

이산이 신지의 제1군과 합류했을 때는 한기필의 유정군(軍)을 격파한 지 닷새 후다.

이산군(軍)이 다시 결집한 것이다.

벌판에 20여 만의 대군이 모여 있었기 때문에 끝이 보이지 않을 정도다.

신지의 인사를 받은 이산이 얼굴을 펴고 웃었다.

"그대가 기선을 제압했어. 물꼬를 튼 셈이야."

"각 부대가 효율적으로 운용되었습니다. 이제 팔기군 전술이 적절합니다."

둘이 덕담을 나누고 있을 때 위사장이 다가와 이산에게 말했다.

"밀사가 왔습니다."

진막 안에는 1만인장급 기장(旗將)들이 모여 있었기 때문에 이산이 지시했다.

"불러라."

곧 진막 안으로 밀사가 들어섰는데 강홍립 휘하의 군관이다.

강홍립의 밀사인 것이다.

이산 앞에 무릎을 꿇은 군관이 입을 열었다.

"대원수께 말씀드립니다."

조선어다.

여진인 기장(旗將) 몇 명은 알아듣지 못했지만 진막 안의 지휘관 대부분은 알아듣는다.

군관이 말을 이었다.

"이번에 조선군이 선봉으로 정해졌습니다. 조선군 1만 3천이 대군(大軍)의 전면에 서게 되었습니다."

"선봉이라고 했느냐? 어떤 편제냐?"

이산이 묻자 군관이 말을 이었다.

"선봉군 뒤쪽으로 기마군, 보군이 따르고 그 뒤로 중군, 좌우군, 후군이 따르는 진용입니다."

이산의 얼굴이 굳어졌다.

"선봉군을 멀찍이 앞세웠겠군."

"그래서 도원수께서는 방도를 물으셨습니다. 지시하시는 대로 따르겠다고 하십니다."

이산이 숨을 들이켰다.

이제 조선군과 부딪치게 된 것이다.

유정은 여진군과 전면전을 할 계획인 것이다.

그래서 지금까지 후진에서 따르게 했던 조선군을 방패로 내세웠다.

모두 이산을 의식한 전술이다.

그때 최경훈이 고개를 돌려 이산을 보았다.

"측면을 치지요. 저한테 선봉을 맡겨 주십시오."

"유정이 우리 속셈을 모를 것 같은가?"

되물은 이산이 숨을 골랐다.

"유정이 이 싸움을 끝으로 갑옷을 벗을 작정이구나."

"왜 그렇습니까?"

신지가 묻자 이산의 눈이 흐려졌다.

"유정과 강홍립은 서로 친분이 있는 사이야. 그래서 지금까지 강홍립을 후진에 두고 조선군을 부리지 않았다."

이산이 고개를 들고 좌우를 둘러보았다.

"이번에 강홍립을 선봉에 세우고 다시 그 뒤에 두 겹의 부대를 배치한 것은 무슨 의도겠는가?"

그때 군사 스즈키가 대답했다.

"버리는 패올시다."

"그렇습니다."

고개를 끄덕인 요중이 이산을 보았다.

"대원수 전하, 강홍립도 그 의도를 알고 방법을 묻는 것 같습니다."

"그대들도 짐작하는군."

쓴웃음을 지은 이산이 군관을 보았다.

"독전관이 있느냐?"

"예, 본진에 낭장 하나가 와 있습니다."

고개를 끄덕인 이산이 스즈키와 요중에게 말했다.

"군관한테 방법을 알려주도록."

누르하치도 이산군의 승전 소식을 듣는다.

멀리 떨어져 있었기 때문에 승전 엿새 후다.

"대원수한테 유정을 맡겼지만 전충이 걱정이야."

누르하치가 대신들을 둘러보았다.

황궁의 청 안이다.

승전 소식에 들떴던 청 안 분위기가 금세 가라앉았다.

이제는 대신들도 누르하치의 분위기를 아는 것이다.

세자 아바가이에 대한 누르하치의 신임이 갈수록 엷어지는 것 같다.

"홍타이지군(軍)에서 아직 소식이 없느냐?"

누르하치가 묻자 시중 타이본이 대답했다.

"예, 폐하. 지금 남진(南進) 중입니다."

그러나 분위기는 더 무거워졌다.

홍타이지는 아바가이의 본명이다.

누르하치가 아이 때부터 애칭으로 부르던 아바가이 이름을 부르지 않는 것도 정(情)이 식었다는 의미이다.

그날 저녁.

세자궁에서 세자비 한윤이 분이에게 물었다.

"유모는 어디 계시냐?"

"방에 계십니다."

고개를 끄덕인 한윤이 자리에서 일어섰다.

한윤이 분이와 함께 방에 들어섰을 때 막내는 막 침상에서 일어나는 중이었다.

"세자비가 오셨소?"

막내가 조선말로 묻는다.

막내가 누군가?

아바가이의 생모(生母) 홍화진의 하녀다.

이산을 따라 요동까지 홍화진을 모시고 온 하녀인 것이다.

홍화진이 아바가이를 낳고 죽자 유모가 되어 차연을 모시고 있었던 막내.

다시 차연이 죽고 나서 한윤은 막내를 세자궁으로 데려왔다.

그동안 막내와 한윤은 아바가이를 중심으로 정이 들었다.

한윤이 데려온 하녀 분이까지 조선녀 셋이 의지하고 지냈다.

"어디 아프세요?"

한윤이 묻자 막내는 고개를 저었다.

"이젠 소인도 나이가 50이 넘었어요. 여진 땅에 온 지도 30년 가깝게 돼요."

"27년 아녜요?"

"세자님 나이하고 같으니, 맞네요."

쓴웃음을 지었던 막내가 한윤을 보았다.

이제 셋은 침상 옆 탁자를 가운데 두고 둘러앉았다.

한윤도 막내를 유모 대우를 해주고 있다.

"아씨, 세자 저하한테서 연락이 옵니까?"

"아뇨, 어디 떠나시면 연락을 안 하시니까요."

한윤이 입술 끝으로 웃었다.

"유모도 잘 아시잖아요."

"폐하의 여덟째 후비 하르나가 여우입니다. 불안해요."

막내가 물기에 젖어 번들거리는 눈으로 한윤을 보았다.

"매일 황비님을 뵈러 왔지만 교활한 여자예요."

"……."

"황비께서도 소름이 끼친다고도 하셨어요."

"……."

"언젠가 웃는 얼굴을 돌리는 순간 차가운 표정이 되는 것을 보았다고 하셨어요. 그런 인간은 꼭 배신한다고 하셨습니다."

"그런데 왜 하르나 님을 아끼셨지요?"

"세자님을 위해서죠. 저한테 세자님을 위해서라고 말씀하셨어요."

막내가 말을 이었다.

"세자님은 기반이 없어서 하르나 님 친정인 바미드족과 좋은 관계여야 하기 때문이죠."

고개를 든 막내가 한윤을 보았다.

"시녀들한테 들었더니 하르나 님이 장례식을 마친 다음 날에 폐하의 침소로 찾아갔다는군요. 술을 들고 찾아갔다는 것입니다."

"……."

"시녀들한테 소문이 났어요. 이번 전쟁에서 세자께 사고가 나면 하르나 님 아들인 쿠슬란 님이 세자가 된다는군요."

"유모, 말조심해요. 큰일 나요."

한윤이 목소리를 낮췄고 분이는 방 안을 둘러보기까지 했다.

그때 막내가 말을 이었다.

"황비님이 안 계시니까 세자님을 보호해주실 분이 황궁 안에 안 계세요. 이젠 하르나가 어떻게 나올지 모르겠습니다."

"무슨 일이야 있겠어요?"

"황비님이 세자님을 친아들처럼 보살펴 주셨어요."

마침내 막내가 눈물을 쏟았다.

"대원수님께서 이 사정을 아셔야 할 텐데요."

"유모, 황비께서 돌아가시고 마음이 약해지셔서 그런 거예요."

한윤이 막내의 손을 두 손으로 감싸 쥐었다.

"여기 제가 있지 않아요? 분이도 있고. 그리고 멀리 계시긴 하지만 대원수님이 계시지 않아요? 대원수님이 우리를 보호해주실 겁니다."

막내는 흐려진 눈으로 한윤을 보았다.

밤새워 황비 차연을 간병하던 막내다.

차연이 죽고 나서 몰라보게 야위었다.

그때 막내가 혼잣소리처럼 말했다.

"마님이 보고 싶어요."

그러더니 덧붙였다.

"마님과 대원수님이 함께 계시던 그때가 그립습니다."

한윤이 숨을 들이켰다.

마님이란 아바가이의 생모(生母) 홍화진을 말하는 것이다.

그러고 보면 홍화진을 기억하는 사람은 이 여진 땅에 둘뿐이다.

막내와 대원수다.

아바가이는 기억도 못 한다.

아바가이가 고개를 들고 시리곤을 보았다.

밤.

해시(오후 10시)가 넘은 시간이어서 주위는 조용하다.

진막 안에는 아바가이와 시리곤 둘뿐이다.

기둥에 매어놓은 기름등 불꽃이 흔들렸다.

덧문을 2개나 닫았어도 외풍이 들어오기 때문이다.

"다라크, 파이도르가 폐하께 충성을 맹세한 것은 당연한 일 아니오?"

"예, 하지만."

쓴웃음을 지은 시리곤이 길게 숨을 뱉었다.

시리곤은 55세.

나남족의 원로로 오르타이의 참모였다.

아바가이가 오르타이를 제거할 때 마지막 순간에 호응해준 덕분으로 거사가 성공했던 것이다.

시리곤이 말을 이었다.

"저하, 이런 말씀을 드리기가 거북합니다만 확실하게 해둘 필요가 있습니다."

"말하시오."

"다라크, 파이도르는 이번에 폐하께서 보낸 밀사에게 충성서약서를 써 보냈지만 나남부족장이 되신 저하에 대한 언급이 없었습니다."

"무슨 말이오?"

"그 서약서는 나남부족 1만인장 다라크, 파이도르가 폐하께 목숨을 바쳐 충성한다는 내용뿐이었습니다."

"……."

"당연히 부족장인 세자 저하에게도 다라크, 파이도르가 충성 서약을 해야 맞습니다."

"……."

"그런데 폐하께서 보내신 서약서 원문에 저하의 이름이 빠졌습니다."

그때 아바가이가 빙그레 웃었다.

"폐하께 충성 맹세를 했으면 됐지. 난 폐하의 후계자이니 그 맹세를 인계받으면 되는 거요."

"그렇습니까?"

눈을 가늘게 뜬 시리곤이 다시 한숨을 뱉었다.

"저는 저하와 함께 부족장 오르타이와 아들 카벤을 베어 죽인 당사자가 됩니다."

"고맙게 생각하고 있소."

"저는 저하와 같은 배를 타고 풍랑 속에 던져진 느낌입니다."

"그렇소?"

아바가이가 쓴웃음을 지었다.

"시리곤, 오해하신 것 같소"

시리곤은 대답하지 않았다.

어제 황제 폐하가 보낸 밀사가 나남부족의 양대(兩大) 소부족장인 다라크, 파이도르에게 충성서약서를 비밀리에 받아간 것이다.

그것은 나남부족장을 아바가이에게 넘겼지만 부족은 황제가 직접 장악하겠다는 의도로 볼 수 있다.

더구나 밀사까지 보내 비밀리에 받아간 것이다.

그때 눈의 초점을 잡은 시리곤이 아바가이를 보았다.

"저하, 황궁 분위기가 심상치 않습니다. 황비 마마가 서거하신 후에 내궁에서 나오는 소문이 저한테까지 들려옵니다."

"……."

"전장(戰場)으로 저하를 보낸 후에 암투가 시작된 것입니다."

시리곤이 아바가이에게 상반신을 숙였다.

"저하, 여덟 번째 황비 소문은 들으셨습니까?"

"하르나 님 말이오?"

"저도 황성에 있을 때부터 소문을 많이 들었습니다."

"……."

"돌아가신 황비님께서도 아껴주셨지만 독한 분입니다. 바미드 부족 사이에는 그런 소문이 났습니다. 하르나 님 아들 쿠슬란을 황제 폐하의 후계자로 만든다는 것입니다."

"……."

"이대로 가면 저하는 황궁에서 멀어지면서 폐하의 마음에서도 멀어지게 될 것입니다."

그때 아바가이가 흐려진 눈으로 시리곤을 보았다.

"시리곤, 난 그대의 마음을 얻은 것으로 만족하오."

"저하, 대비하셔야 합니다."

시리곤이 정색하고 말을 이었다.

"전쟁은 그다음입니다."

아바가이가 소리 죽여 숨을 뱉는다.

전쟁보다 어려운 일이다.

유정이 말고삐를 당겨 말을 세웠다.
사시(오전 10시) 무렵.
진장산맥이 좌측으로 50여 리(25킬로) 뻗은 우측 벌판에 명(明)의 주력군이 남진(南進)하고 있다.
맨 앞쪽에 조선 지원군 1만 3천이 나아가는 중인데 기마군 6천, 보군 7천의 군세(軍勢)다.
조선군의 복장은 독특하다.
장군은 투구에 가죽 갑옷을 입었고 군관은 화려한 색깔의 군복으로 바람결에 펄럭였다.
외국 전장에 나간 적이 없는 터라 군복도 넓은 저고리에 바지폭도 넓은 데다 군사들은 챙이 넓은 벙거지를 썼다. 육박전을 하면 다 벗겨진다.
그러나 형형색색의 깃발과 허리띠도 갖가지 색깔로 폭넓게 둘렀기 때문에 가장 눈에 띄었다.
마상에서 6리(3킬로)쯤 떨어진 조선군의 모습이 보였기 때문에 유정은 눈을 가늘게 떴다.
깃발들이 점점 멀어져 가고 있다.

강홍립이 말에 박차를 넣으면서 소리쳤다.
"속보로 전진!"
그러자 옆을 따르던 별장이 복창했고 뒤쪽의 고수가 북을 쳤다.
"둥 둥 둥 둥."
명군(明軍)은 이러지 않는다.

부대마다 다르지만 호각이나 호적을 불고 대개 시끄럽게 소리친다.

그때 기마군이 속보로 전진하기 시작했다.

뒤를 보군이 뛰듯이 따른다.

잘 훈련된 부대다.

자욱한 먼지가 일어났고 강홍립이 별장에게 다시 지시했다.

"3백 보 간격으로 속보다!"

그러자 별장이 기운차게 대답했다.

3백 보 속보로 전진한 후에 3백 보는 걷고 다시 3백 보 속보로 전진하는 방법이다.

뒤를 유정의 본진 대열이 따르게 되겠지만 곧 거리가 멀어질 것이다.

낮은 언덕 위였기 때문에 유정은 조선군이 멀어져 가는 것이 다 보였다.

"도독, 이산군(軍)과는 1백 리(50킬로) 거리입니다. 내일이면 접전하겠습니다."

옆에 선 군사(軍師) 양재규가 남의 일처럼 말했다.

맑은 날씨지만 찬 기운이 덮인 10월의 한낮이다.

"만추령 근처에서 양군(兩軍)이 마주치지 않겠습니까?"

"그렇게 되겠지."

"이산이 이곳을 전장으로 택한 이유가 궁금합니다. 험한 지형이 많은 곳도 있는데요."

"기마군을 응용하려는 게지."

유정은 남의 일처럼 말했다.

"이산 휘하에 기마군 대장들이 많아. 특히 여진 부속상 놈들이 뛰어나지."

"휘하 대장군 둘은 조선인과 왜인이지 않습니까?"

"둘 다 명장(名將)이야. 한기필을 하룻밤에 거지로 만든 자가 왜장(倭將) 신지라는 놈이야."

고개를 끄덕인 양재규가 몸을 세우고 앞을 보았다.

조선군은 이제 보이지 않는다.

먼지도 가라앉았지만 가물가물한 아지랑이만 보일 뿐이다.

그때 양재규가 물었다.

"도독, 전위를 출발시킬까요?"

"한 식경쯤 더 기다리지."

"예, 도독."

"조선군 도원수 강홍립은 여기 오기 전에 조선 왕의 지시를 받았을 거야."

양재규가 앞쪽만 보았고 유정이 말을 이었다.

"왜란 때 내가 조선에 있어봐서 잘 알아. 지금 조선왕인 광해는 세자로 동분서주했던 애송이였지."

"……"

"나도 몇 번 만났어. 제 애비하고는 다르게 보이더군."

"……"

"제 애비는 왜군이 몰려오자 냅다 명(明)과의 국경인 의주로 도망가서 제발 명(明)으로 들여보내 달라고 사정했지."

"그렇습니까?"

"그때 황제께서는 조선 왕이 왜군을 달고 들어올 것 같아서 못 오게 막았어. 왜군하고 짜고 그러는 줄 아는 대신들도 있었으니까."

"그때 조선 왕이 왜군한테 죽었습니까?"

"죽기는. 7년 왜란이 끝나고 7, 8년 더 살다가 병으로 죽었어, 방에서."

"복 받은 왕입니다."

"그때 내가 강홍립도 만났어."

고개를 돌린 유정이 얼굴을 일그러뜨리며 웃었다.

"강홍립이 나한테 그러더군. '도독, 장수하시오'라고. 어젯밤에 그랬어."

"……."

"내가 대답했어. '자네나 새 임금 모시고 잘살게. 나는 환관 놈들이 싫어서 이곳에서 죽겠네'라고."

그러고는 유정이 흐린 눈으로 양재규를 보았다.

"강홍립을 이산한테 보냈어. 이산한테 조선군이 포로로 잡힌 것으로 할 거네."

조선군이 다가오고 있다.

북소리에 맞춰 질서정연하게 행진해 오고 있다.

앞에 첨병대가 배치된 것이 당연한 일이지만 대신 고수 다섯이 말 등에 북을 매달고 두드리면서 다가온다.

"둥, 둥, 둥, 둥, 둥."

유시(오후 6시)쯤 되었다.

이곳은 모령산 앞쪽의 들판이다.

모령산을 등지고 이산의 대군이 넓게 포진하고 있는 앞으로 조선군이 다가오는 것이다.

이제 거리는 1리(500미터)로 가까워졌다.

그때 조선군 진영에서 수십 기의 기마군이 달려 나왔다.

그러자 북소리가 뚝 끊기면서 조선군이 정지했다.

기마군 6천, 보군 7천이 넓게 벌려서 다가오다가 여신 대군 앞에서 멈춰 선 것이다.

햇살이 벌판 위로 환하게 비치고 있다.

진막 밖에 서 있던 이산이 말에서 내려 다가오는 강홍립을 맞는다.

강홍립은 부원수 김경서, 그리고 장수 10여 명을 대동하고 있다.

이산 주위에도 20여 명의 대장군, 장군들이 둘러서 있다.

다섯 걸음 앞에 온 강홍립이 무릎을 꿇었다.

"대원수 전하를 뵙습니다."

"어서 오시오."

다가간 이산이 강홍립의 어깨를 잡아 일으켰다.

그리고 조선군 장수들에게 말했다.

"모두 일어나시오."

조선말이다.

모두 황공한 표정으로 일어섰을 때 옆쪽 최경훈이 소리쳤다.

"자, 진막 안으로 들어갑시다."

조선군의 투항이다.

그러나 여진 대군에 의해 포위되어 생포된 것으로 알려져야 한다.

진막 안에 이산을 중심으로 강홍립, 김경서, 그리고 대장군 신지와 최경훈, 군사 스즈키와 요중까지 둘러앉았다.

밖은 어두워지기 시작했고 진막 안에는 등을 켜놓았다.

그때 강홍립이 입을 열었다.

"대원수 전하, 유정 도독께서 안부 전하셨습니다."

"허어, 안부까지."

쓴웃음을 지은 이산이 강홍립을 보았다.

"유 도독은 휘하의 조선군이 우리에게 포로로 잡혔으니 문책을 당하지 않겠소?"

"그래서 전충군(軍)과 합류할 계획이라고 했습니다."

"전충군(軍)과 말이오?"

이산이 정색했다.

그렇다면 유정군(軍)은 서북으로 북상하게 될 것이고 아바가이군이 양면에서 명군(軍)을 맞게 되는 구도다.

그때 강홍립이 말을 이었다.

"본래 전충군이 유정군에 배속되어야 했습니다. 그런데 전충이 합류하지 않았던 것입니다. 그래서 유정은 조선군이 포로가 된 것을 이유로 전충군 쪽으로 후퇴, 양군(兩軍)을 통합시킨다고 했습니다."

"그렇다면 우리도 북상해서 아바가이군(軍)을 지원해야 합니다."

최경훈이 말했을 때 요중이 고개를 들었다.

"황제 폐하의 지시를 기다리시지요."

모두 조용해진 것은 요중의 말에 일리가 있었기 때문이다.

고개를 든 이산이 입을 열었다.

"그대 말이 옳다. 전군(全軍)을 이곳에 머물게 하고 황성에 전령을 보내도록."

"폐하, 드릴 말씀이 있습니다."

하르나가 옆쪽에 앉으면서 누르하치를 보았다.

침전 안.

술잔을 든 누르하치는 시선만 주었고 하르나가 말을 이었다.

"제가 황비께도 여러 번 말씀드렸는데 황비께선 원체 성품이 너그러우셔서 웃고 넘기시더군요."

누르하치가 한 모금에 술을 삼켰다.

요즘 누르하치는 술을 자주 마신다.

그것도 침전에서 하르나가 따라주는 술을 마시는 경우가 많다.

대신들하고 마시면 머리가 아프다고 했다.

황비 차연이 죽고 나서의 버릇이다.

하르나가 말을 이었다.

"모두 세자를 위해서 드린 말씀이었는데 황비께서는 정에 약하셔서……."

"넌 말이 길어."

불쑥 말을 자른 누르하치가 하르나를 노려보았다.

어느덧 눈의 흰자위가 붉어졌고 얼굴은 창백해졌다.

술기운이 번진 표시다.

"어떤 때는 나불거리는 네 혀를 뽑아내고 싶단 말이야."

"폐하, 죄송합니다."

고개를 숙인 하르나가 어깨를 움츠렸다.

"죽을죄를 지었습니다."

"용건이 뭐냐?"

누르하치가 눈을 부릅떴다.

"무슨 말을 하려는 거냐?"

하르나가 주춤거리자 누르하치가 버럭 소리쳤다.

"말해!"

"세자의 유모가 자꾸 다른 소리를 해서 걱정이 되었습니다."

쥐 죽는 소리로 말했지만 누르하치는 다 들었다.

누르하치의 눈이 번들거리고 있다.

숨을 고른 누르하치가 하르나를 보았다.

세자의 유모 막내는 누르하치도 안다.

그때 하르나가 말을 이었다.

"세자에게 조선말을 가르치고 세자하고 둘이 있을 때는 조선말로 이야기하는 것은 이해할 수 있습니다. 하지만……."

"……."

"세자의 생부인 대원수께 수시로 연락해서 내궁의 소식을 전했습니다."

"……."

"그래서 제가 황비께도 여러 번 말씀을 올렸는데 황비께서는 웃으면서 넘기셨습니다."

"……."

"그리고 지금도 주변 시녀들에게 세자는 조선인이며 조선인의 세상이 되는 것이라고 자랑하고 다닙니다."

누르하치가 술병을 집어 들면서 말했다.

갑자기 목소리가 낮아졌고 눈빛이 흐려졌다.

잔에 술을 채운 누르하치가 말을 이었다.

"오늘은 술이나 마시겠다."

황제의 전령이 달려왔을 때는 이산군이 조선군을 끌어들인 나흘 후다.

전령은 위사대장 이루기트였는데 황제의 최측근이다.

이루기트가 인사를 마치고 말했다.

"대원수께서는 이곳에 머물러 남부지역을 확보하라는 폐하의 지시입니다."

"오, 그런가? 알았다."

선선히 대답한 이산이 이루기트에게 물었다.

"그럼 아바가이 님 증원군은 폐하께서 보내시는가?"

"그러실 예정입니다."

"수고했어."

고개를 끄덕인 이산이 이루기트를 보았다.

"폐하께 지시를 따르겠다고 전해라."

"예, 대원수 각하."

이루기트가 납작 엎드렸지만 시선을 마주치지는 않았다.

그날 밤.

이루기트를 위한 주연에 조선군 도원수 강홍립과 김경서도 참석했다.

이루기트는 45세.

술이 고래여서 주는 대로 다 받아 마시고 부족장급 기장(旗將)들과 떠들썩하게 농담도 주고받았다.

이산은 항상 도중에 나왔는데 부하 장수들에게 부담을 주지 않으려는 의도다.

밤.

이산은 진막 밖의 기척에 눈을 떴다.

위사의 검문 소리다.

그때 밖에서 조심스러운 목소리가 들렸다.

"대원수 전하, 황성에서 밀사가 왔습니다."

"누구 말이냐?"

"황궁 내장원 소속의 구이라트라고 합니다."

"들여보내라."

자리에서 일어난 이산이 옷을 걸쳤다.

주위는 짙은 어둠에 덮여 있다.

자시(밤 12시)가 넘은 시간이다.

그때 진막 문이 젖혀지면서 상민 복색의 사내가 들어섰다.

지친 표정이다.

"갑자기 웬일이냐?"

앞에 엎드린 사내에게 이산이 물었다.

구이라트는 지금까지 막내의 연락원 역할을 맡았다.

비밀 연락원이다.

그래서 이산이 막내를 통해 아바가이의 일상을 다 알 수가 있었다.

구이라트는 42세.

궁 안의 식자재를 담당하는 관리로 조선인이다.

여진에 귀화한 조선인이어서 막내가 20년 가깝게 동생처럼 돌보아주었다.

그때 구이라트가 고개를 들고 이산을 보았다.

눈이 번들거리고 있다.

"막내 님이 처형되었습니다."

조선말이다.

이산이 못 알아들은 것처럼 눈만 껌벅였기 때문에 구이라트가 숨을 들이켰다.

"황제께서 직접 처형시키셨습니다."

"뭐라고? 정말이냐?"

"예, 대원수 전하."

구이라트의 눈에서 눈물이 흘러내렸다.

"아침에 황제께서 내궁에 들어와 직접 막내 님을 잡아 문초하셨습니다."

"왜?"

"세자에게 조선말로 대화했느냐고 처음에 물으셨습니다."

"……."

"막내 님이 그렇다고 하자 폐하는 조선인이 후금(後金) 황제가 될 것이라고 떠들었느냐고 물으셨습니다."

"……."

"막내 님이 그런 말 한 적이 없다고 했습니다. 저도 현장에서 보았습니다만 막내 님은 기가 막힌 표정으로 웃으면서 황제께 말했습니다."

"……."

"'폐하, 아바가이는 여진인입니다. 저는 유모로서 폐하를 모시고 효성을 바치라고 교육했을 뿐입니다'라고요."

구이라트가 다시 손등으로 눈물을 닦았다.

"그때 폐하는 위사들에게 막내 님을 묶어서 고문하라고 지시했습니다. 자백할 때까지 고문하라는 것입니다."

"……."

"막내 님에게 대원수 전하를 황제로 모실 음모를 꾸미느냐고 고문하는 놈들이 묻더군요. 황제는 그것을 들으면서 아무 말도 하지 않았습니다. 그렇게 시킨 것이지요."

"……."

"막내 님은 입을 열지 않으셨습니다. 억울하다고 하지 않고 고문을 받으셨습니다. 그러고는 마지막 순간에 궁이 떠나갈 것처럼 소리치셨습니다."

구이라트가 흐느껴 울고 나서 고개를 들었다.

"'화진 아씨! 제가 따라갑니다!' 하고요."

그때 이산이 말했다.

"넌 당분간 내 옆에 있거라."

진시(오전 8시)가 되었을 때 진막 안에 대장군급 지휘관이 모였다.
신지와 최경훈, 그리고 요중과 스즈키다.

아침 일찍 소집했기 때문에 넷은 긴장하고 있다.

그때 진막 안으로 구이라트가 들어섰다.

그동안 한두 번 구이라트를 본 터라 넷은 눈으로 알은체만 했다.

이산이 입을 열었다.

"어젯밤 구이라트가 왔다. 이야기를 들어보도록."

넷의 시선을 받은 구이라트가 이야기를 시작했다.

이야기를 하는 동안 넷은 숨도 죽이고 들었다.

이윽고 구이라트가 입을 다물었을 때.

먼저 요중이 말했다.

"황제가 세자를 지원하지 말라고 한 이유가 바로 이것입니다."

요중이 번들거리는 눈으로 이산을 보았다.

"세자를 고립시켜 전충과 유정 연합군에게 당하도록 하려는 것입니다."

그때 최경훈이 고개를 끄덕였다.

"지금 황제 전령으로 온 이루기트도 내막을 알고 있을 겁니다."

이산은 외면한 채 대답하지 않았고 이번에는 신지가 입을 열었다.

"주군, 배후 세력이 있지 않겠습니까? 황제가 혼자되신 것을 이용해서 치밀하게 계획을 세워놓고 공작하는 것 같습니다."

그때 이산이 고개를 들었다.

"여덟째, 하르나."

모두 숨을 죽였을 때 이산의 시선을 받은 구이라트가 말했다.

"이미 궁 안에는 소문이 다 났습니다."

구이라트의 목소리가 떨렸고 얼굴도 상기되었다.

"황비께서 돌아가시기 전부터 하르나 님은 끊임없이 세자 저하와 대원수 전하를 모함했다고 합니다. 이번에 막내 님을 고발해서 죽인 것도 대원수 전하를 격노하도록 만들려는 음모라는 것입니다."

순간 진막 안은 무거운 정적에 덮였다.

이산은 보료에 등을 기댄 채 눈을 감았고 둘러앉은 대신(大臣)들은 어금니를 물고는 숨을 죽였다.

그러나 모두의 시선은 이산에게로 옮겨져 있다.

이윽고 이산이 눈을 떴다.

"이루기트를 보내고 나서 서쪽으로 진격한다."

이산이 한마디씩 차분하게 말을 이었다.

"서쪽으로 닷새쯤 가다가 북쪽으로 방향을 틀면 전충군(軍)의 좌측면과 닷새 거리가 될 것이다."

숨을 고른 이산이 넷을 둘러보았다.

어느덧 얼굴에 웃음이 떠올라 있다.

"그때는 전충군(軍)과 유정군(軍)이 연합한 상태겠지. 우리는 아바가이와 연합한다."

그때 스즈키가 말했다.

"아바가이 님께 밀사를 보내야 합니다."

요중이 고개를 끄덕였다.

"막내 님이 살해되었다는 것을 알면 아바가이 님이 충격을 받으실 것입니다. 아무래도 제가 가는 것이 낫겠습니다."

"주군, 요중 님을 보내시지요."

이산의 시선이 요중에게 옮겨졌다.

요중은 본래 다이락 부족으로 에르카이 부족 요르진의 군사였던 경력이 있다.

다이락 부족장 유니마의 친구이기도 하다.

여진 부족 간 관계와 부족 습성에 능통한 군사(軍師)인 것이다.

이윽고 이산이 고개를 끄덕였다.

"후금(後金)의 절체절명의 시기다. 요중, 네가 아바가이 옆에서 도와라."

"예, 대원수 전하."

요중이 길게 숨을 뱉고 나서 이산을 보았다.

두 눈이 번들거리고 있다.

"이것으로 전화위복의 계기가 될 것입니다."

"그 영감이 온다면 받아들여야지."

쓴웃음을 지은 전충이 앞에 선 자사 백강주를 보았다.

미시(오후 2시) 무렵.

전충은 조금 전에 유정이 보낸 전령의 보고를 받은 것이다.

유정이 전군(全軍)을 거느리고 우회해서 전충의 서북면군과 합류하겠다고 통고한 것이다.

거기에다 유정의 군사를 서북면군에 소속시킨다고 했다.

그것은 유정의 본군을 서북면군 휘하에 둔다는 것이다.

전충이 말을 이었다.

"유정의 군과 합류하면 바로 아바가이를 치겠다. 그럼 후금(後金)은 위기다."

"조선군이 몽땅 포로가 되었으니 지휘를 할 명분도 없을 겁니다."

백강주가 코웃음을 치고 맞장구를 쳤다.

요중은 이산의 위사대에서 1백인장 3명이 이끄는 3백 기를 이끌고 왔다.

그동안 황성에서의 연락을 기다리던 아바가이가 반색을 한 것은 당연하다.

"잘 오셨소."

반기는 아바가이의 얼굴이 수척해 보여서 요중의 가슴이 먹먹해졌다.

이곳은 아바가이의 진막 안이다.

지휘관이 20여 명이나 배석하고 있었는데 분위기가 밝아졌다.

그때 요중이 웃음 띤 얼굴로 말했다.

"세자 저하, 곧 대원수께서 오실 겁니다."

"오, 폐하께서 지시하셨소?"

아바가이가 묻자 요중이 고개를 끄덕였다.

"예, 밀명을 내리셨지요. 열흘 후면 도착하실 것입니다."

"전충과 유정군(軍)이 연합한다고 해서 폐하의 지시를 기다리고 있었소."

"그래서 제가 대원수의 지시를 받고 먼저 온 것입니다."

"잘되었어."

그때 요중이 주위를 둘러보았다.

"저하께 드릴 말씀이 있으니 군사와 원로를 제외하고 사람을 물리쳐 주시지요."

잠시 후에 진막에는 다섯이 남았다.

유시(오후 6시) 무렵이어서 진막 안에는 등불을 켜놓았다.

아바가이가 이끄는 군사는 10만 남짓이다.

요중이 주위를 둘러보았다.

아바가이를 중심으로 군사 정문기, 시리곤, 그리고 위사장 파갈까지 넷이다.

그때 요중이 입을 열었다.

"황궁의 내성에서 음모가 꾸며지고 있는 것 같습니다."

모두 숨을 죽였고 아바가이는 어금니를 물었다.

요중이 말을 이었다.

"막내 님이 모함에 걸려 사망했습니다."

"무엇이?"

아바가이가 눈을 치켜떴다.

눈에서 불이 일어날 것처럼 이글거리고 있다.

"막내 유모가?"

"하르나 후비가 폐하께 모함한 것입니다. 막내 님이 후금 제국은 조선인이 황제가 될 것이며 배후에 대원수께서 조종하고 있다는 식의 이간질을 계속했기 때문입니다. 그런 이간질을 자주 들으면 누구라도 믿게 되는 법입니다."

"……"

"그래서 폐하께서는 막내 님을 잡아서 고문하다가 처형하셨습니다."

"……"

"막내 님은 죽을 때까지 자백하지 않았지만, 그것이 또 폐하의 심기를 거스른 것 같습니다."

"유모가 무슨 죄가 있다고……."

아바가이가 흐려진 눈으로 요중을 보았다.

입 끝이 떨렸고 얼굴이 일그러졌다.

"유모는 폐하를 부모로 잘 모시라고만 했는데, 왜……."

요중이 숨을 들이켰다.

그리고 보면 아바가이는 태어나자마자 조선인 어머니를 잃고, 이제 27년간 친자식처럼 키워준 황비 차연을 잃고, 어머니처럼 보살펴 준 유모까지 잃은 셈이다.

가슴이 무너지고도 남을 상처다.

그것도 친자식처럼 아껴주었던 황제가 고문하고 죽였다.

그때 요중이 입을 열었다.

"전하, 대원수께서 말씀하셨습니다. 이 시련을 이겨내야 한다고 말입니다."

요중의 목소리가 열기를 띠었다.

"일개 요부의 농간에 넘어지면 안 됩니다. 그것이 폐하를 위한 일이기도 합니다."

"몇 살이냐?"

누르하치가 묻자 쿠슬란이 공손하게 대답했다.

"스무 살입니다, 폐하."

"전쟁에는 나가보았어?"

"예, 작년에 바미드 부족이 출전할 때 나갔습니다."

"그렇군. 이제 생각난다. 네가 명군(明軍)의 깃발을 빼앗았다지?"

"주위에서 도와줬기 때문입니다."

겸손한 대답에 누르하치의 얼굴에 웃음이 떠올랐다.

내궁의 침전 안.

누르하치는 오늘도 8비 하르나와 함께 술을 마시다가 쿠슬란을 부른 것이다.

하르나가 옆방에 대기시켜놓고 우연을 가장해서 부른 것이다.

누르하치가 눈으로 앞쪽을 가리켰다.

"거기 앉아라."

"예, 폐하."

쿠슬란은 장신에 체격도 크다.

그리고 잘생겼다.

특히 눈과 코가 누르하치를 빼다 박았다.

누르하치가 앞에 앉은 쿠슬란에게 잔을 내밀면서 물었다.

"결혼했느냐?"

"아직 안 했습니다."

그때 하르나가 누르하치의 손에 술병을 쥐여 주면서 말했다.

"폐하께서 신붓감을 정해주세요."

"그럴까?"

누르하치가 쿠슬란의 잔에 술을 채워주면서 웃었다.

"내가 여진 부족 중에서 마땅한 신붓감을 구해주지."

순간 하르나의 눈이 흐려졌다.

누르하치의 심중을 알아챈 것이다.

세자 아바가이는 신붓감으로 조선녀를 데려왔다.

그것도 생부(生父) 이산하고 함께 조선에 갔을 때다.

누르하치의 허락도 받지 않고 데려온 것이다.

그렇다면 미래의 후금 황제와 황비는 조선인이다.

내궁대신 안형이 들어섰을 때는 해시(오후 8시) 무렵이다.

누르하치는 하르나와 쿠슬란의 시중을 받으면서 술을 마시는 중이었는데 취했다.

하르나와 쿠슬란이 흥을 돋우었기 때문이다.

"무슨 일이냐?"

몽롱해진 눈으로 물었을 때 안형이 앞에 엎드렸다.

"연주태수 고르바가 전령을 보냈습니다."

고르바는 누르하치 부족원으로 아래쪽 후금령 연주태수다.

안형이 말을 이었다.

"대원수의 대군이 서북쪽으로 이동하고 있다고 합니다. 곧 아바가이 님의 군사와 합류할 것 같습니다."

"뭐라고?"

버럭 소리친 누르하치가 들고 있던 술잔을 내동댕이쳤다.

놀란 쿠슬란이 몸을 비켰지만 술이 얼굴에 끼얹어졌다.

"이산이 군대를 이동했어?"

화가 난 누르하치가 이산의 이름을 불렀다.

전례가 없었던 일이다.

긴장한 안형이 두 손을 바닥에 짚고 대답했다.

"예, 포로로 잡은 조선군과 함께 북상하고 있습니다."

"이놈들이."

어깨를 부풀린 누르하치가 벌떡 일어섰다가 술기운에 비틀거렸다.

그러나 눈을 치켜뜨고 소리쳤다.

"대신들을 불러라! 아니, 타이론과 만파쿤을 불러라!"

자시(밤 12시)가 넘었다.

전(前) 같으면 술을 동이로 먹고 나서도 전장에 달려갔던 누르하치다.

그러나 지금은 60세가 넘었다.

거기에다 16명이나 되는 아내를 거느리면서 수시로 술과 기름진 음식을 먹으며 운동을 하지 않는다.

그래서 배가 나왔고 다리가 약해졌다.

청 안에는 누르하치가 시중 타이론과 가로(家老) 만파쿤 둘을 앞에 앉혀두고 있다.

둘은 이미 내막을 알고 온 터라 누르하치의 입이 열리기만 기다리고 있다.

그때 누르하치가 입을 열었다.

"이산이 아바가이한테 가고 있다는 보고 들었지?"

"예, 폐하."

먼저 타이론이 태연한 표정으로 대답했다.

"전령이 오는 시간까지 계산하면 지금쯤 하루 이틀 거리로 다가갔을 겁니다."

타이론의 분위기에 맥이 빠진 누르하치가 고개를 돌려 만파쿤을 보았다.

"이 미친놈은 놔두고, 만파쿤 네 생각은 어떠냐?"

"급한 일이 생겼을지도 모릅니다. 그래서 군사를 출동시켜놓고 폐하께 허락을 받으려고 했을 수도 있지요."

"두 놈 다 이산을 자극하지 말라는 것이군."

"폐하, 황비께서 갑자기 서거하시고 나서 요즘은 전(前) 같지 않으십니다."

타이론이 말하자 누르하치는 눈을 가늘게 떴다.

"이산의 전갈을 받은 거냐?"

"내통하느냐고 물으십니까?"

"후금(後金)이 조선족 제국이 될 수는 없다."

"전(前)에는 여진의 뿌리가 고구려요, 아바가이 님은 폐하의 정기를 받은 자식이라고 하셨습니다."

"그놈은 이산의 자식이고 세뇌까지 되었다. 그것도 철저하게."

누르하치가 번들거리는 눈으로 타이론을 보았다.

"그것도 유모까지 동원해서 20여 년 동안 철저하게 제 자식으로 단련시킨 것이다."

"폐하."

만파쿤이 불렀기 때문에 누르하치가 고개를 들었다.

누르하치의 시선을 받은 만파쿤이 쓴웃음을 지었다.

"폐하는 아바가이 님과 얼마 동안 같이 지내셨습니까?"

"무슨 말이냐?"

"제가 알기로는 폐하는 27년 가깝게 아바가이 님을 키우셨지요. 거의 매일 데리고 다니셨습니다."

"……"

"이산 대원수는 지난번에 조선에 함께 간 기간까지 합쳐서 두어 달쯤 될까요?"

"입 닥쳐라."

"폐하께서 변하셨습니다."

"너희들 둘은 반역자가 될 가능성이 있다. 아니, 이미 반역을 도모하고 있는지도 모르겠군."

그때 타이론이 고개를 들었다.

"폐하, 제가 이산을 격멸시키고 아바가이의 머리까지 베어올까요?"

그러자 누르하치가 빙그레 웃었다.

아직 술기운이 밴 두 눈이 번들거리고 있다.

"아니. 시키려면 위라산을 시켜야 제대로 일을 하겠지."

타이론과 만파쿤이 얼굴을 마주 보았다.

위라산은 하르나의 부친으로 바미드 부족장이다.

쿠슬란에게 부족장을 넘겨주었지만, 아직도 실권을 장악하고 있다.

그때 만파쿤이 어깨를 늘어뜨렸다.

"폐하, 그러시면 안 됩니다. 대업(大業)을 왜 망치려고 하십니까?"

"아바가이한테 후금(後金)을 넘겨주지 못하겠다."

누르하치가 이제는 가라앉은 목소리로 말했다.

"그것이 내 결심이다."

타이론과 만파쿤이 입을 다물었고 누르하치가 헛기침을 하자 뒷문에서 위사대장 이루키트가 들어섰다.

"너희들 둘은 당분간 가택 연금이다."

"폐하."

타이론이 눈을 치켜뜨고 부르자 누르하치가 자리에서 일어섰다.

"내가 반역을 막는 것이니까 오히려 나한테 고맙다고 해라."

"세자 저하를 뵙습니다."

이산이 고개를 숙여 인사를 했다.

유시(오후 6시) 무렵.

이산군(軍)과 아바가이군(軍)이 차란 산맥 앞 벌판에서 회동하고 있다.

"잘 오셨소."

아바가이가 맞았는데 얼굴이 굳어 있다.

긴장하고 있는 것이다.

이제 후금군(軍)은 남북의 군세가 하나로 결합했다.

세자 아바가이와 대원수 이산군(軍)의 통합이다.

군세는 기마군 9만 5천, 보군 18만 7천의 대군이다.

인사를 마친 이산과 아바가이는 진막으로 들어가 자리 잡고 앉는다.

배석자는 1만인장급 각 기장(旗將)까지 제외한 이산과 아바가이, 그리고 총사령관급 장수들과 군사다.

그래도 7, 8명이나 되었다.

그때 이산을 수행해 온 총사령관 신지가 먼저 입을 열었다.

"세자 저하의 휘하 사령관 중에서 의심이 갈 만한 기장(旗將)이 있습니다. 정군, 청태군 사령관인 다라크와 파이도르입니다."

신지가 아바가이를 보았다.

"전하, 둘은 폐하께 충성 맹세서를 보낸 후에 전하께 그 사실을 보고하지도 않았습니다. 일단 구금시키고 청군과 청태군을 전하 직속군으로 운영해야 합니다."

그때 요중이 고개를 끄덕였다.

"대원수께서 도착하시기 전에 전하께서도 그렇게 하기로 하셨습니다."

"그럼 지금 시행하겠습니다."

그때 이산이 입을 열었다.

"전하, 폐하 주변의 반역 무리를 소탕해야 될 것 같습니다."

아바가이는 시선만 주었고 이산이 말을 이었다.

"내가 이 세상에서 없어지는 것이 나을 것인가까지도 생각해보았지만 그것이 폐하나 전하, 그리고 대륙의 백성들을 위해서도 해로울 것이라고 믿게 되었습니다."

"……."

"지금 우리는 정도를 걷고 있습니다. 폐하 주변을 정리해서 폐하를 후금의 초대 황제로 역사에 기록되도록 만들어드릴 것입니다."

"그렇게만 된다면 저는 세자 자리를 버려도 됩니다."

그때 이산이 이를 드러내고 웃었다.

소리 없는 웃음이다.

"전하, 조선의 광해 같은 세자가 되셔서는 안 됩니다. 부왕(父王)이 잘못을 저지르면 과감히 나서서 막아야 백성들이 고통을 겪지 않습니다. 그것을 반면교사로 삼으소서."

그 말에 총사령관 최경훈이 고개를 들고는 길게 숨을 뱉었다.

눈이 흐려져 있다.

잠시 후에 기장(旗將) 다라크와 파이도르는 측근들과 함께 끌려와 진막에 구금되었다.

둘은 나남 부족의 소부족장들이지만 이산의 대군이 합류한 상태라 항의 한 마디 뱉지 못하고 순순히 명령에 따랐다.

둘 다 무슨 이유인지를 알기 때문이다.

이산의 대군이 온다는 말을 들었을 때부터 둘은 조바심을 쳤지만 그렇다고 반란을 일으킬 마음은 일어나지 않았다.

누르하치가 시키는 대로 했을 뿐, 아바가이에 대한 불만도 없는 상태다.

그때 둘을 찾아간 이산의 군사(軍師) 요중이 말했다.

"대원수께서는 만사를 분명하게 하시는 분이오. 곧 부르실 테니 기다리시오."

이제는 진막에 이산과 아바가이 둘이 남았다.

기둥에 달린 등불이 아바가이의 얼굴을 비추고 있다.

수심이 덮인 얼굴이다.

그때 이산이 말했다.

"아들아, 너는 세 어머니를 다 잃었구나."

그 순간 아바가이의 눈에서 눈물이 쏟아졌고, 이산의 말이 이어졌다.

"허나 황성에 있는 네 처는 걱정하지 마라. 누르하치는 네 처에게는 손을 대지 못할 것이다."

3장
유대도(大刀)의 전사

아바가이와 보르츠가 만났다.

보르츠의 진막으로 아바가이가 찾아간 것이다.

술시(오후 8시) 무렵.

당황한 보르츠가 자리를 권하면서 물었다.

"전하, 갑자기 여기는 무슨 일로 오셨습니까?"

진막 안에는 둘뿐이다.

아바가이가 모두 내보냈기 때문이다.

"널 보려고 온 거야."

자리에 앉으면서 아바가이가 말을 이었다.

"거기 앉아라, 보르츠."

긴장한 보르츠가 앞쪽에 앉는다.

이때 아바가이는 27세.

보르츠는 두 살 어린 25세다.

그때 아바가이가 보르츠를 보았다.

"보르츠, 너하고 나는 형제다. 아느냐?"

"예?"

놀란 보르츠가 눈을 크게 떴다가 곧 고개를 끄덕였다.

"압니다, 전하."

"우리는 생부(生父)가 같다."

"하지만 형제 표시를 낼 수 없었지요."

"여진인은 다 아는 사실이지만 그렇다."

"저는 전하가 부러웠습니다."

불쑥 보르츠가 말했기 때문에 아바가이가 빙그레 웃었다.

"나는 네가 부러웠다."

아바가이가 웃었지만 보르츠는 여전히 정색했다.

"아버님은 제가 튀는 것을 싫어하셨습니다. 제 궁술이 뛰어났어도 칭찬해주신 적이 없습니다."

"아버님은 칭찬에 박하신 분이지. 내가 안다."

"어머니가 저를 부족장 회의에 보내려고 하셔도 막으셨고 1천인장도 세 번 만에 되었습니다."

고개를 든 보르츠가 쓴웃음을 지었다.

"전하, 그 이유를 아십니까?"

"모른다."

"전하께서 이미 황제의 뒤를 이으실 예정인데 저는 두각을 나타내면 안 된다는 것이지요."

"네가 마음고생이 많았겠다."

아바가이가 부드러운 시선으로 보르츠를 보았다.

그때 보르츠가 정색했다.

"전하께서도 요즘 힘드셨을 것입니다. 도와드리지 못해서 죄송합니다."

"난 대원수 각하하고 둘이 있을 때는 아버님이라고 부른다. 아버님도 내 이름을 부르시고."

아바가이가 말을 이었다.

"너도 이렇게 둘이 있을 때는 나한테 형님이라고 불러야 한다. 넌 내 동생 아니냐?"

"예, 전하."

그랬다가 보르츠가 다시 불렀다.

"예, 형님."

"내가 형님 소리를 들으려고 왔다."

아바가이가 쓴웃음을 짓고 말했을 때 보르츠가 고개를 들었다.

"형님, 황궁에 계신 형수님은 안전할까요?"

아바가이는 시선만 주었고 보르츠가 말을 이었다.

"황제는 아버님이 형님과 군(軍)을 합친 것에 대로(大怒)했다고 들었습니다. 형님의 유모까지 때려죽인 분이 형수님을 가만둘까요?"

"……."

"황제는 간악한 무리에게 휩쓸려서 형님을 몰아내려고 합니다. 나아가서 아버님을 적으로 대하고 있습니다. 이제는 우리가 적이 되었습니다. 황제는 하르나의 아들 쿠슬란을 세자로 삼을 예정이라고 합니다."

"폐하는 그 정도까지 마음을 굳히시지는 않았어."

"막내 님을 때려죽이고 아버님과 형님을 분리하려고 했습니다. 명군(明軍)이 연합해서 다가오고 있는데도 말입니다."

보르츠의 목소리가 열기를 띠었고 얼굴은 상기되었다.

"형님, 지금까지 저는 없는 사람처럼 지냈습니다. 아버님의 아들이란 사실을 드러내지 못했습니다. 그것이 형님에 대한 아버님의 배려였던 것 같습니다. 제 어머니는 형님도 아시다시피 황제의 동복동생입니다. 어머님들의 꿈은 대개 비슷하지 않습니까? 저를 형님의 후계자로 삼고 싶어 하셨습니다."

말을 그친 보르츠가 얼굴을 일그러뜨리며 웃었고 아바가이는 숨을 죽였다.

보르츠가 말을 이었다.

"그런데 어느 날 어머님이 그러시더군요, 이제 너는 아바가이 님을 위해서 사라져야 할 것 같다고. 어머님은 아버님의 속마음을 읽으신 것이지요. 황제의 의심을 벗어나려면 그 방법뿐이라는 것을 아셨던 것 같습니다."

"보르츠, 그만해라."

"그래서 저는 이번 전쟁에서 아버님 아들답게 죽을 기회를 찾고 있었습니다."

"알았다, 보르츠."

아바가이가 팔을 뻗어 보르츠의 어깨를 손바닥으로 두드렸다.

"나는 네 형으로 남아있을 거다. 내 주변의 사람들이 다 죽어가는 마당에 너라도 남아있어야지."

아바가이의 목소리가 떨렸고 보르츠는 고개를 숙였다.

"명군(明軍)이 진격해옵니다!"

첨병대장이 직접 달려와 보고했을 때는 미시(오후 2시) 무렵이다.

이산과 아바가이군(軍)이 연합한 지 사흘째 되는 날이다.

"대군(大軍)입니다! 앞에 유정군(軍)이 섰고 뒤를 전충군(軍)이 받쳐주는 형세로 직진하고 있습니다."

이산이 긴장했다.

진막 안에는 아바가이를 상석으로 모신 채 후금(後金)의 장수들이 모두 모여 있다.

그때 군사 스즈키가 물었다.

"전력(戰力)은?"

"유정군은 기마군 6만, 보군 11만으로 편성되었고 뒤쪽의 전충군은 기마군

7만, 보군 12만입니다."

합계 36만 병력이다.

이산, 아바가이 연합군은 기마군 9만 5천, 보군 18만 7천이었으니 28만 2천이다.

그때 말석에 앉아있던 강홍립이 여진어로 물었다.

"유정군의 선봉은 누구요?"

"산둥(山東)의 제남에서 온 부대요. 깃발에 적혀 있었습니다."

고개를 끄덕인 강홍립이 이산을 보았다.

"그럴 줄 알았습니다."

"뭐가 말이오?"

"제남군(軍)은 중랑장 개준이 지휘하고 있는데, 유 도독의 심복입니다."

강홍립의 목소리가 진막을 울렸다.

"저를 선봉에 세워주시면 제남군(軍)을 투항시키겠습니다."

진막 안에 웅성거리는 소음이 들리다가 곧 그쳤다.

이산이 입을 열었기 때문이다.

"강 도원수에게 선봉을 맡기겠다."

"세자비를 연금해라."

누르하치가 내관에게 지시했다.

모두 숨을 죽였고 누르하치의 목소리가 다시 울렸다.

"궁에 가두고 경비를 세워라."

"예, 폐하."

누르하치가 눈을 치켜떴다.

눈이 번들거렸지만 초점은 흐리다.

"아바가이하고 내통할지 모른다. 시녀들까지 다 가두어라."

타이론이 고개를 들었다.
눈이 흐려졌고 얼굴은 잔뜩 일그러졌다.
"세자비를 구금했어?"
술시(오후 8시) 무렵.
이곳은 타이론의 저택 안이다.
타이론도 연금 상태였기 때문에 문밖출입을 못 하고 있다.
앞에 앉아있는 사내는 경비조장이다.
경비조장이 바깥소식을 전한 것이다.
그때 경비조장이 말했다.
"예, 시녀들과 함께 연금했습니다."
"저런."
타이론이 어깨를 들썩였다가 내렸다.
"큰일 났구나. 황비가 가신 지도 얼마 안 되었는데 이런 사달이 생기다니, 다 내 잘못이다."
"대감의 잘못이라니요?"
"황비가 살아계실 때 8비 하르나를 추방해야 했어. 내가 만파쿤하고 같이 추진했다면 가능했던 일인데."
타이론이 격정을 참지 못하고 주먹으로 방바닥을 쳤다.
"차일피일 미루다가 이 지경이 되었다. 황비께서 그렇게 갑자기 세상을 떠나실지도 몰랐고."
"이건 궁 내부의 소문입니다만."
경비조장 아라한은 타이론을 심복하고 있다.

누르하치의 원로 타이론은 누르하치보다도 인맥이 많은 노인이다.

아라한이 말을 이었다.

"황비께서 돌아가신 것도 하르나 8비가 독약을 먹였기 때문이라고 합니다."

"그럴 만한 여자지."

"황제께서는 세자비를 감금시켜놓고 세자를 부르신다고 합니다."

"그것이 도대체 누구의 머리에서 나온 생각이란 말인가?"

"8비라고 합니다."

"그 여자가 제국을 망치는구나."

탄식한 타이론이 정색했다.

"이보게, 아라한. 믿을 만한 사람을 대원수께 보내야겠다."

"황제 폐하를 위해서 저라도 가겠습니다만 지금 몸을 뺄 수가 없으니 제 동생을 시키지요."

"부르게. 편지는 발각되면 증거로 남을 테니 말을 전해야겠네."

타이론이 눈을 부릅뜨고 말했다.

"명(明)과의 결전이 눈앞으로 닥쳐왔는데 내분이라니. 폐하께서 왜 이렇게 되셨는가?"

명(明)의 선봉대장 개준은 47세.

산둥성 제남군(軍)을 이끌고 왔는데 중랑장 벼슬이다.

지금은 유정군의 선봉군으로 기마군 2만과 함께 본군의 10리(5킬로) 앞을 달리고 있다.

신시(오후 4시) 무렵.

척후대에서 수시로 보고가 왔고 개준의 지시를 받은 전령이 달려간다.

잘 훈련된 부대다.

"적과의 거리는 50리(25킬로) 정도입니다."

다시 달려온 척후대 교위가 소리쳐 보고했다.

"적의 선봉은 기마군 2만 정도인데 청기(靑旗)와 백기(白旗)가 펄럭이고 있습니다."

"알았다. 유시(오후 6시)가 되면 척후대는 정지해라. 오늘은 20리(10킬로) 앞쪽 고석령에서 숙영한다."

개준이 지시하자 교위는 말을 몰아 달려갔다.

말에 박차를 넣은 개준이 옆쪽의 부장(副將) 정찬지에게 말했다.

"도독께선 이곳에 남으실 것 같네."

"어떻게 아십니까?"

놀란 정찬지가 묻자 개준이 쓴웃음을 지었다.

"어제 중군(中軍)에 들렀더니 군사 양재규가 그러더군. 도독과 송별주를 마셨다고 했어."

"송별주라니요? 아니, 그럼."

"이 전쟁에서 떠나신다는 것이지."

"그럼 내일입니까?"

"내일 후금군(軍)과 부딪치게 될 테니 그럴 가능성이 있겠군."

그러자 정찬지가 입을 다물었다.

기마군은 속보로 전진하고 있다.

개준은 유정과 함께 조선전쟁에 참여했다.

그때는 20대 중반으로 낭장 벼슬의 혈기왕성한 지휘관이었다.

그때 개준이 정찬지에게 소리쳐 말했다.

"이보게, 부장. 오늘 밤에 후금군 진지로 가게."

"가지요."

예상하고 있던 것처럼 정찬지가 바로 대답했다.

"강홍립이 우리가 선봉을 맡고 있다는 것을 알면 이산에게 이야기를 해주었 겠지요."

이산에게 타이론의 밀사가 도착했을 때는 그날 유시(오후 6시) 무렵이다.
그날이란 명(明)의 선봉대장 개준과 후금의 선봉대장 강홍립의 양군이 20리 (10킬로) 거리를 두고 진을 친 날을 말한다.

밀사는 아라한의 동생 체르착으로 황궁수비대 10인장이다.

체르착은 아프다는 핑계를 대고 사흘 밤낮을 달려 이산에게 왔다.

자신뿐만 아니라 가족의 목숨까지 내걸고 온 것이다.

체르착이 이산과 아바가이의 앞에 엎드렸다.

아바가이는 체르착의 얼굴을 알아서 금방 소통이 되었다.

체르착이 입을 열었다.

"타이론 님이 편지로 쓰면 잡혔을 때 증거가 되기 때문에 말로 전하셨습 니다."

아바가이가 고개를 끄덕였다.

"말해라."

"세자비께서 시녀들과 함께 연금되었습니다. 세자 저하께 내통할지 모른다 는 이유로 폐하께서 가두신 것입니다."

모두 침묵했고 체르착이 말을 이었다.

"제가 떠나기 전에 궁 경비원한테서 들었습니다. 세자비 마마의 조선인 시 녀를 곧 처형한다는 것입니다. 조선녀로 첩자 혐의가 있다는 것이었습니다."

이산이 어금니를 물었다.

한윤의 종으로 따라온 분이다.

며칠 전에는 화진의 종으로 아바가이의 유모였던 막내를 처형하더니 이제 분이란 말인가?

이것은 8비 하르나의 머리에서 만들어진 계획이 아니다.

잔인하고 치밀하며 끈질긴 수단.

바로 누르하치다.

누르하치가 칼끝을 이쪽으로 돌렸다.

그때 아바가이가 말했다.

목소리가 떨리고 있다.

"아니. 그럴 리가 없어. 분이가 첩자라니. 그 애는 그저 몸종일 뿐이야."

"전하."

아바가이의 말을 최경훈이 가로막았다.

"전하, 진정하시지요. 폐하는 전(前)의 폐하가 아니십니다."

그때 요중이 체르착에게 말했다.

"계속하게."

체르착이 고개를 들고 이산을 보았다.

"타이론 님께서 대원수께 말씀을 전하라고 하셨습니다."

이산의 시선을 받은 체르착이 말을 이었다.

"지금 황제께서 운용할 수 있는 전력(戰力)은 25만 정도이나 주력(主力)은 다지건 부족이라고 하셨습니다."

모두 숨을 죽였고 체르착의 목소리가 진막을 울렸다.

"다지건 부족은 돌아가신 황비님의 부친 모르크 님이 아직도 부족장으로 장악하고 계십니다. 그러니 보르그 님이 황세 폐하를 설득해야 한다고 하셨습니다."

그때 아바가이가 나섰다.

"제가 외조부를 설득하지요."

차연의 부친이니 아바가이에게는 외조부다.

그러나 모두 입을 다물고 있다.

차연은 아바가이의 생모(生母)가 아닌 것이다.

선봉군의 전령이 본진의 진막에 왔을 때는 체르착을 숙소로 보낸 후다.

해시(오후 10시) 가까운 시간이다.

이산과 아바가이가 함께 선봉대장 강홍립이 보낸 전령을 맞는다.

"전하, 강 도원수가 곧 명(明)의 선봉대 부장(副將) 정찬지를 데리고 올 것입니다."

전령이 가쁜 숨을 몰아쉬며 말했다.

"선봉대장 개준이 부장 정찬지를 보냈습니다."

놀란 아바가이가 이산을 보았다.

그러자 이산이 정색하고 말했다.

"그래서 강 도원수가 선봉을 자청한 것이야. 유정한테서 언질을 받은 것이다."

그때 요중이 얼굴을 펴고 웃었다.

"개준의 선봉대 진지는 유정의 본군과 20리(10킬로)가량 떨어져 있습니다. 적진을 앞에 두고 간격이 너무 벌어진 진용입니다. 심상치가 않았는데 장수를 보냈습니다."

강홍립의 말이 맞는 징조다.

한 식경쯤이 지났을 때 진막 안으로 강홍립과 장수 하나가 들어섰다.

갑옷을 입은 명의 장수다.

강홍립이 명의 장수를 소개했다.

"명의 선봉군 부장(副將)입니다. 선봉장이 보냈습니다."

그때 장수가 무릎을 꿇고 말했다.

"금오위 부사로 있다가 선봉군 부장이 된 정찬지라고 합니다."

고개를 든 정찬지가 거침없이 말을 이었다.

"도독 유정 각하께서는 이번 싸움에서 전장을 떠나시기로 하셨습니다. 그래서 먼저 조선군을 보내시고 이어서 저희에게도 기회를 주셨소."

"그렇다면 묻겠다."

이산이 정찬지를 보았다.

"내일 그대들은 어찌할 생각인가?"

"내일 날이 새면 우리는 강 도원수의 진으로 다가가 합류하겠습니다. 유 도독은 독전관도 보내지 않았기 때문에 부대장들과 순조롭게 투항할 것 같습니다."

"군사들의 반발은 없겠는가?"

"부대장들을 모아놓고 돌아가고 싶다는 놈들은 돌려보내지요."

정찬지가 편한 표정으로 말을 이었다.

"저희 부대는 산둥성 제남 출신이 대부분입니다. 천 리 타향에 와서 이리저리 비렁뱅이처럼 쏘다니는 것에 염증이 나 있습니다. 황제라는 놈은 뭘 하는지도 모르고 부랄 없는 환관 놈들의 비위를 맞추느니 차라리 콩을 심는 농부가 될 마음이 굴뚝같습니다."

"알았다."

쓴웃음을 지은 이산이 성찬지를 보았다.

"만일 그대나 선봉대장이 무장(武將)으로 입신하기를 원한다면 내가 중용할 것이다. 머지않아 후금(後金)의 대장군이 되어서 금의환향할 수도 있지 않겠느냐?"

"칼을 갑자기 괭이로 바꿀 수는 없으니 부려주시기만 하면 밥값은 하지요."

"네 입담만큼만 해도 대장군감이다."

둘의 이야기가 길어지는 동안 진막 안의 장수들이 슬슬 웃었고 아바가이의 얼굴에도 웃음이 떠올랐다.

그때 요중이 자리에서 일어섰다.

"그럼, 장군, 나하고 내일 계획을 세웁시다."

보르츠가 다가왔기 때문에 최경훈이 고개를 들었다.

깊은 밤.

최경훈은 본진의 진막에서 돌아온 참이다.

"아니, 1천인장, 여긴 웬일인가?"

"대장군께 드릴 말씀이 있습니다."

보르츠가 말하자 최경훈이 고개를 끄덕였다.

둘은 조선어로 말하고 있다.

"들어가세."

진막으로 들어선 둘은 자리에 앉았다.

그때 최경훈의 시선을 받은 보르츠가 입을 열었다.

"대장군은 대원수의 심중을 가장 잘 아시는 분이니까 말씀드리려고 왔습니다."

"자넨 조선말을 아주 잘하는군."

"어머니가 조선인 유모를 붙여주셨지요. 어렸을 때부터 10여 년간 배웠습니다."

"어머님이 훌륭하신 분이야."

"어머님들은 다 그렇죠."

보르츠의 눈이 흐려졌다.

"그래서 세자 저하의 아픔을 이해할 수 있을 것 같습니다."

"그렇지."

"이번에 제가 황제의 황궁에 잠입해서 세자비님을 구출해 오려고 합니다."

순간 숨을 들이켠 최경훈이 보르츠를 보았다.

얼굴이 굳어져 있다.

"이보게, 1천인장."

"예, 대장군."

"왜 그런 생각을 했는가?"

"그런 말을 한 사람이 없는 것이 첫 번째 이유입니다."

보르츠가 말을 이었다.

"두 번째는 제가 나서야 할 일입니다."

"왜?"

"저는 황제의 동복동생의 아들입니다. 또한, 세자의 이복동생입니다."

보르츠가 웃음 띤 얼굴로 최경훈을 보았다.

"그래서 어머니는 저를 세자의 다음 후계자로 기대하고 계셨지요."

"……."

"8비 하르나의 아들 쿠슬란은 세자를 노리고 있지만 말입니다."

보르츠가 말을 이었다.

"제가 나서야 할 이유입니다. 특공대를 이끌고 황성에 잠입해서 세자비님을 구출해 오겠습니다. 그러면 아버님과 세자님은 마음 놓고 황제에 맞설 수 있습니다."

"……."

"그래야 후금(後金)이 바로 섭니다. 지금 황제는 명(明)의 황제나 똑같습니다."

"이보게, 1천인장."

"대장군께서 대원수님께 말씀을 드려주시기 바랍니다."

"허락할 수 없어."

"제가 이 사달의 단초를 제공했기 때문입니다."

"그건 또 무슨 소리인가?"

"어머님이 세자님 다음 후계자로 저를 기대한다는 소문이 황제에게 들어갔을 것입니다. 그것이 후금(後金)이 조선인에게 넘어간다는 모함에 황제가 솔깃해지도록 한 것 같습니다."

"별소리를 다 듣는군."

"제가 가는 것이 아버님과 세자 형님께도 도리를 다하는 것입니다."

마침내 보르츠가 아버님과 형님을 입 밖에 내었다.

그때 보르츠가 자리에서 일어섰다.

할 말은 다 했다는 자세다.

"이만 가보겠습니다."

다음 날 오전.

진시(오전 8시) 무렵.

유정군(軍)의 선봉대가 정연하게 행진해왔다.

기마군 선봉대다.

후금군(軍)은 좌우로 벌려 선 채 유정군을 맞는다.

감싸 안는 진용이다.

이산도 마상에서 선봉대의 투항을 맞는다.

기마군 1만 7천이다.

본래 개준의 선봉대는 1만 9천이었는데 2천은 투항하지 않고 뒤쪽의 본진으로 돌아갔다.

이산의 앞으로 다가온 선봉장 개준이 말에서 내렸다.

뒤를 따르던 부장(副將) 정찬지도 말에서 내렸다.

이로써 유정군의 선봉대는 사라졌다.

이것도 대승이다.

보고를 들은 유정이 표정 없는 얼굴로 고개를 끄덕였다.

사시(오전 10시) 무렵이다.

진막 밖에는 수십 명의 지휘관들이 벌려 서 있었는데 바람결에 눈이 섞였다.

10월 말이다.

얼굴에 부딪힌 눈을 손바닥으로 쓸면서 유정이 지휘관들을 둘러보았다.

모두 숨을 죽이고 있다.

금방 보고를 한 선봉군의 장수도 시선만 준다.

선봉군으로 나간 기마군 1만 9천 중에 1만 7천여 명이 고스란히 적에 투항한 것이다.

조선군 1만 3천이 포로로 잡힌 후에 이번에는 선봉군이 투항했다.

그때 유정이 말했다.

"결전이다."

나무 설상에서 일어선 유정의 녹소리가 점점 굵어졌다.

"오늘, 싸우기 좋은 날이다."

유정의 흐린 눈이 번들거리고 있다.

유정군(軍)이 돌격해왔을 때는 신시(오후 4시)가 되었을 때다.

전열을 정비한 유정군의 기마군 2만 3천이 먼저 돌진해온 것이다.

이곳은 무등령 앞 살이호 벌판이다.

사방 50여 리(25킬로) 면적의 황무지에 20만이 넘는 양군이 모여 있다.

유정군(軍)을 맞은 후금군(軍)의 지휘관은 도모란 부족장이며 황군(黃軍)의 기장(旗將)인 부라트다.

부라트는 황태군까지 2만 기마군을 이끌고 정면으로 유정군과 부딪쳤다.

"기마군 대장은 하남태수 규천입니다."

항장(降將) 개준이 말했다.

"용병술이 뛰어난 장수입니다. 규천한테는 지치도록 놔두는 것이 효과가 있습니다."

"과연."

그때 요중이 얼굴을 펴고 웃었다.

"적절한 조언이오. 이 싸움은 정공법이 될 테니 오래 가겠습니다."

과연 그렇다.

언덕도, 강도 없는 지평선만 보이는 살이호에서 20만이 넘는 양군(兩軍)이 부딪쳤다가 흩어지기를 반복하면서 밤늦게까지 전투가 계속되었다.

양군(兩軍)의 지휘부가 전략을 짰지만 수십 개 단위 부대가 서로 얽히는 바람에 그대로 지시가 이행되는 경우가 드물었다.

시간이 지나면서 양군의 전력이 드러나기 시작했다.

각 지휘관의 능력에 따라 각 부대의 승패가 결정되는 것이다.

그리고 그 결과는 압도적으로 후금군이 우세했다.

그것은 팔기군 운용 때문이다.

팔기군은 본래 이산이 원(元) 제국의 단위부대 전술인 10인장 편제를 기준으로 확대해놓은 것이다.

각 기군(旗軍)은 10인장, 50인장, 100인장, 1천인장, 1만인장으로 구성되었고, 기장(旗將)은 각 부족장이 맡는다.

이러니 각 부대가 단결될 수밖에 없는 것이다.

전투에 몰입하면 똘똘 뭉쳐서 덤벼들었다.

이곳은 유정군의 중군.

유정이 잠깐 말을 세우고 물병을 받아들었다.

사방에서 울리던 함성이 약간 멀어진 느낌이 들었다.

전장(戰場) 중심에서 벗어난 것 같다.

"도독, 말에서 내려서 좀 쉬시지요."

말에서 내린 군사 양재규가 유정의 말고삐를 쥐면서 말했다.

어둠 속에서 양재규의 눈이 번들거리고 있다.

유정이 주위를 둘러보았다.

본래 중군(中軍)은 기마군 3만에 보군 3만이 호위하고 있었는데 난전(亂戰)이 되자 이쪽저쪽으로 다 찢겨갔다.

그리고 지금은 기마군 3천5백이 남아서 전군(全軍)을 지휘하고 있다.

이동하면서 지휘하는 이동 사령부다.

그때 유정이 말에서 내리지도 않고 물었다.

"지금이 몇 시각쯤 되었는고?"

"예, 별을 보니 축시(오전 2시)가 되어가고 있습니다."

"오, 축시인가? 내가 축시생(生)이야."

"아, 그러십니까?"

양재규가 건성으로 대답했을 때 유정이 말을 이었다.

"군사(軍師), 오늘이 내 생일(生日)이야."

놀란 양재규가 시선만 주었을 때 함성이 울렸다.

기마군의 말굽 소리도 가까워지고 있다.

그때 양재규가 잠깐 귀를 기울이더니 말했다.

"앞을 지나갑니다. 후금군(軍)입니다."

"군사(軍師), 호포를 쏘아라."

"예?"

"서둘러라!"

"예! 도독."

소리쳐 대답한 양재규가 서둘러 뒤쪽으로 물러갔다.

호포를 쏘는 것은 일제히 뒤로 물러가 뒤쪽의 전충군(軍)과 합류한다는 것을 말한다.

전투가 개시되기 전에 미리 지시해놓은 것이다.

그때다.

"꽝! 꽝!"

뒤쪽에서 연거푸 2발의 호포가 울렸다.

호포를 쏘고 돌아온 양재규가 주위를 둘러보았다.

유정이 보이지 않는 것이다.

앞으로 나간 양재규가 드문드문 서 있는 위사들에게 물었다.

"도독은 어디 가셨느냐?"

"조금 전에 앞으로 가셨습니다."

위사 하나가 대답했다.

"위사장과 위사 셋을 데리고 가셨소."

양재규가 서둘러 말에 올랐다.

"너희들은 돌아가거라."

유정이 말하자 위사장 교택이 뒤를 따르는 위사 셋에게 말했다.

"너희들은 돌아가."

위사 셋이 주춤했을 때 교택이 소리쳤다.

"서둘러!"

"예, 나리. 하지만."

"내 지시를 어길 셈이냐! 가거라!"

교택이 버럭 소리치자 위사 셋은 주춤거리다가 곧 말 머리를 돌렸다.

어둠 속으로 위사들이 사라졌을 때 유정이 교택을 보았다.

"교택, 너도 가거라."

"제가 20년을 모셨습니다."

어둠 속에서 교택이 버럭 소리쳤다.

그것은 기마군의 소음이 더 가까워졌기 때문이다.

교택이 바짝 다가붙더니 번들거리는 눈으로 유정을 보았다.

"같이 가시지요. 저는 모시고 가려고 마음먹고 있었습니다."

"그러냐? 알고 있었느냐?"

"강홍립을 내보내셨을 때부터입니다."

"고맙다."

"모셔서 광영이었습니다."

"자, 가자."

허리에 찬 대도를 빼든 유정이 이를 드러내고 웃었다.

"대도(大刀)가 이젠 무겁구나."

"제가 앞을 설까요?"

"아니다. 내가 대도(大刀)를 휘둘러야지."

유정이 대도를 치켜들었다.

20여 년 전 유정은 조선전쟁에서 대도를 휘둘러 왜군을 베었다.

그래서 별명이 유대도(大刀)였다.

"자, 유대도(大刀)가 간다!"

유정이 버럭 소리치면서 말에 박차를 넣었다.

그 뒤를 위사장 교택이 따른다.

잠시 후에 둘의 모습은 어둠 속으로 사라졌다.

이곳이 요동의 살이호다.

이곳에서 도독 유정이 전사했다.

"적이 퇴각합니다!"

옆으로 다가온 스즈키가 소리쳐 보고했다.

깊은 밤.

아직도 황무지에는 소음과 함성으로 뒤덮여 있다.

그때 이산이 말했다.

"쫓지 마라!"

깊은 밤이다.

난전(亂戰) 중에는 쫓지 않는 것이 상책이다.

지금처럼 수백 개 단위 부대가 엉켜 있는 상황에는 더 그렇다.

물이 흐르는 것처럼 놔둬야 한다.

"유 도독이 전사하셨습니다."

전장(戰場)에서 돌아온 비장 곽평이 보고했다.

곽평도 팔에 칼을 맞아 헝겊으로 동여매었다.

이곳은 전충의 진막 안.

10여 명의 장수가 둘러서 있다.

전충은 시선만 주었고 곽평이 말을 이었다.

"유 도독은 위사장 교택과 둘이서 적진으로 돌격했습니다."

"……."

"위사 셋을 데리고 갔다가 돌려보낸 후에 돌진한 것입니다. 군사(軍師) 양재규가 전장을 헤매다가 두 시신을 찾아서 매장했습니다."

"……."

"유 도독군은 현재 1만여 명을 모아서 양재규가 지휘하고 있지만, 전력(戰力)은 안 될 것 같습니다."

그때 전충이 고개를 들고 뒤에 선 부장에게 지시했다.

"유 도독이 적진으로 돌진, 장렬하게 전사했다는 보고서를 써라."

"예, 총사령 각하."

"분전했으나 적의 대군(大軍)에 밀려 전사했다는 내용이다. 알았느냐?"

"예, 후세에 영웅으로 남을 것입니다."

"군사를 뒤로 물린다."

전충이 어깨를 펴고 지시했다.

"요동성으로 회군이다."

모두 긴장했고 전충의 말이 이어졌다.

"산해관만 단단히 지키면 된다. 여진 놈들이 장성만 넘지 않으면 우리 임무는 다한 셈이다."

봉천의 후금(後金) 황궁 안.

이곳에서는 누르하치가 이산이 보낸 전령의 보고를 받는다.

전령은 1천인장 마하카트다.

"세자와 대원수 연합군은 유정군(軍)을 격파했습니다."

마하카트의 열띤 목소리가 청을 울렸다.

어깨를 편 마하카트가 소리치듯 말을 잇는다.

"유정군(軍) 17만은 현재 산산조각이 났으며 1, 2만 정도밖에 남지 않았습니다. 또한, 사령관 유정은 전장에서 전사한 것이 확인되었습니다."

그때 청 안이 웅성거리기 시작했다.

대승이다.

여진 역사상 이런 대승은 없다.

그러나 웅성거리던 분위기가 금세 가라앉았다.

누르하치의 표정 때문이다.

이맛살을 모은 채 마하카트를 노려보고만 있었기 때문이다.

고개를 든 마하카트도 누르하치의 표정을 보았다.

그러나 소리치듯 말했다.

"폐하, 명군 2만여 명을 포로로 잡고 전리품으로 말 3만여 필, 수천 수레의 병장기, 기구를 획득했습니다. 이로써 유정군 17만은 흔적도 없이 사라졌습니다."

그때 누르하치가 눈을 부릅떴다.

"그래서, 홍타이지와 이산 연합군이 이제는 황성을 공격한다고 하더냐?"

"예? 어디 말씀입니까?"

마하카트가 눈을 크게 뜨고 되물었지만, 청 안은 순식간에 조용해졌다.

바늘 떨어지는 소리도 들릴 정도다.

모두 숨을 죽이고 있기 때문이다.

그제야 말뜻을 안 마하카트가 어깨를 부풀렸다.

마하카트는 47세.

누르하치 부족으로 성골이다.

누르하치 집안과 수대에 걸쳐 이웃으로 산 가문이다.

그래서 이산이 전령으로 보냈다.

"폐하, 무슨 말씀이십니까? 세자와 이산 연합군이 황성을 공격하다니요?"

목소리가 컸기 때문에 청이 울렸다.

"다음 목표는 이곳이냐고 물었다."

누르하치가 잇새로 말했을 때 마하카트는 목소리를 높였다.

"폐하! 그것이 무슨 말씀입니까?"

"이놈, 목소리가 크다."

"공을 칭찬하지는 못할망정 무슨 말씀을 그렇게 하십니까?"

마하카트의 목소리가 더 높아졌다.

"이놈! 너도 그놈들과 한패냐?"

누르하치가 버럭 소리쳤을 때다.

마하카트가 따라서 소리쳤다.

"폐하! 당신 미쳤소?"

30년 전에는 마하카트가 그럴 수 있었다.

그때 누르하치가 벌떡 일어섰다.

"저놈을 죽여라!"

"마하카트를 감옥에 넣었습니다."

부족 원로 유슬란이 말하자 모르크가 외면했다.

모르크는 오늘 청에 나가지 않은 것이다.

유슬란이 말을 이었다.

"승전 보고를 하러 온 전령을 감옥에 넣다니요. 더구나 승전 보고를 했더니 그다음에는 황궁으로 진격해올 것이냐고 물었습니다."

유슬란은 청에서 다 보고 듣고 온 것이다.

상기된 유슬란의 입가에 게거품이 일어났다.

"그러니까 마하카트가 당신 미쳤냐고 할밖에요. 기가 막힐 일 아닙니까?"

"야단났다."

마침내 모르크가 낮게 말했지만 유슬란은 들었다.

술시(오후 8시) 무렵.

마루방 안에는 둘뿐이었지만 유슬란이 목소리를 낮췄다.

"족장, 누르하치 님은 아바가이 님과 이산 님을 적으로 돌린 것 같습니다."

"……."

"세자비를 연금하더니 이제는 승전 보고를 하러 온 전령에게 다음에는 황궁으로 올 것이냐고 하다니요? 그러고는 죽이려다가 주위에서 말리는 바람에 감옥에 넣었습니다."

"……."

"큰일 났습니다. 후금(後金)이 두 개로 쪼개지고 있습니다."

그때 모르크가 유슬란을 보았다.

"타이론, 만파쿤이 지금도 연금되어 있지?"

"무엇이?"

버럭 소리친 아바가이가 앞에 꿇어앉은 10인장을 보았다.

10인장은 마하카트를 수행하고 전령으로 갔다가 탈출해온 것이다.

중군의 진막 안에는 10여 명의 지휘관이 모여 있었는데 순식간에 조용해졌다.

방금 10인장으로부터 마하카트가 감금된 사연을 들은 것이다.

"그게 사실이냐?"

"예, 제가 청 아래에서 직접 보고 들었습니다."

10인장의 목소리가 울렸다.

"마하카트 님은 처형을 당하게 되었는데 주변 대신들이 말려서 겨우 감옥에 갇히게 되었습니다. 저는 그사이에 빠져나왔지만, 수행원들도 나중에 다 잡혔다고 들었습니다."

아바가이가 어금니를 물었을 때 옆에 서 있던 요중이 낮게 말했다.

"저하, 마음을 가라앉히시기 바랍니다. 대원수님과 상의하시지요."

요중은 이럴 줄 예상하고 있었다는 표정이다.

저녁에 본진의 세자 진막에서 회의가 열렸다.

아바가이와 이산이 나란히 앉았고 지휘관급은 모두 모였는데 무거운 분위기다.

대승한 지 닷새밖에 안 되었는데 분위기는 패전한 지휘부 같다.

그때 이산이 입을 열었다.

"경거망동하면 안 된다. 이곳에 진을 치고 기다리기로 하자."

이산이 지휘관들을 둘러보았다.

"하지만 황궁의 상황은 철저하게 살펴야 할 것이다. 아마 황궁에서도 이쪽의 동태를 감시하고 있을 것이다."

"그렇습니다."

유니마가 고개를 끄덕였다.

"모사들을 동원해서 온갖 계략을 꾸미고 있을 것입니다. 그것이 누르하치 님의 습성이지요."

마침내 유니마의 입에서 누르하치의 이름이 불렸다.

세자 아바가이의 면전에서다.

그것은 아바가이의 부친이며 황제로 누르하치를 인정하지 않겠다는 표시다.

그때 도모란 부족장 부라트가 나섰다.

"누르하치 님도 이제 세자께 양위하셔야 합니다. 그래야 후금(後金) 제국이 살아납니다."

"옳습니다."

이곳저곳에서 외침이 울렸고 분위기가 급격하게 달아올랐다.

원성이다.

최경훈이 찾아왔을 때는 자시(밤 12시) 무렵이다.

그때까지 청에 앉아 군사(軍師)들과 함께 있던 이산이 최경훈을 보았다.

"무슨 일이오?"

"대원수 각하."

최경훈이 이제는 이산을 대원수로 부른다.

왜란 때 20대와 40대로 만난 둘은 30년이 지난 현재 50대와 70대가 되었다.

최경훈이 백발로 덮인 얼굴을 들고 이산을 보았다.

"전하, 보르츠가 떠났습니다."

"보르츠가 떠나다니 무슨 말이오?"

"저한테 이상한 말을 계속하기에 진정을 시켰으나 전쟁 중이라 신경을 덜 썼습니다. 그런데……."

그때 아바가이가 물었다.

"황궁으로 갔습니까?"

"예, 그런 것 같습니다."

"왜?"

이산이 얼굴을 찌푸리며 둘을 번갈아 보았다.

그때 아바가이가 말했다.

"저한테 제 처를 구해내겠다고 했습니다. 자기에게도 책임이 있다는 것입니다."

이산이 시선만 주었고 아바가이가 말을 이었다.

"그래서 말렸는데 결국 떠난 것 같습니다."

그러더니 아바가이가 자리에서 일어섰다.

"제가 뒤따라가서 데려오겠습니다."

"잠깐만."

손을 들어 아바가이를 막은 이산이 어느덧 충혈된 눈으로 아바가이를 보았다.

"전하, 그만두시오. 나는 전하까지 잃을 수는 없습니다."

"지당하신 말씀입니다."

요중이 결연한 표정으로 아바가이를 보았고 스즈키와 신지는 고개까지 저었다.

"아니, 자네가 웬일인가?"

놀란 모르크가 목소리를 낮췄다.

술시(오후 8시) 무렵.

황궁에 들렀던 모르크가 저택의 안채 청으로 막 들어섰을 때다.

청 안쪽에 서 있는 사내를 보고 놀란 것이다.

그때 사내가 쓴웃음을 지으면서 말했다.

사내는 나남족의 시리곤이다.

"제가 족장의 사돈이오. 잊으셨소?"

"그렇지. 잊었구나."

쓴웃음을 지은 모르크가 저도 모르게 주위를 둘러보았다.

아무도 없다.

둘은 청에서 마주 보고 앉았다.

벽에 걸린 등불이 시리곤의 주름진 얼굴에 그림자를 덮었다.

시리곤의 딸이 모르크의 둘째 아들과 결혼한 것이다.

그러나 둘째 아들은 12년 전에 명(明)의 기습군을 만나 전사했다.

모르크가 물었다.

"딸 보러 왔는가?"

시리곤이 눈만 껌벅였고 모르크가 말을 잇는다.

"딸이 이곳까지 데려왔겠군."

"내 외손자도 보여주더군요."

"차야바르는 내 유일한 희망이지."

"아직 열다섯 살입니다. 그놈이 장성할 때까지 족장이 보살펴 주셔야 합니다."

"내가 벌써 65살이야."

"난 66세요. 잊으셨소?"

"알아. 자네 나이."

눈을 가늘게 뜬 모르크가 말을 이었다.

"차연이 그렇게 허무하게 가다니. 믿기지가 않아."

"……"

"차연이 가고 나서 엉망이 되었어."

"황비를 8비가 독살했다는 소문이 있소. 들으셨소?"

"헛소문이야."

"8비 하르나가 요부요. 그년 때문에 이 지경이 된 거요."

"그 증거가 있어야지."

"황비는 아바가이 님을 친자식으로 생각하고 계셨소."

"나도 알아."

"아바가이 님은 황비님이 가셨다는 말을 듣고 비통해하셨소. 모르크 님은 상상도 못 하실 만큼 말이오."

"……."

"거기에다 유모인 막내까지 황제는 처형했소."

시리곤이 눈을 치켜뜨고 모르크를 보았다.

"모르크 님은 아바가이 세자의 외조부 아니시오?"

"……."

"8비의 아들 쿠슬란이 황제가 되도록 놔두실 겁니까?"

"……."

"8비와 쿠슬란이 모르크 님을 가만두리라고 보시오?"

"그만."

손을 들어 말을 막은 모르크가 번들거리는 눈으로 시리곤을 보았다.

"날더러 어쩌란 말이야?"

"황궁 안으로 잠입해 들어가기는 불가능합니다."

가르단이 말했다.

이곳은 후금(後金)의 황성인 봉천성 안.

서문 안쪽의 민가 마루방에 보르츠와 가르단이 앉아있다.

해시(오후 10시) 무렵.

가르단 친척의 집이었는데 창고와 방이 10여 개 있었기 때문에 보르츠 일행이 묶기는 적당했다.

가르단이 말을 이었다.

"세자비는 궁 서쪽의 별당에 감금되어 있다고 합니다. 궁 안이기 때문에 별당 앞에 경비병 두어 명이 있을 뿐이지만 궁으로 잠입하기가 어렵습니다."

"내가 어머니를 따라서 궁 출입을 여러 번 했어."

보르츠가 차분한 얼굴로 가르단을 보았다.

"궁 안 지리는 내가 잘 안다. 서쪽 담장 끝의 별당은 담장을 넘어가면 돼."

"보르츠 님, 담장 높이가 15자(4.5미터)입니다. 사다리를 걸쳐야 하오."

"사다리를 준비하면 돼."

"궁 담장은 수시로 경비병이 순찰합니다."

"순찰병을 묶어놓으면 돼."

"어떻게 묶습니까?"

"방법을 찾아봐야지."

그때 가르단이 길게 숨을 뱉었다.

"보르츠 님, 이것은 자살행위올시다."

가르단이 작심하고 말을 이었다.

"세자비님을 업고 사다리를 올라 담장을 넘어오신다는 말씀입니까? 날개라도 달렸다면 모를까……."

"그렇다. 자살행위다."

고개를 든 보르츠가 빙그레 웃었다.

"난 담장 안에서 죽을 테니 넌 그 모습을 보고 대원수께 알리면 된다. 그것이 네 역할이야. 그렇게 하라고 널 데려온 거다."

"내가 선수를 쳐야겠다."

마당으로 나온 가르단이 10인장 호르키에게 말했다.

"보르츠 님은 황궁 안에서 죽으려고 오신 거다. 날더러 그 장면을 보고 대원수께 보고하라는군."

"무슨 말씀이오?"

이맛살을 찌푸린 호르키가 가르단을 보았다.

"알기 쉽게 말씀하시오. 못 알아듣겠소."

"이놈아 보르츠 님은 이곳에서 전사하시려고 오신 거야."

호르키는 가르단의 말을 돌보는 종이었다가 10인장이 된 위인이다.

그만큼 마술과 무공이 뛰어났고 가르단의 심복이기도 하다.

호르키가 얼굴을 일그러뜨렸다.

"황궁에서 보르츠 님이 전사하시면 황제와 대원수 각하는 원수가 되시겠군요."

"보르츠 님은 사태가 이렇게 된 것이 자신에게도 책임이 있는 줄 아는 거야."

"무슨 말인지 모르겠소."

"세자님이나 보르츠 님의 생부(生父)는 대원수님이시니까 황제가 의심할 만하지."

"그럼 처음부터 세자를 시키지 말았어야지."

"대원수와 황제의 싸움에서 누가 이길 것 같으냐?"

"당연히 대원수 각하지요."

"그래서 보르츠 님이 여기서 목숨을 내놓으려는 것이지. 세자님, 대원수님 대신으로."

"그것을 막으시려는 것입니까?"

"내가 먼저 나서면 보르츠 님은 주춤할 테니 네가 모시고 돌아가라."

어깨를 치켰다가 내린 가르단이 호르키를 보았다.

"난 언변이 없어서 보르츠 님을 설득할 재주도 없으니 몸으로 때워야겠다. 그건 먼저 죽는 방법뿐이야."

"가르단 님, 저도 마찬가지요. 같이 갑시다."

"너한테 보르츠 님을 맡긴다니까."

눈을 부릅뜬 가르단이 말을 이었다.

"나는 오늘 밤에 결행한다. 보르츠 님보다 먼저 뛰어드는 것이지."

"가르단 님."

"난동을 부릴 것이니 호위도 필요 없다. 목숨들을 아껴야지. 하지만 황궁에서 소란은 일어날 거다."

"……."

"그것이 알려질 테니 넌 보르츠 님을 모시고 돌아가."

"그 방법뿐입니까?"

"목숨을 버리려고 작정한 분을 막는 데는 이 방법뿐이야."

"목숨 버리기 시합을 하시오?"

"닥치고 내 말대로 해라, 호르키."

"다른 방법은 없습니까?"

"나는 말재주가 없다고 하지 않았느냐?"

벌컥 화를 낸 가르단이 몸을 돌렸다.

가르단의 몸이 어둠 속으로 사라지자 호르키가 투덜거렸다.

"모두 누르하치가 미쳤기 때문이야."

자시(밤 12시)가 넘었기 때문에 주위는 적막에 덮여 있다.

황궁의 내궁은 성안의 성이다.

내궁의 성벽은 높이가 15자(4.5미터) 정도였지만 50보 간격으로 화톳불이 밝혀졌고 순찰병이 자주 도는 까닭으로 아예 외인이 근접한 적이 없다.

내궁의 서문을 맡은 1백인장 아유타가 하늘을 올려다보고 나서 말했다.

"눈이 내릴 것 같으니까 장작을 더 태워라. 불이 꺼지겠다."

화톳불 옆에 서 있던 10인장이 몸을 돌려 어둠 속으로 사라졌다.

"이젠 추워서 겨울 전쟁은 힘들겠다."

화톳불에 손을 쬐면서 아유타가 투덜거렸다.

"다행이야. 대원수가 유정군(軍)을 깨뜨려서. 이젠 전충도 쉽게 덤비지 못하겠지."

"물러갔다고 하지 않습니까?"

옆에 선 부장이 거들었다.

"대원수와 세자 덕분에 우리가 한숨 돌린 겁니다."

"그나저나 세자비까지 가둬놓고 어쩌려는 거야?"

주위를 둘러본 아유타가 목소리를 낮췄다.

"대원수와 세자의 연합군과 전쟁을 한다는 건가?"

"그럴 기세 아닙니까? 8비가 옆에서 부추긴다고 하는데요."

"시끄럽다."

"8비 때문이라고 하는 사람이 절반 이상입니다."

부장이 지지 않고 말을 이었다.

"우리가 대승했는데도 이게 뭡니까? 황제는 왜 대원수와 세자를 상대로 전쟁을 하려는 겁니까?"

그러자 시끄럽다고 했던 아유타도 마침내 고개를 끄덕였다.

"네 말이 맞다."

"타이론, 만파쿤 님까지 연금을 시켜놓고 이게 무슨 짓인지 모르겠소."

"전쟁이 일어나면 나는 내 고향으로 돌아갈 테다. 가서 다시 양을 키워야지."

어깨를 부풀린 아유타가 어느덧 어깨에 덮인 눈을 털어내었다.

"이까짓 1백인장 노릇 안 할 거다."

그때 어둠 속에서 외침 소리가 울렸다.

"침입자다!"

이어서 칼날 부딪치는 소리도 울렸다.

놀란 둘이 그쪽으로 달려갔다.

담장에 사다리를 걸치고 오르려고 했으니 '날 잡아라' 하는 것이나 같다.

가르단은 덤벼드는 경비병의 칼을 쳐내면서 담장을 등지고 섰다.

눈발이 날아와 얼굴에 붙었다.

"이놈!"

경비병 둘이 칼을 겨누며 다가왔다.

이미 둘은 칼로 쳐서 넘어뜨렸고 둘이 남았다.

다시 경비병이 소리쳤다.

"침입자다!"

"허, 그놈 목소리가 크구나."

칼을 겨누던 가르단이 갑자기 버럭 소리쳤다.

"나는 이산 대원수 각하 1천인장 가르단이다! 날 아느냐!"

그 순간 가르단이 칼을 땅바닥에 내동댕이쳤다.

놀란 경비병들이 주춤거렸을 때 가르단이 빈손을 앞으로 내밀면서 소리쳤다.

"자! 날 묶어라! 나는 내궁에 침입해서 세자비를 구해내려고 했다!"

잠이 들었던 보르츠가 문밖에서 부르는 소리에 눈을 떴다.

"보르츠 님!"

"누구냐?"

"10인장 호르키올시다."

목소리가 다급했기 때문에 보르츠가 몸을 일으켰다.

"웬일이냐?"

"가르단 님이 잡히셨소."

"무엇이!"

놀란 보르츠가 밖으로 나왔을 때 마루에 서 있던 호르키와 가르단의 사촌이 다가와 섰다.

마루방 기둥에 달린 등 빛에 둘의 얼굴이 드러났다.

긴장으로 굳어진 표정이다.

보르츠가 옷을 여미며 물었다.

"어떻게 된 일이냐?"

"가르단 님이 내궁 담장을 넘다가 발각되어서 사로잡힌 겁니다."

호르키가 말했을 때 가르단 사촌이 거들었다.

"지금 성안이 난리가 났습니다. 사로잡힌 가르단이 단신으로 세자 비님을 구출하려고 왔다고 했답니다. 그렇지만 그걸 믿을 사람이 있습니까? 친위대가 성안을 수색하고 있습니다. 그러니 보르츠 님도 문밖출입을 삼가시지요."

"가르단이……."

보르츠가 흐린 눈으로 호르키를 보았다.

"몇 명을 데리고 갔나?"

"단신으로 갔습니다."

"혼자?"

"예, 그리고 저에게 보르츠 님을 부탁했습니다."

"너에게 날 부탁해?"

"가르단 님이 혼자서 세자비님을 구출하겠다고 했습니다. 그러니 저한테 보르츠 님을 모시고 가라더군요."

보르츠가 어금니를 물었다.

가르단이 세자비를 구출하러 왔다면서 난리를 피웠으니 대군(大軍)을 끌고 와도 불가능한 일이 되었다.

가르단이 가로막은 것이다.

"가르단?"

고개를 비틀었던 누르하치가 옆에 선 호부상서 올토르에게 물었다.

"그놈, 두루단 골짜기에서 대장장이를 하던 엣치의 아들 아니냐?"

"예, 엣치의 셋째 아들로 지금은 대원수 휘하의 1천인장입니다."

"이런."

눈을 치켜뜬 누르하치가 다시 물었다.

"엣치는 마차에 깔려서 죽었다고 들었고, 자식이 셋 있었지?"

"예, 가르단 위로 형이 둘 있었는데 둘 다 전장에서 죽었습니다. 가르단 하나가 남았지요."

"그놈이 세자비를 구출하려고 왔어?"

"예."

"혼자?"

"예, 그렇다고 합니다."

진시(오전 8시) 무렵.

청에서 누르하치가 어젯밤 사건을 보고 받는다.

청에는 수십 명의 고관이 도열해 있지만 모두 숨을 죽이고 있다.

그때 누르하치의 시선이 대장군 카라마탄에게로 옮겨졌다.

"네 생각은 어떠냐?"

"혼자 온 것 같지 않습니다."

"그렇지."

"가르단을 고문하면 자백하겠지요."

누르하치가 대답하지 않았기 때문에 카라마탄이 말을 이었다.

"내막을 알아보도록 하겠습니다."

"고문은 하지 말도록."

누르하치가 흐려진 눈으로 카라마탄을 보았다.

"내가 그놈 애비 엣치한테 화살 네 개를 빌린 빚이 있다."

"예, 폐하."

고개를 든 누르하치가 대신들을 둘러보았다.

전충의 명(明) 본군이 유정군(軍)의 대패 때문에 요동성으로 퇴각한 것이다. 그래서 외침에 대한 염려는 없다.

오직 내분 문제만 남아있다.

"어디 가십니까?"

호르키가 앞을 가로막고 물었기 때문에 보르츠가 눈을 치켜떴다.

"비켜라."

유시(오후 6시) 무렵.

보르츠가 청에서 나와 마당으로 들어서려는 참이다.

그때 호르키가 바짝 다가섰다.

"아시지요? 가르단 님이 대신 잡혀간 것 말씀입니다."

"이놈, 비켜라."

"가르단 님이 목숨을 걸고 막으신 겁니다. 지금 나가시면 가르단 님이 헛일을 한 셈이 되십니다."

"넌 모른다."

"전 가르단 님의 충성심을 압니다만 보르츠 님의 이런 객기는 모르겠습니다."

"객기가 아니다."

"난 어려운 일은 모릅니다. 절 죽이고 가시지요."

호르키가 눈을 부릅떴다.

"내가 죽기 전에는 못 가십니다."

그때 호르키 뒤에서 인기척이 나더니 사내 둘이 다가섰다.

상인 복장을 했지만 이번에 함께 온 호르키의 10인조다.

둘 다 허리에 찬 칼집을 쥐고 있는 것이 금방이라도 뽑을 자세다.

힐끗 뒤쪽을 본 호르키가 말했다.

"내 부하들은 내 명령만 듣습니다."

호르키가 잇새로 말을 잇는다.

"제가 죽으면 제 부하들이 막을 겁니다. 보르츠 님이 못 나가시도록 막으라는 명령을 했거든요."

보르츠가 마침내 어깨를 늘어뜨리더니 몸을 돌렸다.

무력감을 느꼈기 때문이다.

"가르단 혼자서 왔을 리가 없어."

타이론이 앞에 앉은 아라한에게 말했다.

"가르단은 보르츠의 경호역 겸 자문관 역할을 하고 있어. 보르츠와 같이 왔을지도 모른다."

타이론이 연금된 저택 안이다.

고개를 든 타이론이 아라한을 보았다.

"아라한, 아무래도 내가 나가야겠다."

아라한의 시선을 받은 타이론이 말을 이었다.

"마하카트에 이어서 가르단이 황성 감옥에 잡혀있는 데다 세자비가 구금된 상태야."

그리고 중신(重臣) 타이론과 만파쿤이 연금되어 있다.

황궁의 분위기는 그야말로 일촉즉발이다.

해시(오후 10시)가 조금 넘었을 때 침실에 있던 모르크가 방으로 들어서는 유슬란을 보고 눈을 가늘게 뜨고 물었다.

"무슨 일이야?"

조금 전에 유슬란과 청에서 헤어졌기 때문이다.

그때 유슬란이 말했다.

"손님이 오셨습니다."

"이 시간에 손님이라니?"

"타이론 님입니다."

순간 숨을 들이켠 모르크를 향해 유슬란이 목소리를 낮췄다.

"연금된 상태에서 빠져나와 족장께 하실 말씀이 있다고 온 것입니다."

"……."

"지금 밖에서 기다리고 계십니다."

"이런."

모르크가 눈을 흘겼다.

"너는 만나라는 것이군."

"만나셔야 합니다."

유슬란이 번들거리는 눈으로 모르크를 보았다.

"족장께서도 그러실 작정 아니셨습니까?"

"닥치고 모셔와."

마침내 모르크가 몸을 세우면서 말했다.

잠시 후에 모르크와 타이론은 침실에서 마주 앉아있다.

배석자는 유슬란이다.

인사를 마치고 나서도 둘은 선뜻 입을 열지 않았다.

수십 년간 알고 지낸 사이였지만 서로 다툰 적도, 의견이 달랐던 적도 없는 사이다.

모르크는 대(大)부족장으로, 세 번째 부인에서 황비가 된 차연의 부친으로 제 길을 걸었으며 타이론은 누르하치의 측근이며 집사, 원로로 권력의 중심에 있었다.

그때 먼저 입을 연 사람이 타이론이다.

"족장, 큰일 났습니다."

모르크는 외면했고 타이론이 말을 이었다.

"이러다가 후금(後金)이 건국 3년 만에 망하게 되겠습니다."

"……"

"황제와 세자의 전쟁이 날 겁니다."

"……"

"그것을 막으려면 족장이 나서야 합니다."

그때 모르크가 고개를 들었다.

"내가 왜 나서란 말이오?"

모르크의 시선을 받은 타이론이 쓴웃음을 지었다.

"이유는 다 아실 테니 말씀드리지 않겠소."

허리를 편 타이론이 모르크를 보았다.

"난 그저 불씨에 마른 불덩이를 던지려고 온 것이니까."

"무슨 말씀인지 모르겠군."

"방법을 말씀드리겠소."

"내가 불씨라고 생각하시오?"

"부족장이 황성을 떠나 쿠릉산으로 돌아가시오. 수행원 수십 명만 데리고 가도 되겠지요."

"……."

"다지건 부족의 군사 4만 5천은 황성에 그대로 있어도 상관없겠지요."

"……."

"그리고 황제에게 고향으로 간다고 허락을 받을 필요도 없습니다. 수행원만 데리고 선조의 묘소에 가는 수도 있으니까."

모르크와 유슬란의 시선이 마주쳤다.

그런 경우가 많은 것이다.

제사 지내러 가는 것까지 부족장이 일일이 황제에게 허락을 받지는 않는다. 떠나고 나서 부하 시켜서 궁내부에 통보해줘도 된다.

눈의 초점을 잡은 모르크가 타이론을 보았다.

"그렇게만 해도 되겠소?"

"황제는 놀랄 겁니다. 다지건 부족군은 5개 기군(旗軍)이나 되지 않습니까? 황제 직속 부족군과 대등한 군사력이지요."

타이론의 얼굴에 쓴웃음이 번졌다.

"현재 황궁과 황궁 근처에 있는 병력의 3할을 차지하는 군사력이지 않습니까? 황제는 다지건 부족군을 잡아넣을 수도 없고 그대로 놔두기도 힘들 것입니다. 그것으로 황제군은 전의(戰意)를 잃게 되겠지요."

"……."

"그때 내가 나서서 세자비를 풀어주라고 건의하겠습니다. 일단 세자군(軍)과의 분위기를 부드럽게 하는 것이지요."

"황제가 가만있을 분이 아니오."

마침내 모르크가 끼어들었다.

"수십 년간 명(明), 그리고 부족 간의 암투에 단련된 분이오. 그냥 넘어가지는 않으실 것이오."

"8비 하르나는 독기가 올라 황제에게 끊임없이 충동질을 하겠지요."

"그년이 요부요."

마침내 모르크가 어깨를 부풀리며 말했다.

"그년이 화근이었소."

"8비보다 먼저 족장께서 이곳을 벗어나시는 것이 분위기를 가라앉히게 될 것입니다. 이대로 두면 황제가 총동원령을 내리실 테고 그때는 빠져나갈 수가 없습니다."

"그렇다면 내일 밤중에 나가지."

눈을 치켜뜬 모르크가 말을 이었다.

"두말할 것 없소. 바로 시행합시다."

"넘어갑시다."

포람이 말하자 구르칸은 고개를 저었다.

"신중해야 돼. 우리까지 발각되면 바로 전쟁이다."

"날이 밝으면 하루를 더 허송하게 되는 겁니다."

"우리가 허송하지 않았어. 가르단이 체포되었다는 것도 알게 되었지 않느냐?"

"보르츠 님 행방은 아직도 찾지 못하고 있지 않소?"

"먼저 침투한 수색조가 찾아낼 때까지 기다리는 것이 낫다."

구르칸이 말을 이었다.

"성안에서 흩어지는 건 자살행위야."

황성에서 15리(7.5킬로)가량 떨어진 산기슭 위쪽의 평지에는 구르칸이 인솔한 정예군 2백여 명이 모여 있다.

구르칸은 위사대 소속의 1천인장으로 위사대 2만여 명 중에서 정병만을 추려온 것이다.

출동 목적은 보르츠를 데리러 온 것이니 싸우러 온 것보다 더 어려운 작전이다.

그래서 먼저 황궁 지리에 익숙한 수색조를 보내 정탐을 시킨 것이다.

신시(오후 4시) 무렵이다.

눈이 계속해서 내리고 있었기 때문에 금방 옷에 눈이 쌓인다.

구르칸이 눈에 덮인 앞쪽 황무지를 보았다.

"내가 황궁을 겨누고 이렇게 숨어 있다니, 이게 도대체 무슨 짓이란 말인가?"

구르칸 또한 여진의 정예군으로 평생을 전장에서 보낸 투사다.

이제는 여진이 쪼개질 것 같은 현실에 가슴이 무겁다.

"앗, 보르츠 님은?"

깜짝 놀란 호르키가 소리쳤다.

유시(오후 6시)다.

저녁 식사 준비가 되었기 때문에 방으로 들어섰던 호르키가 밖에다 대고 다시 소리쳤다.

"어디 가신 거냐?"

"여기선 못 보았는데요?"

마당에서 부하가 소리쳤다.

옆쪽 건물 뒤에서도 부하가 나왔다.

"이쪽으로 나오시지는 않았소."

"그럼 어디로 가셨단 말이냐!"

아침부터 내리던 눈발이 굵어져서 마당에는 발목까지 눈이 쌓였다. 시야도 흐려졌기 때문에 30보쯤 떨어진 중문도 희미하게 보인다.

놀란 부하들이 사방으로 흩어졌다.

한 식경쯤 전만 해도 보르츠는 청 안에 있었다.

그때다.

뒷마당에서 외침 소리가 났다.

"여기 담장 위에 흔적이 있소!"

호르키가 몸을 돌려 그쪽으로 뛰었다.

담장 밑으로 달려간 호르키가 숨을 들이켰다.

땅바닥의 발자국은 눈에 덮여 가려졌지만, 담장 위에 쌓인 눈은 한쪽이 무너져서 흔적이 남았다.

보르츠가 넘어간 것이다.

"이런!"

호르키가 발을 굴렀다.

"큰일 났다!"

그러나 당장 쫓아나갈 수는 없는 노릇이다.

밖은 전날 밤 가르단의 세자비 구출 소란으로 경비군이 가택 수색을 하는 상황이다.

이 집은 가르단의 사촌이 관리하는 호부 소유의 건물이어서 경비군이 예외로 치지만 언제 들어올지 알 수 없다.

이윽고 정신을 차리고 수습한 호르키가 둘러선 부하들에게 말했다.

"보르츠 님은 죽으려고 나갔다. 그러니 너희들도 죽기를 각오하고 나가서 소문을 들어라."

호르키가 핏발 선 눈으로 부하들을 둘러보았다.

"둘씩 짝을 지어서 흩어져라. 그리고 나서 보르츠 님 소식을 들으면 곧장 성을 탈출해서 대원수께 돌아가 보고해라. 이것이 너희들의 임무다."

보르츠는 두건을 쓰고 곰 털 조끼 위에 소가죽 덧옷을 걸쳤다.

무릎 밑까지 내려오는 검은색 덧옷이다.

여진 기마군 지휘관이 추위와 눈바람을 막는 데 적당한 차림이다.

장신에 허리에는 장검을 찼고 거침없이 도로를 걷는다.

눈보라가 치는 성안 거리에는 드문드문 경비병만 오갈 뿐 행인이 드물다.

보르츠가 내성 동문이 보이는 사거리에 닿았을 때는 저택을 나온 지 반 시진이 되었을 때다.

그동안 경비병을 수십 명 지났지만 아무도 제지하거나 검문을 받지 않았다.

보르츠의 행색이 1백인장 이상의 차림인 데다 당당했기 때문일 것이다.

걸음을 멈춘 보르츠가 앞쪽의 초소를 보았다.

초소 앞에는 눈을 맞으며 경비병 둘이 서 있다.

초소 안에는 초소장과 10여 명의 경비병이 들어가 있을 것이다.

보르츠가 다시 발을 떼었다.

눈을 맞으며 다가간 보르츠가 경비병 옆을 지날 때다.

"어디로 가십니까?"

경비병이 보르스의 옆얼굴에 대고 물었다.

"내성으로 간다."

"누구십니까?"

다른 경비병이 물었지만 보르츠가 계속 발을 떼면서 대답했다.

"난 보르츠다."

"누구시라고 했습니까?"

다른 경비병이 뒤를 따르면서 다시 물었을 때 보르츠가 소리쳤다.

"보르츠다! 내가 대원수의 아들 보르츠란 말이다!"

그 순간 경비병 둘이 일제히 칼을 뽑으면서 외쳤다.

"보르츠다! 보르츠다!"

자시(밤 12시) 무렵이 되었을 때 산기슭 위쪽 평지에서 기다리던 구르칸이 수색병의 보고를 받았다.

수색병은 눈이 무릎까지 닿는 황무지를 헤치고 달려왔다.

"보르츠 님이 잡혔습니다!"

"잡혀? 어떻게?"

구르칸이 비명처럼 외쳤을 때 수색병이 거친 숨과 함께 말을 뱉는다.

"내성 동문 앞 초소에서 경비병들한테 잡혔다고 합니다!"

"살아서 잡혔단 말이냐?"

"그건 분명합니다!"

숨을 고른 수색병이 말을 이었다.

"세자비를 구하러 왔다고 소리쳤다고 합니다."

고개를 든 수색병이 구르칸을 보았다.

눈이 번들거리고 있다.

"그러고는 칼을 땅바닥에 던지고 주저앉았다고 합니다."

그 시간에 누르하치는 청에 나와 보고를 받는다.

보고자는 경비사령관인 카라마탄이다.

고개를 든 누르하치가 카라마탄을 보았다.

"세자비를 구하러 왔다고 소리치고 나서 칼을 내던졌단 말인가?"

"예, 폐하."

카라마탄이 말을 이었다.

"투항할 작정으로 온 것입니다."

"이놈이……."

눈을 가늘게 뜬 누르하치가 잇새로 물었다.

"속셈이 있는 것 아니냐?"

"예, 적진에 뛰어든 셈이니까요."

그때 옆쪽에 서 있던 대장군 마바스가 입을 열었다.

"폐하, 보르츠가 미끼로 던져진 것 같습니다."

"무슨 말이냐?"

"전쟁의 미끼 역할 말씀입니다."

누르하치가 눈썹을 찌푸렸다.

그 말이 가슴에 닿았기 때문이다.

보르츠를 잡아놓는 깃은 이산의 표직이 된다는 것을 의미한다.

늑대가 제 새끼를 구하려고 달려들 것이기 때문이다.

그래서 이산이 제 새끼인 보르츠를 이곳에 던졌을 수도 있다.

그래야 전쟁의 명분이 생기는 것이다.

이산과 보르츠의 작전이다.

"으으음!"

누르하치의 입에서 신음이 터졌다.

"이놈, 이산. 간교한 수단을 쓰는구나."

그때다.

청 밖이 소란스러워지더니 곧 위사대장 하시바크가 들어섰다.

"폐하, 북문 수문장이 보고를 했습니다."

하시바크가 큰 소리로 말하는 바람에 모두 긴장했다.

하시바크가 누르하치 앞에 오더니 무릎을 꿇었다.

"모르크 님이 수행원 50여 명을 이끌고 북문을 나갔습니다."

순간 누르하치의 얼굴이 굳어졌다.

"모르크가?"

"예, 폐하."

"언제 말이냐?"

"해시(오후 10시)가 조금 넘었을 때라고 합니다, 폐하."

누르하치가 숨을 들이켰다가 뱉어내었다.

이미 지금은 자시(밤 12시)가 훨씬 넘은 시간이다.

그리고 지금처럼 눈발이 굵어진 날씨에는 따라갈 수가 없다.

"폐하께서 모르크 님에게 독촉하셨기 때문인 것 같습니다."

옆에서 마바스가 말했기 때문에 누르하치가 고개를 들었다.

눈의 초점을 잡았을 때 마바스의 얼굴 윤곽이 선명하게 보였다.

그 순간 누르하치는 어깨를 늘어뜨렸다.

마바스는 누르하치가 아끼는 전략가다.

영리해서 임기응변 전(戰)에 뛰어나다.

쓴웃음을 지은 누르하치가 고개를 끄덕였다.

"그렇군. 그렇다고 이렇게 눈발이 심한데 떠나다니, 고생하겠다."

그때 마바스가 맞장구를 쳤다.

"영지에서 일을 마치려면 시간이 좀 걸릴 것 같습니다."

이쯤 되면 누르하치와 마바스, 모르크만 아는 일 때문에 모르크가 영지에 간 것이 된다.

그때 고개를 든 누르하치가 지시했다.

"그럼 이산의 아들 보르츠는 저택에 감금시키고 내일 오전에 다시 회의를 하기로 하자."

이렇게 심야 회의가 끝났다.

그러나 내궁의 침전 옆방에서 누르하치와 마바스, 위사대장 하시바크, 카라마탄까지 모인 비밀회의가 열렸다.

이번에는 마바스가 먼저 입을 떼었다.

"모르크가 대원수 측에 가담한 것 같습니다, 폐하."

누르하치가 어금니만 물었을 때 하시바크가 나섰다.

"폐하, 황성에 다지건 부족군이 2개 기군(旗軍), 황성 밖 벌판에 3개 기군(旗軍)이 배치되어 있습니다. 지휘관을 교체하고 감시군을 배치해야 합니다."

"그건 안 되오."

그렇게 나선 사람은 대장군 카라마탄이다.

카라마탄이 고개를 서었다.

"그러면 다지건군 지휘부가 반발할 거요. 다지건 병사들은 감시병 몇백으로 통제할 수가 없습니다. 모르는 척하고 경계하는 수밖에 없습니다."

"모르크가 어떤 지시를 하고 떠났는지도 모르지 않소? 황궁 밖에 숨어서 지휘하는지도 모릅니다."

위사대장 하시바크가 고집을 부렸다.

"1만인장 넷, 1천인장급 10여 명만 잡아서 가두면 어미 잃은 병아리 꼴이 될 것이오."

"당신은 기군(旗軍)을 지휘해본 적이 없어서 그런 말이 나오는 거요."

카라마탄이 마침내 하시바크를 나무랐다.

하시바크는 누르하치의 심복으로 37세.

카라마탄보다 5, 6년 연하인 데다 기장(旗將)으로 전쟁에 참여한 경험이 없다.

그때 하시바크가 눈을 부릅떴다.

"이것 보시오, 카라마탄. 건방지기 짝이 없는 말투를 뱉는군. 당신……."

"시끄럽다."

누르하치가 낮게 꾸짖자 하시바크가 입을 다물었다.

누르하치가 차분해진 얼굴로 주위를 둘러보았다.

"다행히 눈이 쌓였으니 대군의 이동은 당분간 안 된다."

누르하치가 이를 드러내고 웃었다.

"지금부터 두뇌 전쟁이다. 누르하치와 이산의 전쟁이다."

누르하치의 얼굴을 본 모두가 숨을 죽였다.

얼굴에 생기가 가득했기 때문이다.

이런 표정은 몇십 년 만에 본 것 같다.

이산이 보르츠가 생포되었다는 보고를 들었을 때는 사흘이 지난 후였다.

구조대장 구르칸이 보낸 부장 포람이 사흘 동안 한숨도 자지 않고 달려온 것이다.

세 명이 제각기 말 여섯 필씩을 끌고 왔는데 도중에 기진한 말이 다섯 필이나 죽었다.

보고를 들은 이산이 침묵했기 때문에 최경훈이 물었다.

"그럼 보르츠와 가르단까지 잡혀있는 셈인가?"

"예, 대장군."

고개를 든 포람이 말을 이었다.

"황성의 중죄인 감옥에 갇혀 있습니다."

그때 진막의 밖에서 위사대 부장이 소리쳤다.

"대원수 각하, 보르츠 님과 함께 떠났던 10인장이 탈출해왔습니다."

진막 안이 술렁거렸고 곧 진막 문 옆에 있던 신지가 말했다.

"안으로 들라고 해라!"

진막 안으로 들어선 10인장은 바차트다.

납작 엎드린 바차트가 고개를 들고 이산을 보았다.

포람은 말을 여섯 필씩 끌고 달려왔는데도 사흘이 걸렸다.

그런데 바차트는 말이 그만큼 있을 리가 없다.

눈을 치켜뜬 바차트가 갈라진 목소리로 말했다.

"대원수 전하, 보르츠 님을 호위하고 갔던 10인장 바차트입니다."

바차트가 말을 이었다.

"보르츠 님이 잡힌 것을 보고하려고 다섯이 출발했지만, 저 하나가 살아서 도착했습니다."

이산이 고개만 끄덕였고 바차트가 말을 이었다.

"전하, 보르츠 님이 황성에 가신 것은 아바가이 세자 저하 대신으로 목숨을 버리려고 가신 것입니다."

"무슨 말이냐?"

신지가 추궁하듯 묻자 바차트가 숨을 골랐다.

"제가 가르단 님한테서 들었습니다. 보르츠 님은 자신이 죽으면 황제의 감정이 풀릴 것 같다고 하셨다는 것입니다."

"이런. 어떻게 그럴 수가."

"그래서 그것을 막으려고 가르단 님이 먼저 내궁의 담장을 넘다가 체포되었습니다."

"내궁의 담장을 넘다가?"

"예, 그러면 보르츠 님이 포기하실 것으로 기대한 것입니다."

"그런데도 보르츠가 결행했다는 것이냐?"

"예, 그다음 날 몰래 빠져나가 내궁 담장 앞에서, 내가 보르츠다! 하고 소리치며 잡히셨습니다."

그때 군사(軍師) 요중이 이산에게 말했다.

"보르츠 님은 황제의 요즘 소행이 자신에게도 책임이 있다고 느낀 것 같습니다."

"그렇습니다."

최경훈이 한 걸음 나서서 말을 잇는다.

"저한테도 그런 말을 했습니다."

진막 안에 대장군급 이상만 20여 명이 있고, 아바가이는 침통한 표정으로 시선만 주고 있다.

최경훈이 입을 다물었다.

그때 이산이 바차트에게 말했다.

"수고했다. 쉬어라."

잠시 후에 진막 안에는 이산을 중심으로 아바가이, 신지, 최경훈, 그리고 요중과 스즈키 등 최고위 지휘관들만 둘러앉았다.

이산의 심중을 모두 읽을 수 있는 측근들이다.

그때 먼저 요중이 말했다.

"대원수 각하, 지금 황제는 다지건 부족장 모르크가 황성을 빠져나갔기 때문에 군사를 움직일 형편이 아닙니다. 다지건 부족군 4만 5천이 황성과 황성 밖에 주둔하고 있기 때문입니다."

스즈키가 말을 받는다.

"시간이 지날수록 상황이 호전될 가능성은 적습니다. 다만."

숨을 고른 스즈키가 이산을 보았다.

"지금 잡혀있는 세자비 마마와 보르츠 님에 대한 조처가 예측하기 힘듭니다."

이산이 고개만 끄덕였다.

그것은 누르하치 주변의 하르나 세력 때문이다.

8비 하르나는 이미 세력을 형성하고 있다.

그리고 이런 때일수록 누르하치는 하르나에게 의지할 수밖에 없다.

믿을 수 있기 때문이다.

하르나와 하르나의 부친 위라산이 이끄는 바미드 부족이 더욱 누르하치의 신임을 받게 된다.

그때 고개를 든 이산이 그들을 둘러보았다.

"보르츠가 죽지 않고 잡힌 이유가 무엇일까?"

"그것은 자신을 희생하더라도 대원수 각하와 황제 간의 대립을 풀려는 의도 같습니다."

스즈키가 바로 말하자 이산이 쓴웃음을 지었다.

"그놈이 그런 생각을 할 만큼 용의주도한 성품이 아니네. 어쩌다가 칼을 떨어뜨리기라도 했겠지."

"아닙니다."

아바가이가 나섰기 때문에 모두의 시선이 모였다.

그때 아바가이가 흐려진 눈으로 이산을 보았다.

"보르츠가 저한테 말한 적이 있습니다."

숨을 고른 아바가이가 말을 이었다.

"우리 둘은 모두 같은 아버지 자식이라고 말입니다."

모두 숨을 죽였고 아바가이의 말이 이어졌다.

"제 뒤를 이어서 보르츠가 황제가 된다는 소문이 있다고 말입니다. 후금(後金) 황제를 조선인이 계속해서 계승한다는 것입니다. 그것이 황제 폐하께 전해진 것 같습니다."

이산이 외면했고 아바가이는 길게 숨을 뱉었다.

"그러니 칼을 휘두르다가 죽는다면 전쟁이 날 터이니 포로로 잡혀서 처분에 맡기는 것이 낫다고 생각했을 것입니다."

그때 이번에는 요중이 나섰다.

"포로로 잡힘으로써 세자비 마마에게 지워진 부담을 나눠 지려는 의도도 있을 것입니다. 자신이 포로가 되고 세자비 마마를 풀어줄 가능성도 있으니까 말이지요."

"글쎄, 보르츠가 그런 생각까지 할 위인이 아니라니까."

이산이 말했지만 말끝이 흐려졌다.

그때 최경훈이 말했다.

"대원수 각하, 이제 군(軍)을 움직이시지요."

그러자 군사(軍師) 요중과 스즈키가 동시에 고개를 끄덕였다.

"때가 되었습니다, 각하."

요중이 말했고 스즈키가 거들었다.

"전쟁을 하려는 건 아닙니다. 위력을 보여서 압박을 하는 것이지요."

신지도 나섰다.

"제가 선봉을 맡겠습니다."

"세자비를 구출해내려고 왔느냐?"

누르하치가 묻자 보르츠는 고개를 들었다.

청 안.

유시(오후 6시)쯤 되었다.

용상에 앉은 누르하치의 아래쪽 좌우로 대신들이 벌려 섰고 그 중앙의 공간에 보르츠가 꿇어 앉아있다.

포박은 풀렸지만 옷은 찢겨진 데다 머리칼은 헝클어졌다.

그러나 눈빛이 강했고 입은 꾹 다물린 모습이다.

"예, 구출해내어서 돌아가려고 했습니다."

"몇 명이나 데리고 잠입했느냐?"

"저 혼자올시다."

"이놈, 내 앞에서 거짓말을 하느냐? 목숨을 버릴 작정이구나."

"예, 가져가시지요."

"네 이놈."

누르하치의 목소리가 높아졌다.

"내가 그냥 넘어갈 줄 아느냐?"

"그냥 넘길 분이 아니신 줄 알고 있습니다."

"네 이놈!"

누르하치가 손바닥으로 팔걸이를 쳤다.

"네 애비를 닮아서 무도하구나!"

"어머니를 닮았습니다."

또박또박 말대답을 하던 보르츠가 누르하치를 똑바로 보았다.

"저를 인질로 잡고 세자비를 풀어주시지요."

"무엇이라고?"

"세자비를 인질로 잡고 있는 폐하가 지금 천하의 웃음거리가 된 것을 모르고 계십니까?"

"아니, 이놈이."

"유정군(軍)을 궤멸시키고 곧 천하의 패권을 장악할 때가 되었는데 요부의 농간에 넘어가 제국을 양분시키시다니요? 지금까지 폐하를 위해 목숨을 내놓은 수십만의 부하가 저승에서 어떻게 보고 있겠습니까?"

보르츠의 목소리가 청을 울렸다.

"저를 죽여도 제 아버님은 대의(大義)를 위해서 폐하께 충성하실 겁니다. 그러니 세자비는 놔두시지요. 세자와 세자비는 폐하의 후계자입니다."

"너를 죽이면 네 아비가 자식의 원수를 갚는다고 하겠지. 내가 네 말에 넘어갈 것 같으냐?"

"8비 같은 요부의 말에는 넘어가시는 분이 제 말에는 안 넘어가십니까?"

"네가 죽여 달라고 하는구나. 그럴 계획으로 온 것이지?"

"제가 죽어도 제 아비는 원수 갚음 따위는 안 하시는 분이라고 하지 않았습니까?"

"그럼 무엇 때문에 왔느냐?"

"이런 기회를 가지려고 했습니다."

보르츠가 똑바로 누르하치를 보았다.

"폐하께 직언할 기회를 말입니다."

이제는 누르하치가 시선만 주었고 보르츠가 말을 이었다.

"저는 명색이 대원수 이산의 아들이며 황제 동복 여동생의 자식입니다. 저를 그냥 죽이지는 못할 거라고 생각했지요. 최소한 황제가 친국한 후에 죽이리라고 생각했습니다."

"네 어미가 영리했지."

"폐하, 8비의 농간에 넘어가 대업(大業)을 망치지 마십시오. 그년이 황비 마마를 독살했다는 소문도 있습니다. 제 자식 쿠슬란을 황제로 만들려고 황비 마마를 독살한 후에 온갖 음모를 다 꾸며서 후금(後金)을 이 지경으로 만들었습니다."

청 안은 물벼락을 쏟은 것처럼 숨소리도 나지 않았고 보르츠의 목소리는 더 커졌다.

"제가 세자의 뒤를 이어서 황제가 된다는 소문도 그년이 만들었습니다. 그래서 제가 이곳에 죽으려고 온 것입니다. 제 어머니도 이해하실 것입니다. 제 어머니가 8비 같은 년하고 같겠습니까? 폐하를 위해서 저를 버리실 분입니다."

"네 어미는 네가 죽으면 날 원수로 대할 것이다. 넌 잘 모른다."

"폐하, 정신 좀 차리십시오. 쿠슬란 같은 놈한테 제위를 넘겨주실 겁니까? 도대체 왜 이렇게 되셨습니까?"

"네가 많이 컸구나."

"수십 년간 대망을 품고 기다리셨다면서 계집 하나 때문에 이렇게 무너지실 겁니까?"

그때 고개를 든 누르하치가 소리쳤다.

"이놈을 다시 감금시켜라."

그러더니 흐린 눈으로 보르츠를 보았다.

"이제 할 말은 다 했겠지?"

자시(밤 12시) 무렵, 주위는 짙은 정적에 덮여 있다.

마당을 2개나 건넌 바깥쪽의 소음도 뚝 끊겼다.

이곳은 안채의 청 안.

벽에 걸린 기름등이 새어 들어온 외풍을 받아 흔들리고 있다.

그때 고개를 든 타이론이 앞에 앉은 만파쿤과 아라한을 번갈아 보았다.

타이론이 연금된 숙소로 아라한이 만파쿤을 데려온 것이다.

아라한은 황제와 보르츠의 대담 장면을 청의 분위기까지 설명해주고 나서 둘을 번갈아 보았다.

"청 안 대신들이 일절 둘의 대담에 끼어들지 않았지만 열에 칠, 팔 명은 보르츠의 말에 공감했을 것입니다. 다만 하르나 측의 보복이 무서워서 끼어들지 않았을 뿐이지요."

그때 만파쿤이 얼굴을 일그러뜨렸다.

"내가 청에 있었어도 그 말이 맞다고 말하지 못했을 거네."

"보르츠는 이번에는 가택에 연금되었습니다. 감옥에 갇히지 않은 것은 대원수의 아들이자 황제 누이의 아들인 황족이기 때문이지요. 황제의 지시였습니다."

"황제는 보르츠를 처형하지 못할 거네."

만파쿤이 말을 이었다.

"보르츠도 황제가 자신을 이용해주기를 바랐을 것이고, 황제 또한 생각할 여유를 갖게 되었어."

"보르츠의 말은 감동적이었다고 합니다. 과연 대원수의 아들이며 재치 있던 차드나 공주의 아들답다는 평을 들었습니다."

"아, 개국한 지 5년도 안 되어서 이게 무슨 변인가?"

"요부 하나가 망치고 있습니다."

"그 요부를 추종하는 세력이 있지 않은가? 조정의 대신 서너 명도 하르나를 추종하는 상황이야."

만파쿤이 눈을 치켜뜨고 말했을 때다.

고개를 든 타이론이 아라한을 보았다.

"보르츠는 누가 경호하는가?"

"경비군 20여 명이 맡고 있습니다. 위사대 소속 1백인장이 경비대장입니다."

"왜 그러시오?"

만파쿤이 묻자 타이론은 심호흡부터 했다.

"보르츠는 이곳에 죽으려고 온 것이 아닌 것 같소."

"그렇습니다. 목숨을 걸고 황제와 대원수를 화합시키려고 온 것 같습니다."

"그리고 세자비를 풀어주라고 설득하고 직언할 목적이었어."

"어린 나이에 훌륭한 처신입니다."

"그런데 보르츠가 숙소에서 죽는다면 상황이 악화되겠지."

"왜 죽습니까?"

"자결이라도 한다면 말이오."

"왜 자결을 합니까?"

되물었던 만파쿤의 얼굴이 굳어졌다.

"이런."

만파쿤이 어깨를 부풀렸다.

"아니, 그렇다면."

"그 요부라면 그럴 가능성도 있지."

눈을 가늘게 뜬 타이론이 말을 이었다.

"보르츠를 죽이고 나서 자살한 것처럼 위장하는 것이오."

숨을 죽인 만파쿤과 아라한을 향해 타이론이 잇새로 말했다.

"황제에게는 보르츠가 자결한 것으로 보고하겠지. 황제는 검시해도 판단할 수도 없을 것이고."

"그렇게 되면 이산 대원수는 황제가 살해한 것으로 알겠군요."

"어쨌든 황궁에서 죽었으니까."

그때 아라한이 벌떡 일어섰다.

"제가 수하들을 데리고 가겠습니다."

"이봐, 조심하게."

타이론이 말했다.

"보르츠의 구원병인 줄 오해받을 수도 있어."

4장
이산과 누르하치의 대결

잠이 들었던 보르츠가 눈을 떴다.

문밖의 기척 때문이다.

자시(밤 12시)가 넘은 시간이다.

오후에 누르하치 앞에 끌려가 가슴에 품고 있던 말을 쏟아내었지만 개운하지가 않다.

누르하치의 반응도 그렇고 시간이 지날수록 자신의 행동에 대한 자신감이 떨어지고 있다.

처음에는 세자비를 구하다가 죽는 것이 목적이었다.

그것으로 황제이며 외삼촌인 누르하치의 오해가 끝나기를 바랐다.

그러나 시간이 지날수록 양자(兩者)의 대립이 생각보다 단순하지가 않다는 것을 느끼게 되었다.

자신을 막으려고 가르단이 먼저 뛰쳐나가는 바람에 마음이 더 급해졌기도 했다.

그러나 이제 미련은 없다.

누르하치와 아버지 이산의 갈등이 시작되면서 뭔가 도움이 되어야겠다고 마음을 먹었던 보르츠다.

이산의 아들로서 후계자 물망에 오르고 있다는 소문까지 들리는 상황인 것이다.

그때 마당에서 들리던 기척이 뚝 그쳤다.

10여 명의 발소리다.

몸을 일으킨 보르츠가 침상에 걸터앉았다.

분위기가 심상치 않았기 때문이다.

그때 문밖에서 헛기침 소리가 나더니 사내의 목소리가 울렸다.

"주무십니까?"

"누군가?"

"잠깐 들어가겠습니다."

그러더니 보르츠가 대답을 하기도 전에 문이 열렸다.

그러더니 사내들이 쏟아져 들어왔다.

어둠 속이었지만 저택 경비병은 아니다.

"너희들 누구냐?"

보르츠가 물었을 때다.

사내들이 덤벼들어 보르츠의 사지를 잡았다.

"이놈들이!"

보르츠가 몸을 비틀어 두 명을 내동댕이쳤지만, 곧 사내들에게 깔렸다.

"이놈들! 누가 시킨 거냐!"

다시 하나를 내동댕이쳤지만, 이번에는 입에 재갈이 물려졌다.

그런데 방 안에 7, 8명이나 들어와 있는데도 모두 입을 꾹 다물고 있다.

내동댕이쳐지면서 팔다리가 꺾여졌어도 신음 한마디 뱉지 않는다.

다음 날 아침.

누르하치가 침전에서 보고를 받는다.

보고자는 위사대장 하시바크다.

묘시(오전 6시)여서 누르하치는 아직 일어나지도 않았다.

"폐하! 큰일이 났습니다!"

먼저 그렇게 소리친 것은 누르하치의 충격을 덜어주기 위한 것이다.

대뜸 내용을 말했다가 놀란 누르하치가 칼을 뽑아 휘두른 적이 있기 때문이다.

하르나와 동침하고 있던 누르하치가 벌떡 일어나 앉았다.

"무슨 일이냐!"

"예, 보르츠에 대한 일입니다!"

그때 하르나도 일어나 옷을 챙겨 입고 있다.

누르하치가 소리쳤다.

"그놈이 어쨌단 말이냐!"

"어젯밤 숙소에서 목을 매고 자결했습니다."

누르하치가 숨을 들이켰고 하시바크가 말을 잇는다.

"아침에 경비대장이 발견했습니다. 침소 천장에 목을 맨 채 매달려 있었다고 합니다."

"……."

"시신은 방에 눕혀 두었습니다, 폐하."

"늦었구나."

그 시간에 손바닥으로 무릎을 친 타이론이 눈을 부릅떴다.

"8비다. 그년이 저질렀다. 그년이 암살대를 보낸 거다."

"대감, 그럼 어떻게 해야 합니까?"

경비대장 아라한은 타이론을 감시하는 역할이지만 이미 측근이 다 되었다.

정색한 아라한이 묻자 타이론이 고개를 저었다.

"이제는 돌이킬 수가 없어. 놔두는 수밖에."

"전쟁입니까?"

"전쟁이 일어나든지 서로 암살대를 보내든지, 이젠 양립할 수가 없게 되었다."

"만파쿤 님께도 사람을 보냈습니다."

"만파쿤도 묘수가 없어."

아라한의 시선을 받은 타이론이 길게 숨을 뱉었다.

어느새 눈이 흐려져 있다.

"보르츠가 큰일을 했다."

"무슨 말씀입니까?"

"어차피 일어날 일을 보르츠가 먼저, 분명하게 정리해준 셈이다."

그러더니 잇새로 말했다.

"이제 순리(順理)에 맡길 수밖에 없다."

구르칸이 이를 드러내고 소리 없이 웃었다.

산기슭 뒤쪽의 평지.

나뭇가지로 위장해놓은 위에 눈이 쌓여서 밑에서 보면 눈 덮인 산이다.

"좋아. 여기서 죽기로 하자."

둘러선 부하들은 눈만 치켜뜨고 있다.

이산이 보낸 보르츠 구조대다.

위사대 2만여 명 중에서 정예만 추려온 200여 명 중 이제 190여 명이 남았다.

부장 포람이 부하 둘을 데리고 이산한테 보고하러 갔기 때문이다.

나머지가 모두 둘러서 있다.

"오늘 밤에 황성에 잠입, 내성(內城)에 들어가 보르츠 님 피제사를 지낸다."

구르칸이 주위를 둘러보았다.

"그리고 다 죽는다."

적의 피로 제사를 지내는 것이다.

그러니 결사적으로 싸워 가능한 한 최대의 피해를 입혀야 성대한 제사가 된다.

보르츠의 복수를 하는 것이다.

"대원수 각하께 전령을 보낼 필요도 없다. 우리는 이미 별동대야. 보르츠 님을 구해내지 못했으니 함께 죽는 것뿐이다."

보르츠가 목을 매고 자살했다는 것은 당치도 않는 말이다.

황제는 보르츠에게 마지막까지 치욕을 준 것이다.

자살한다는 것은 수치다.

보르츠를 살해하고 나서 자살했다는 치욕까지 주었다.

그 원수를 갚는 것이 보르츠 구조대의 사명이다.

구르칸이 번들거리는 눈으로 간부들을 둘러보았다.

"내성에서 황제의 위사대를 가능한 한 많이 죽여라. 너희들의 이름은 나중에 후손들에게 기억될 테다."

"폐하, 전령의 보고에 의하면 이산군(軍)이 아바가이군(軍)과 함께 움직이고 있습니다."

미시(오후 2시) 무렵이 되었을 때 마바스가 말했다.

내성의 접견실 안에는 누르하치와 마바스 둘뿐이다.

"이산과 아바가이는 아직 보르츠의 죽음을 알지 못하고 있을 것입니다. 하지만 체포되어 있는 줄은 알고 있겠지요."

"그래서 다지건 부족의 기장(旗將)과 1천인장 이상을 모두 소집시켜야겠다."

누르하치는 역전의 용장이다.

전략도 뛰어났고 나이가 60대지만 순발력도 마바스에게 뒤지지 않는다.

누르하치가 말을 이었다.

"이쯤은 아무것도 아냐. 다시 군(軍)을 재정비하는 것이지. 다지건 부족을 내 직속으로 끌어들인 후에 이산과 아바가이에게 소속된 부족들도 각개 격파를 하는 거다. 가족이 모두 내 영역 안에 있는 이상 처자식 목숨을 버리고 이산과 아바가이에게 충성할 놈들은 드물다."

지금까지 누르하치는 이런 전술을 썼다.

여진족은 수천, 수만 명씩의 부족 연합이다.

누르하치도 부족장 출신인 것이다.

그때 마바스가 말했다.

"폐하, 이산에게 사신을 보내시지요. 불의의 사고로 보르츠가 사망했다는 것에 애석하다는 위로를 해주셔야 할 것 같습니다."

"……."

"전시(戰時)라도 적장의 사망은 애도해주는 법이니까요."

그때 누르하치가 고개를 들었다.

"보르츠는 누가 죽인 것 같으냐?"

순간 마바스가 숨을 들이켰다.

누르하치의 시선을 받은 마바스가 입술도 거의 움직이지 않고 되물었다.

"폐하께서도 짐작하고 계시지 않습니까?"

"걷잡을 수 없게 되어가는구나."

"폐하의 심중(心中)을 알고 있기 때문이 아닙니까?"

"내 심중(心中)?"

누르하치가 쓴웃음을 지었다.

"세상의 누가 내 심중(心中)을 안단 말이냐?"

"지금까지 그렇게 놔두셨습니다."

이제는 누르하치가 시선만 주었고 마바스는 말을 이었다.

"황비께서 생존해 계실 때도 폐하께서는 8비께 황비와 세자에 대한 불만을 가끔 내비치신 것으로 압니다."

"……"

"그것이 궁 안에 소문으로 번지고 8비께서도 자신감을 얻으셨겠지요."

"……"

"그리고 이산과 세자의 밀착도 폐하께서는 소외감과 두려움을 갖게 되신 것입니다."

"……"

"폐하, 제위를 쿠슬란에게 넘기실 계획입니까?"

마침내 마바스가 묻자 누르하치는 숨을 골랐다.

원로대신 타이론, 만파쿤은 지금 연금 상태다.

죽은 황비의 부친이며 다지건 부족장인 모르크가 누르하치의 상담역이었지만 이 문제는 상의할 입장이 아니다.

엄청난 문제다.

후금(後金)의 미래가 걸린 일이다.

그때다.

밖이 수선스러워졌기 때문에 마바스가 먼저 고개를 들었다.

발소리가 어지럽게 울린다.

이곳은 황궁의 내성 안이다.

황제의 침소가 있는 곳이다.

그때 밖에서 목소리가 울렸다.

"폐하! 위사대장 하시바크입니다!"

"무슨 일이냐!"

"내성에 침입자가 있습니다!"

"무엇이!"

놀란 누르하치가 눈을 부릅떴을 때 하시바크가 접견실로 들어섰다.

"수백 명인데 10인조 단위로 사방에서 공격하고 있습니다."

그때 바깥마당에서 외침과 신음이 함께 울리더니 칼날 부딪치는 소음까지 울렸다.

"이런!"

마바스가 몸을 일으키면서 하시바크에게 소리쳤다.

"내가 폐하 옆에 있을 테니 그대는 나가서 지휘하게!"

"예, 맡기겠소!"

소리친 하시바크가 다시 밖으로 뛰쳐나갔다.

그때 누르하치가 길게 숨을 뱉었다.

"이게 무슨 꼴이냐? 어떤 놈인가?"

"기습대입니다. 수백 명이라니 곧 진압될 것입니다."

"이산이 보낸 암살대로군."

마바스는 어금니를 물고 대답하지 않았다.

이산뿐이다.

그때 누르하치가 잇새로 말했다.

"이놈, 이산."

마바스의 눈이 흐려졌다.

이제 타협의 가능성은 희박해졌다.

"이놈!"

앞을 가로막는 위사의 어깨를 내려찍은 구르칸이 옆으로 몸을 틀었다.

"이얏!"

달려든 위사가 그대로 칼을 내려쳤지만 빗나갔다.

구르칸이 몸을 비틀었기 때문이다.

"내가 누군지 아느냐! 이 개 아들놈들아!"

구르칸이 칼을 고쳐 쥐면서 고래고래 소리쳤다.

"나는 대원수 이산의 휘하 위사부장 구르칸이다!"

외치면서 휘두른 칼이 위사의 칼을 쥔 팔목을 잘랐다.

"으악!"

위사의 신음이 마당을 울렸다.

다시 위사의 칼을 칼로 막으면서 구르칸이 외쳤다.

"이놈들! 8비 하르나가 제국을 망치고 있다! 하르나가 대원수의 아들 보르츠를 암살했다!"

그때 등에 충격을 받은 구르칸이 앞으로 비틀거렸다가 옆구리에 창을 받았다.

"에익!"

몸을 세운 구르칸이 창 자루를 잡고 와락 끌어당겼다.

창을 쥔 위사가 비틀거리면서 끌려온 순간 구르칸이 내려친 칼이 목을 잘랐다.

"보르츠 님! 나도 따라갑니다!"

다시 구르칸이 소리친 순간 뒤에서 내려친 칼이 목을 쳤다.

"불이야!"

외침이 울렸기 때문에 누르하치가 눈을 치켜떴다.

이제는 불이라니.

사방은 외침과 함성으로 가득 차 있다.

깊은 밤이어서 그 소리가 더 크게 울렸다.

"이런."

누르하치가 잇새로 말했을 때 밖으로 뛰어나갔던 마바스가 곧 돌아왔다.

"서궁 별채가 타고 있습니다, 폐하."

방화다.

기습군이 방화한 것이다.

다가선 마바스가 말을 이었다.

"기습대는 거의 소탕되고 있습니다."

"이산이 보낸 암살대지?"

누르하치는 암살대라고 부른다.

마바스가 대답했다.

"10인조로 분산해서 기습하고 있어서 도망치지 않고 한곳에서 몰사하고 있습니다."

마바스가 일그러진 얼굴로 누르하치를 보았다.

"결사대입니다. 이곳에서 죽기를 각오하고 온 것 같습니다."

"……."

"가능한 최대한 피해를 입히고 분사하려는 목적입니다. 모두 죽으면서 보르츠 님을 외치고 죽는다고 합니다."

"……."

"보르츠의 피제사를 지내는 것이지요."

그때 누르하치가 고개를 들었다.

"이산이 가만있지 않겠군."

누르하치의 시선을 받은 마바스가 외면했다.

"늦은 것 같습니다, 폐하."

"……"

"8비가 그렇게 만든 것이지요."

"……"

"8비는 폐하의 심중(心中)을 읽고 행(行)했다고 할 것입니다."

"가소로운 것들."

"그 바탕에는 폐하의 이산과 아바가이 님에 대한 불신이 있었기 때문이지요."

그 말에는 대답하지 않고 누르하치가 심호흡을 했다.

"어디, 누구 운(運)이 강한지 보자꾸나."

누르하치가 눈의 초점을 잡고 마바스를 보았다.

"내가 겪은 바로는 운(運)이 정의나 능력 따위보다 강하다는 것이다."

구르칸의 기습대가 전멸한 것은 한 시진이나 지난 후다.

2백도 안 되는 병력이었지만 10명씩 나누어진 조(組)로 사방에 흩어져서 난전을 벌였기 때문이다.

10명이 다 죽을 때까지 덤벼든 터라 이쪽의 피해는 그 다섯 배쯤 되었다.

내궁의 절반이 불에 탔고 장수급도 넷이나 죽었다.

그야말로 참담한 손실을 입은 것이다.

그것도 2백 명의 기습군이 저지른 결과다.

아직도 연기로 덮인 내궁의 청에서 누르하치가 하시바크의 보고를 받는다.

"적장은 이산의 위사대 소속 1천인장 구르칸이었습니다."

"이놈, 구르칸."

누르하치가 신음처럼 말했다.

구르칸을 알고 있다.

수십만 명밖에 안 되는 여진족이다.

용맹한 전사는 다 외우고 있다.

하시바크가 말을 이었다.

"모두 죽을 때 보르츠의 이름을 부르고 죽었습니다."

"들었다."

누르하치가 고개를 들고 청에 모인 대신들을 둘러보았다.

모두 어두운 표정이다.

"보르츠의 시신을 이산에게 보내라."

순간 청 안이 조용해졌고 숨소리도 들리지 않았다.

그때 누르하치가 말을 이었다.

"관에 넣어서 마차에 실어 보내라."

"그냥 보냅니까?"

마바스가 불쑥 물었다.

"사신으로 누구를 보내실 겁니까?"

"백인장 하나를 골라 보내도록."

누르하치의 얼굴에 쓴웃음이 떠올랐다.

"다른 말 할 것 없다. 어떻게 죽었다고 말할 필요도 없고, 다 알고 있을 테니까."

"백인장한테 그렇게 전하겠습니다."

마바스가 말했다.

"시신은 잘 보내신 것입니다."

"하지만 구르칸 일당은 성 밖에 구덩이를 파고 던져 넣도록."

누르하치가 단호한 표정으로 말했다.

"이산과 아바가이는 이미 나하고 인연이 끊겼다. 둘 중 하나가 살아남을 것이다."

이산은 진군 중에 보르츠의 사망 소식을 듣는다.

보르츠가 죽은 지 닷새 후였고 구르칸의 분사(憤死) 나흘 후다.

황성에서 달려온 사내는 본래 보르츠가 가르단과 함께 침투했던 10인장 효가트였다.

효가트가 부하 넷과 함께 황성에 남아있었다.

보르츠의 마지막 잔당인 셈이다.

유시(오후 6시) 무렵.

눈 덮인 황무지에서 이산과 아바가이가 앞에 엎드린 효가트를 보았다.

효가트는 눈보라를 헤치며 닷새 동안을 남하했다.

넷이 출발해서 둘이 남았는데 하나는 동상이 심해서 막사로 데려갔다.

그때 효가트가 입을 열었다.

"보르츠 님이 살해되셨소."

순간 주위의 장수들이 술렁거렸다가 곧 멈췄다.

아직 진막을 치지 않아서 바람결에 날리는 눈이 모두의 몸에 붙는다.

이산은 시선만 주었다.

보르츠가 생포되었다는 보고를 사흘 전에 받은 상태다.

효가트가 갈라진 목소리로 말을 이었다.

"숙소에서 목이 매달린 시체로 발견되었는데 살해하고 목을 매단 것입니다. 두 번 죽이면서 치욕을 준 것이지요."

그때 주위에서 외침과 신음이 한꺼번에 터졌다.

최경훈도 눈물을 흘렸고 신지는 발을 굴렸다.

그때 이산이 손을 들자 주위가 다시 조용해졌다.

이산이 물었다.

"시신은 어디에 있느냐?"

"방에 눕혀 두었다고 합니다."

"밤에 혼자 목을 매었다고?"

"예, 그렇게 공표했습니다."

그때 요중이 말했다.

"8비 하르나가 암살대를 보냈을 것입니다. 이제 황제도 물러설 길이 없습니다."

고개를 든 이산이 효가트를 보았다.

"수고했다."

"예, 각하."

"그런데 너한테 명령을 내리겠다."

"예, 각하."

"네가 1백인장이 될 때까지 살아라. 살아서 보르츠의 복수를 해라."

효가트가 숨을 들이켰을 때 이산이 말을 이었다.

"알았느냐? 명을 따르겠느냐?"

"예, 각하."

효가트의 자결을 막은 것이다.

그때 이산이 손을 저으면서 자리에서 일어섰다.

"수고했다. 쉬어라."

효가트를 내보내고 지휘관들과 남았을 때 이산이 말했다.

"폭설이 내리는 데다 명(明)의 전충군이 요동성으로 귀환해서 다행이다. 만일 전충이 전의(戰意)를 품고 있었다면 지금이 후금(後金)을 칠 절호의 기회가 되었을 것이다."

"각하, 그래서 지금이 우리에게 절호의 기회입니다. 급속 북상해서 황성을 공략해야 합니다."

신지가 단호한 표정으로 말했다.

"황제를 폐하고 아바가이 님을 황제로 즉위시키면 대부분의 부족들이 따를 것입니다. 전세는 우리가 유리합니다."

"그렇습니다."

이번에는 같은 대장군인 최경훈이 동의했다.

신지와 최경훈은 사돈 관계다.

그때 요중이 나섰다.

"대원수 각하, 시간은 우리 편입니다. 보르츠 님의 사고는 애통하고 분하기 짝이 없지만 북진해가면서 때를 기다리셔야 합니다."

요중이 절절한 표정으로 말을 잇는다.

"먼저 다지건 부족장 모르크를 끌어들여 황성의 다지건군을 무력화시킨 후에 포위해야 합니다. 그러면 황성 공략은 절반쯤 성공한 셈이 될 것입니다."

그때 스즈키가 나섰다.

"그런 한편으로 황성과 근처에 정탐대를 보내 수시로 적정을 살펴야 합니다. 이미 황제는 민심과 군심(軍心)을 잃고 있다고 봐도 될 것입니다."

이산이 고개를 끄덕였다.

"그렇게 하라."

보르츠의 시신이 도착한 것은 사흘 후다.

아직 눈보라가 치는 날씨였지만 이산군(軍)이 북진하는 바람에 거리가 좁혀져서 시신을 실은 마차는 예상보다 빨리 시신을 전달하는 셈이다.

1백인장 자투가 호송해왔는데 누르하치는 전갈도, 서신도 보내지 않았다.

누르하치의 심중(心中)을 그대로 표현한 셈이다.

1백인장 자투는 위사 부장 중 하나인 1천인장 나라스가 맞았다.

나라스가 한때 1백인장 자투의 옆 마을에서 살았기 때문이다.

"네가 죽으려고 왔구나."

나라스가 실눈을 뜨고 자투를 보았다.

"관을 열어라."

자투가 잠자코 땅바닥에 내려놓은 관 뚜껑을 열었다.

다가간 나라스가 보르츠를 보았다.

보르츠는 단정하게 비단옷을 입었고 눈은 감았다.

추운 날씨여서 여러 날이 지났지만 평온하게 자는 모습이다.

가슴이 미어진 나라스가 눈발이 떨어지지 않게 관 뚜껑을 서둘러 닫았다.

그러고는 이산에게 보고하려고 달려갔다.

잠시 후에 이산이 아바가이, 대장군들과 함께 다가왔다.

이곳은 눈에 덮인 평원이다.

미시(오후 2시) 무렵.

한낮이지만 하늘은 흐렸고 칼끝 같은 바람결에 눈발이 묻어 있다.

이산이 잠자코 관 안의 보르츠를 보았다.

아바가이가 다가와 이산의 옆에 서더니 같이 내려다보았다.

이산이 보르츠에게 말했다.

"네가 내 아들로 태어나 마음고생을 많이 한 것을 알아, 보르츠."

살아있는 아들에게 말하는 것처럼 차분한 목소리다.

그래서 뒤쪽에 선 대장군들도 다 들었다.

"내가 소홀해서 미안하구나. 내가 너를 이렇게 만들었다. 용서해다오."

이산이 손을 뻗어 보르츠의 얼굴을 손바닥으로 쓸었다.

"잘 가거라, 내 아들."

이산이 허리를 폈을 때 아바가이도 손으로 보르츠의 볼을 덮었다.

"보르츠, 네 원수를 갚아주마."

그러고는 덧붙였다.

"고맙다, 아우."

시리곤과 함께 모르크가 찾아왔을 때는 그날 밤 해시(오후 10시)가 되었을 무렵이다.

그날 진중에서 보르츠를 매장하고 다시 행진한 이산, 아바가이 대군(大軍)은 차가툰 산맥 기슭을 따라서 진을 친 상태다.

"각하, 다지건 부족장 모르크를 데려왔습니다."

요중이 진막 안으로 들어와 말했다.

"수행원 10기 정도를 데리고 왔습니다."

고개를 끄덕인 이산이 말했다.

"아바가이, 대장군들을 모아라."

모르크는 누르하치의 죽은 황비 차연의 부친이다.

그리고 아바가이의 외조부가 된다.

아바가이는 어렸을 때부터 외조부를 따랐고 무술과 마술을 직접 배웠다.

늦은 밤.

중군(中軍) 진영에 활기가 일었다.

대원수의 진막 안.
안쪽에 이산과 아바가이가 나란히 앉았고 앞쪽에 모르크와 원로 유슬란이 앉았다.
그 양쪽으로 대장군들이 정연하게 자리 잡고 있다.
10여 개의 기둥에 달린 등이 조금씩 흔들렸기 때문에 그림자가 움직였다.
그때 먼저 모르크가 입을 열었다.
"황성과 밖에 있는 지휘관들에게 부대를 이끌고 이탈하라는 지시를 내렸습니다."
이산은 시선만 주었고 모르크가 말을 이었다.
"4만 5천이 넘는 병력이어서 한꺼번에 움직이면 황제의 오해를 살 수 있더라도 일제히 서문과 북문을 통해 빠져나오도록 했습니다."
모르크의 얼굴에 쓴웃음이 번졌다.
"서문과 북문 근처에 내 부족군이 주둔하고 있어서 충돌은 일어날 것 같지 않습니다."
그때 유슬란이 덧붙였다.
"만일의 경우, 가로막는 군사가 있을 때는 격파할 것입니다."
이산이 고개를 끄덕였다.
다지건 부족이 이산, 아바가이 연합군에 합류한다는 것이다.
이제 누르하치는 황성 병력의 3할을 잃었다.
그때 요중이 입을 열었다.
"부족장 각하, 다지건군(軍)은 황성 남서쪽 아론타 강가에 포진시켜 두시는 것이 나을 것 같습니다."

"내 생각도 그렇소."

모르크가 고개를 끄덕였다.

"그것이 황제께 내 의도를 확실하게 드러내는 것이 될 테니까, 그곳이 적당한 장소요."

모르크의 시선이 아바가이에게 옮겨졌다.

시선이 마주쳤고 금세 모르크의 눈이 흐려졌다.

"세자 저하, 어머니의 장례를 보지 못하셔서 유감이오."

"제가 죄를 지었습니다."

아바가이의 눈이 흐려졌다.

"그렇게 갑자기 돌아가실 줄 몰랐습니다."

"8비의 소행이오."

고개를 든 모르크가 이산에게로 몸을 돌렸다.

"대원수 각하, 제가 우유부단했던 것이 아니올시다. 확실한 증거를 찾고 싶었습니다. 8비의 소행이라는 것과 황제가 묵인했다는 증거까지 확인하고 싶었습니다."

모르크가 말을 이었다.

"수십 년간 대망을 품고 살아온 누르하치 아이신기오로를 옆에서 지켜보고 있었기 때문입니다. 그런데 이제는 떠날 때가 되었다고 생각했소."

이제 모르크의 눈에 초점이 잡혔다.

"황제는 내 딸을 독살하도록 사주하지는 않았다고 해도 방관한 것 같습니다."

모르크의 목소리가 격정으로 떨렸다.

"그 후의 행태를 보고 황제는 대국(大局)을 망치겠다는 확신이 들었습니다. 그래서 이렇게 결심한 것이오."

"잘 오셨소, 모르크"

이산이 길게 숨을 뱉었다.

"이제 우리가 바로 잡읍시다."

"늦은 감이 있으나 보르츠의 영혼이 잘되기를 바라겠소."

"좋은 땅에서 좋은 환경으로 다시 태어날 것이오."

이것이 여진인의 후생에 대한 바람이다.

이산도 여진인이 되어서 소망했다.

갑자기 땅이 울리는 느낌이 들더니 밖이 소란해졌다.

침상에 누워있던 누르하치가 바로 일어났다.

보르츠 일당의 침입 이후로 요즘은 밤잠을 깊게 잔 적이 없다.

"무슨 일이냐?"

누르하치가 버럭 소리쳤지만 대답하는 사람이 없다.

대신 발소리와 함께 외침 소리가 이곳저곳에서 일어났다.

놀란 누르하치가 침상에서 나와 벽에 걸린 장검을 빼내었다.

"무슨 일일까요?"

오늘도 누르하치는 8비와 동침하고 있었다.

하르나가 침대에서 빠져나오면서 물었다.

겁에 질린 표정이다.

진동은 더 심해졌다.

말발굽 소리다.

거리는 1리(500미터)가 조금 넘는다.

이 진동이면 수천 필, 5, 6천 필이 넘는다.

누르하치가 어금니를 물었다.

황성 안이다.

황성 안에 이 숫자의 기마군이 들어왔다면 이곳 내궁은 함락된다.

지난번 이산의 결사대 2백 명이 침입했는데도 내궁의 절반이 손실되었지 않은가?

"밖에 누구 없느냐!"

칼을 쥔 누르하치가 다시 버럭 소리쳤을 때다.

밖에서 응답 소리가 났다.

"폐하! 1천인장 고타이입니다!"

황궁 위사대 소속이다.

누르하치가 버럭 소리쳐 물었다.

"무슨 일이냐!"

"다지건 부족입니다!"

"무엇이!"

누르하치의 얼굴이 순식간에 굳어졌다.

황궁 안에 다지건 부족이 2기군(旗軍) 2만여 명이나 들어와 있는 것이다.

백기군(白旗軍)과 청기군(靑旗軍) 2만이다.

그중 기마군은 7천 기.

지금 이 말굽 소리가 맞다.

다지건의 반란이라면 힘들게 된다.

황궁 안에 위사대 1만 5천, 다른 부족군 3만 5천가량이 있지만 전황을 예측할 수가 없게 된다. 궁 밖에도 다지건 부족군이 3만 가깝게 있기 때문이다.

황궁 안밖에 15만이 넘는 군사가 배치되어 있지만 다지건이 반란을 일으켰다면 이산군(軍)과 호응하지 않겠는가?

그때 고타이가 소리쳐 말했다.

"다지건군(軍)이 궁 밖으로 빠져나가는 중입니다, 폐하!"

진시(오전 8시) 무렵.
황궁의 청 안에 후금(後金)의 대신, 군(軍) 지휘관들이 모두 소집되었다.
그리고 모두의 시선을 받는 두 대신이 있다.
타이론과 만파쿤이다.
누르하치가 연금시킨 둘까지 부른 것이다. 연금을 해제시킨 셈이다.
누르하치가 대신들을 둘러보았다.
"다지건이 배신했다. 진즉 성안의 다지건 지휘관 놈들을 처단하는 건데 미루다가 이 지경이 되었어."
그때 타이론이 입을 열었다.
"처단 안 하신 것이 잘하신 일입니다. 만일 처단했다면 다지건은 폐하의 적이 될 명분을 갖게 되었을 테니까요."
그러자 누르하치가 벌컥 화를 내었다.
"그럼 지금은 적이 아니란 말인가? 또 엉뚱한 수작을 늘어놓을 셈이냐?"
"지금은 방관자로 돌아섰을 뿐입니다. 적이라면 성을 빠져나가지 않았습니다."
타이론도 지지 않고 말을 쏟아내었다.
"이 정도만 된 것도 다행이올시다."
"닥쳐라!"
누르하치가 소리쳤다.
"지금은 이산, 아바가이를 격멸시킬 방법을 논하는 회의야! 다지건의 모르크도 이산에게 가담했다고 봐야 한다!"
"폐하."

이번에는 만파쿤이 나섰다.

"이산군(軍)이 1백여 리(50킬로) 앞으로 다가왔습니다. 이산에게 사신을 보내 북진(北進)의 의도가 무엇인지를 물으시지요."

"이건 또 무슨 말이야!"

누르하치가 이번에는 대로했다.

"북진하는 이유는 뻔하지 않은가? 후금(後金)을 상대로 전쟁을 하겠다는 것 아니냐!"

"폐하, 시간을 벌어야 합니다. 그리고."

어깨를 편 만파쿤이 누르하치를 보았다.

"세자비를 연금에서 풀고 세자께 보내주시지요."

"뭐라고?"

누르하치가 소리쳤지만 눈이 흐려졌다.

그때 만파쿤이 말했다.

"세자비를 잡고 있는 것은 아무런 도움이 안 됩니다. 오히려 독(毒)이 됩니다. 차라리 보내는 것이 폐하께 도움이 됩니다."

"또 무슨 궤변이냐?"

"세자비를 잡고 있다고 해도 이산군(軍)이 개의치 않는다는 것을 폐하께서 더 잘 알고 계실 것입니다."

만파쿤이 말을 이었다.

"오히려 그것이 세자와 세자를 추종하는 군(軍)들의 전의를 불러일으켜 결속시키는 효과를 냅니다."

"……."

"또한, 아군에게는 비겁한 수단을 쓰는 것으로 비쳐 전의(戰意)를 약화하고 있습니다."

"뭐라고? 비겁한 수단?"

"폐하는 용장이며, 덕장이십니다. 폐하 주변에서 일을 만들어서 폐하의 명성에 흠집을 내고 있습니다."

"만파쿤, 네 혀는 여전하구나."

"폐하, 세자비를 보내시지요. 이산군(軍)의 전의(戰意)를 떨어뜨리고 무력화시키는 효과가 있습니다."

타이론이 거들었을 때 이번에는 마바스가 나섰다.

"세자비 따위에 연연하실 것 없습니다. 보내시고 전열을 구축하시지요."

누르하치가 고개를 들더니 이윽고 얼굴에 웃음이 떠올랐다.

"좋다. 그렇게 하도록 하지."

대신들이 술렁거렸는데 긴장이 풀린 분위기다.

그때 누르하치가 말을 이었다.

"사신도 보내도록 하자. 그사이에 전열을 재정비한다."

이제 60이 넘었지만 누르하치는 여진을 통합한 대영웅이다.

수많은 곡절과 음모, 전쟁을 겪고 지금에 이른 것이 우연 때문만이 아니다.

그만한 자질이 있기 때문이다.

유시(오후 6시) 무렵이 되었을 때 내궁의 접견실로 위사대장 하시바크가 들어섰다.

접견실에는 누르하치가 병부상서 윤청과 앉아 있다가 고개를 들었다.

"보냈느냐?"

"예, 기마군 2백 기로 마차 호위를 시켰습니다."

하시바크가 무릎을 꿇고 앉아 말했다.

"폭설이 그쳤기 때문에 내일 유시(오후 6시) 이전에는 도착할 수 있을 것입

니다."

고개를 끄덕인 누르하치가 다시 물었다.

"아유브는 몇 명을 수행시켰느냐?"

"수행원 20명에 기마군 3백 기입니다. 세자비 일행과 함께 가도록 했습니다."

누르하치가 고개를 끄덕였다.

세자비 한윤과 그 시종들, 그리고 누르하치의 사신인 아유브가 이산군(軍)을 향해 떠난 것이다.

그때 윤청이 누르하치를 보았다.

"폐하, 준비는 다 했습니다."

"그런가?"

정색한 누르하치가 윤청과 하시바크를 번갈아 보았다.

"이번 일은 후금(後金)을 통일하면서 명(明)을 공략할 절호의 기회다."

누르하치가 말을 이었다.

"이 일을 아는 사람은 그대들 둘과 마바스까지 셋이다. 기밀을 지키도록."

"명심하겠습니다."

누르하치가 윤청에게로 고개를 돌렸다.

"전충이 명(明)의 조정에 충성하지 않는 것은 이미 명백해졌다. 새 왕조의 공신이 되어서 능력을 펼치도록 설득해라."

"예, 폐하."

윤청이 말을 이었다.

"가능성이 있는 일입니다."

윤청은 한인으로 명(明)의 서북면병마사 전충과도 인연이 있는 사이다.

윤청은 '꾀'를 내었는데, 전충과 연합해서 이산군(軍)을 치고 나아가 명(明)을 정복하자는 것이다.

전충은 유정군(軍)의 패퇴 후에 주춤거리다가 후금(後金)이 내란상태가 되어 있는데도 폭설을 핑계로 군(軍)을 움직이지 않았다.

명(明) 조정에서 반역죄를 씌워도 남을 짓이었지만 지휘관을 교체시키지도 못하고 있다.

그것을 핑계로 전충이 반란을 일으킬 수도 있기 때문이다.

윤청은 오늘 밤 전충군(軍)을 향해서 밀행할 예정이다.

이것이 누르하치의 용병술이다.

눈앞의 적을 치기 위해서는 누구하고도 손을 잡는다.

어렸을 때 명의 관리 노릇까지 한 누르하치다.

누구도 흉내 내지 못한다.

자시(밤 12시)가 넘었다.

신시(오후 4시)쯤 황성을 출발한 대열은 40리(20킬로)쯤 남진하고 나서 이름 모를 산기슭에 숙영하는 중이다.

막사 안에서 양털로 만든 모포를 둘러쓰고 누워있던 한윤이 분이가 어깨를 흔드는 바람에 몸을 일으켰다.

옆에서 자고 있던 분이다.

"웬일이냐?"

"막사 밖에서 누가 찾습니다."

분이가 소곤거리며 말했다.

"타이론 님이 보냈다고 합니다."

한윤의 눈이 흐려졌다.

연금되어 있었지만 황성 내부의 일은 다 알고 있는 한윤이다.

타이론, 만파쿤이 자신에 대해 우호적이며 감금까지 당했다가 며칠 전에 풀려났다는 것을 아는 것이다.

자신을 세자에게 보내는 것도 그들이 건의했기 때문이라는 것도 알고 있다.

한윤이 고개만 끄덕이자 곧 분이가 밖으로 나가더니 사내 하나와 함께 들어섰다.

10인장 복색의 사내가 한윤 앞에 무릎을 꿇더니 고개를 들었다.

진막 안은 불을 켜지 않았지만 모두 어둠에 익숙해진 눈이다.

사내의 이목구비도 선명하게 드러났다.

"저는 위사대 소속이나 타이론 님의 지시를 받고 마마를 뵈러 왔습니다."

"왜 왔는가?"

한윤이 낮게 물었더니 사내도 목소리를 낮췄다.

"타이론 님께서는 오늘 밤 숙영할 때 마마를 모시고 행렬에서 빠져나오시라고 하셨습니다. 지금 밖에 제 일행 다섯이 기다리고 있습니다."

"왜 그런가?"

"8비가 보낸 기습대가 사신 대열을 습격, 마마까지 전멸시켜 황제와 이산 대원수의 전쟁을 촉발한다는 것입니다."

"그것을 황제가 가만 놔둘까?"

"명군(明軍)으로 위장한 기습대라면 어쩔 수가 없지요."

사내가 말을 이었다.

"어쨌든 책임은 황제께 돌아가는 것이니까요. 황제와 대원수 간의 화해 가능성이 없어지는 것입니다."

"나를 어디로 데려갈 것인가?"

"바로 산을 넘어 대원수와 세자 저하가 계시는 진영으로 갈 것입니다."

"그대가 오히려 8비의 지시를 받고 나를 해코지하려는 것 같다."

한윤이 눈을 가늘게 떴다.

"막사 안에서 날 죽이면 8비의 소행이 분명해질 테니 밖으로 끌어내어서 처리하려는 것이 아닌가?"

"그럴 리가 있습니까?"

쓴웃음을 지은 사내가 말을 이었다.

"타이론 님의 말씀이 맞군요. 타이론 님도 마마께서 현명하셔서 8비가 음모를 꾸민 것으로 의심하실 수도 있으니 이번에 타이론 님을 찾아온 둘을 데려가라고 하셨습니다. 그래서 제 조원으로 위장시켜 밀행에 끼워 넣었지요."

그러고는 한윤을 보았다.

"지금 막사 밖에 있습니다. 보르츠 님을 따라 마마를 구출하려고 왔다가 다 죽고 남은 둘입니다. 만나보시겠습니까?"

한윤이 고개를 끄덕였더니 사내가 엎드린 자세로 막사 밖으로 나가더니 곧 돌아왔다.

두 사내가 뒤를 따라왔다.

"저는 요구타니, 이놈은 바라트나입니다. 보르츠 님을 수행하고 왔다가 둘이 남았고 타이론 님이 석방되자 신분을 밝히고 투신했습니다."

요구타니라고 밝힌 사내가 충혈된 눈으로 한윤을 보았다.

"타이론 님께서 여기 있는 바라트나와 마마 수행단에 끼어 갔다가 첫날밤에 탈출시키라고 하셨습니다."

"보르츠 님은 어떻게 되셨는가?"

"지금쯤 대원수께서 시신을 받으셨겠지요. 어떻게 하셨는지는 모르겠습니다."

외면한 채 요구타니가 말을 이었다.

"자르단 님은 보르츠 님이 자결했다는 말을 듣자 분을 참지 못하고 감옥의 돌벽에 머리를 박아서 장렬하게 죽었습니다. 그것은 자살이 아니라 전사나 같지요. 하지만 보르츠 님은 8비가 죽여서 자살로 위장시킨 것이지요."

"……."

"저와 바라트나는 둘이 남게 되자 구르칸 님처럼 내성으로 쳐들어가 죽고 싶었지만 다른 길을 찾으려고 타이론 님을 찾아간 것입니다. 그랬다가 이번에 동행하게 된 것이지요."

"너를 믿겠다."

"보르츠 님의 목적이 마마를 구출해내는 것이었습니다. 보르츠 님을 수행해 온 제가 보르츠 님의 한(恨)을 풀어드리고 죽을 것입니다."

한윤이 고개를 돌려 요구타니를 보았다.

"따라가겠다."

대장군 아유브가 한동안 눈만 껌벅이더니 앞에 선 1백인장에게 물었다.

"없어졌어?"

"예, 인원 점검을 해보았더니 수행원 12명이 없어졌습니다. 세자비 마마하고 시녀 하나, 그리고 수행 위사 10명입니다."

진시(오전 8시) 무렵.

사신단과 세자비 수행단은 같이 움직였기 때문에 막 출발하려는 참이다.

앞에 선 1천인장은 세자비 호송대장이다.

1천인장이 어깨를 늘어뜨렸다.

"10인장이 지휘하는 1개 조(組)가 없어졌습니다. 위사대에서 파견되었기 때문에 확인할 필요도 없었지요."

"야단났다."

아유브가 탄식했다.

세자비를 잃었으니 이산에게 내려갈 명분도 없어졌다.

자리에서 일어선 아유브가 소리쳤다.

"찾아라!"

흐린 하늘에 잠깐 태양이 드러났는데, 중천(中天)이다.

오시(낮 12시)가 된 것이다.

"이런."

산 중턱의 눈에 싸인 나무 사이에 서 있던 타르자이가 눈 뭉치가 떨어지는 바람에 머리에 눈 벼락을 맞았다.

투덜거린 타르자이가 소리쳐 부장(副將)을 불렀다.

"척후는 왜 안 오는 거냐?"

"곧 오겠지요."

다가온 부장 사르하가 아래쪽을 내려다보았다.

뒤쪽 산골짜기에는 기마군 1천3백 기가 대기 중이다.

진시(오전 8시)부터 대기 중이니 긴장이 풀려있을 것이다.

"이놈들이 뒈졌나? 어떻게 된 거야?"

다시 타르자이가 투덜거렸을 때 아래쪽 벌판에 3개의 점이 나타났다.

황무지에 눈이 덮였기 때문에 10리(5킬로) 거리쯤 되는데도 검은 점이 눈에 띈 것이다.

"옳지. 저기 옵니다."

사르하도 점을 보고 소리쳤다.

척후다.

척후대 20기를 보냈는데 연락병이 오는 것이다.

눈이 덮였지만, 지난밤의 추위로 눈이 얼음덩이가 되었기 때문에 말은 맨땅을 달리는 것처럼 달렸다.

여진 마는 빙판에도 익숙하다.

곧 3기의 척후가 산 중턱의 타르자이 앞에서 멈췄다.

"사신 일행은 아직 움직이지 않습니다."

10인장이 소리쳐 보고했다.

"대신 사방으로 흩어졌는데 누구를 찾는 것 같기도 합니다."

"뭘 찾는다고?"

"모르겠습니다."

10인장이 고개를 기울였다.

"우리한테도 오는 바람에 놀라서 피하느라고 시간이 좀 걸렸습니다."

"그래서 아직 움직이지 않는단 말이냐?"

"예, 1천인장님."

타르자이는 바미드 족장 위라산의 측근이자 사촌이다.

위라산이 믿고 일을 맡길 수 있는 부하인 것이다.

고개를 든 타르자이가 옆에 선 사르하를 보았다.

"무슨 일일까?"

"글쎄요. 하지만 임무는 그대로 수행해야 되지 않겠습니까?"

"하긴 그렇다."

고개를 끄덕인 타르자이가 10인장을 보았다.

"알았다. 놈들의 위치나 제대로 파악해놓도록."

"예, 1천인장님."

"오늘 밤에 기습한다. 장소가 어디든 말이야."

"알겠습니다. 그렇게 전하지요."

"저녁 무렵에 다시 보고할 것."

사르하가 명(命)을 덧붙였다.

어쨌든 사신과 세자비 일행을 전멸시키는 것이 임무다.

"뭐? 세자비가 탈출했어?"

버럭 소리친 누르하치가 어이가 없다는 표정을 짓고 주위를 둘러보았다.

미시(오후 2시) 무렵.

황궁의 청 안.

앞에는 아유브가 보낸 전령이 엎드려 있다.

그때 전령이 고개를 들고 말했다.

"세자비와 함께 사라진 사내는 위사대 소속으로 배치된 마포드라는 10인장인데 위사대에 확인했더니 그런 자는 없었습니다, 폐하."

"그렇다면 그놈이 이산이나 세자의 휘하 병사란 말이냐?"

버럭 소리쳤던 누르하치가 옆에 선 마바스를 보았다.

"세자비를 보내주는데 납치를 해간다니 말이 되느냐?"

"대원수가 보낸 병사는 아닌 것 같습니다."

마바스가 눈썹을 모으고 누르하치를 보았다.

"무슨 사정이 있는 것 같습니다."

"귀신이 곡을 할 노릇이군."

그때 타이론이 나섰다.

"폐하, 무슨 알 수 없는 상황이 발생한 것 같습니다. 폐하께서는 지켜보시는 것이 나을 것 같습니다."

"으음."

누르하치가 마침내 신음을 뱉었다.

무력감을 느낀 것이다.

"어쩔 수 없다. 아유브에게 사실대로 이산에게 전하도록 해라, 탈주했다고 말이다."

전령에게 말한 누르하치가 자리에서 일어섰다.

"아유브에게 사신의 임무만 마치라고 해라."

"예, 폐하."

전령이 다시 엎드렸다.

아유브는 아직도 숙영지에서 기다리고 있다.

황제의 내궁 접견실에 오늘은 타이론과 만파쿤, 마바스, 하시바크까지 대신들이 둘러앉았다.

어젯밤 누르하치가 윤청과 회의를 하던 방이다.

누르하치가 대신들을 둘러보았다.

다시 이곳으로 최고위 원로들을 모은 것이다.

"누구 소행인가?"

누르하치의 시선이 타이론에서부터 하시바크까지 훑고 지나갔다.

"세자비를 빼내 간 자 말이네. 10인장이 주도했다고 보지는 않겠지?"

"물론입니다, 폐하."

타이론이 먼저 대답했다.

정색한 타이론이 누르하치를 보았다.

"폐하와 이산 대원수를 이간질하려는 세력일 가능성이 큽니다."

"그대가 그런 이야기를 할 줄 예상했어."

누르하치가 정색하고 타이론을 보았다.

"8비와 배후의 바미드 부족, 그리고 위라산 부족장과 친족 관계가 있는 여러 부족들 말이지?"

"그렇습니다."

"바미드 부족이 현재 후금(後金) 전력(戰力)의 중심인 것도 알지?"

"압니다, 폐하."

고개를 끄덕인 타이론의 시선이 마바스와 하시바크를 스치고 지나갔다.

의도적이다.

"여기 계신 마바스 대장군과 하시바크 위사대장도 바미드 부족과 혈연으로 연결되어 있지요."

"이런, 젠장."

마바스가 먼저 화를 내었다.

눈을 치켜뜬 마바스가 타이론을 노려보았다.

"이봐요, 타이론. 내 여동생이 위라산의 동생 아들하고 결혼했지만 얼굴 못 본 지 10년이 넘었소. 그런 식으로 말하면 우리 동부 여진족에 친척이 안 되는 사람이 어디 있소?"

그때 하시바크가 말했다.

"우리 어머니는 바미드 부족이 아냐. 소문이 났을 뿐이야."

"그만!"

누르하치가 손을 들어 말을 막았다.

그러고는 주위를 둘러보았다.

"이번 세자비의 실종도 8비와 바미드 부족과 관계가 있다고 생각하나?"

"그렇습니다."

타이론이 바로 대답했고 만파쿤도 고개를 끄덕였다.

"납치했건 미리 계획을 세웠건 간에 그 이유밖에 없는 것 같습니다."

그때 마바스가 누르하치를 보았다.

"이산의 음모가 있는지도 모릅니다."

"어떤 음모인 것 같나?"

누르하치가 묻자 마바스는 머리를 기울였다.

"세자비를 숨겨두고 우리한테 책임을 묻는 것입니다."

"그렇다면 그 10인장 놈은 이산이 보낸 놈이란 말인가?"

"그럴 가능성이 있습니다."

"그럴듯하군."

누르하치가 혼잣말처럼 말했을 때다.

밖에서 수선거리는 소리가 났기 때문에 하시바크가 일어나 밖으로 나갔다.

그러더니 곧 피투성이가 된 1백인장 하나를 데려왔다.

"폐하, 사신과 함께 갔던 1백인장입니다!"

하시바크가 떨리는 목소리로 말했다.

"기습을 받았다고 합니다!"

누르하치가 눈을 치켜떴다.

대장군 아유브가 인솔했던 사신단은 기습을 받고 전멸했다.

명군(明軍) 순찰대를 만나 한 시진 만에 5백여 명이 몰사한 것이다.

아유브도 싸우다가 전사했다.

아유브와 함께 가던 세자비 호송대도 함께 몰사했다.

명(明)의 기마군은 수천 기라고 했다.

벌판에서 대군에 포위되었으니 짐승이 사냥당하는 꼴이 되었을 것이다.

1백인장의 보고를 듣고 나서 누르하치가 대신들을 보았다.

눈이 흐려져 있어서 생각하는 표정이다.

그것을 말로 표현한 사람이 만파쿤이다.

"세자비가 대열에 끼어 있었다면 사냥당하듯 죽었겠습니다."

그 말을 들은 누구도 입을 열지 않았다.

같은 생각이었기 때문이다.

누르하치도 마찬가지인 것이다.

"알고 피했군."

누르하치가 입을 열었을 때는 한참 후다.

외면한 채 누르하치가 말을 이었다.

"아래쪽에 명(明)의 대규모 기마 순찰대가 지난다는 것도 괴이하다."

"……."

"사신과 세자비 호송대는 경무장한 기마대인데 그것을 수천 기마군이 전멸 시키다니, 일부러 노리고 있었던 것 같다."

"……."

"그렇군. 세자비 호송대를 노렸군. 사신단을 공격할 이유는 적다."

누르하치가 고개를 들더니 얼굴을 일그러뜨리며 웃었다.

"알고 피했군."

한윤이 이산의 진중에 들어온 것은 그날 밤 해시(오후 10시) 무렵이다. 한윤과 분이가 말을 제법 탔지만 속보로 갈 정도였기 때문에 늦은 밤에 도착한 것이다.

미리 통보를 받고 기다리던 아바가이가 진(陣)의 앞쪽 10리(5킬로) 정도까지 마중 나가 한윤을 맞았다.

아바가이가 말을 달려 다가왔을 때 한윤은 눈물을 쏟았지만 울음 소리는 내지 않았다.

마상에서 아바가이가 한윤에게 말했는데 저절로 조선말이 나왔다.

"고생했소."

"걱정 끼쳐 드렸습니다."

소매 끝으로 눈물을 닦은 한윤이 아바가이를 보았다.

"어머님은 돌아가실 때까지 당신을 걱정하고 그리워하셨습니다."

"분하오."

아바가이의 목소리도 어느덧 떨렸다.

이제 둘은 말 머리를 나란히 하고 진을 향해 걷는다.

고개를 돌린 아바가이가 마포드와 요구타니, 바라트나의 인사를 뒤늦게 받고는 고개를 끄덕였다.

"너희들이 수고했다."

그리고 한윤의 뒤에 바짝 붙어서 따르는 분이를 보았다.

"너도 살아서 다행이다."

이것은 조선말이다.

"사신단과 호송대가 전멸했어?"

다음 날 아침.

첨병대장의 보고를 받은 이산이 되물었다.

"누구 소행이냐?"

"명군(明軍)으로 위장한 바미드 부족군입니다."

첨병대장이 바로 대답했다.

"뒤에 쳐진 군사 둘을 생포해서 자백을 받았습니다. 바미드 부족의 아술라드가 지휘했고 병력은 기마군 1천5백, 세자비 마마 호송단과 사신 일행을 전멸시키는 것이 목적이었습니다."

그때 이산의 옆에 서 있던 아바가이가 잇새로 말했다.

"저도 아술라드를 압니다. 부족장 위라산의 조카로 용장(勇將)이지요. 폐하의 신임을 받아 북방군 사령관을 지내기도 했습니다."

누르하치 주변의 측근 장수인 셈이다.

이산은 누르하치의 황궁과 떨어져 지냈기 때문에 주변의 장수들을 잘 모른다.

아바가이가 충혈된 눈으로 이산을 보았다.

"간신 세력들을 소탕해야 합니다, 대원수 각하."

이산의 얼굴에 쓴웃음이 번졌다.

간신과 충신의 구분이 모호했기 때문이다.

그러나 바미드 부족이 누르하치의 사신단도 전멸시킨 것은 반역이다.

이산이 안으로 들어서자 한윤이 자리에서 일어섰다.

조선에서부터 따라온 여종 분이가 한윤의 뒤에서 절을 했다.

이산의 시선을 받은 한윤이 딸꾹질을 하는 것처럼 숨을 들이켰다.

다음 순간 눈에 눈물이 솟아났고 주르르 볼을 타고 떨어졌다.

다가선 이산이 고개를 끄덕이며 말했다.

"고생했다."

"아버님."

한윤이 울음 섞인 목소리로 말했다.

"저 때문에 대업(大業)에 지장이 있지 않으셨습니까?"

"그럴 리가 있느냐?"

이산이 한윤에게 자리를 권하면서 말했다.

아바가이는 따라오지 않았기 때문에 안에는 이제 둘이 마주 보고 앉았다.

분이가 이산 앞에 인삼차를 내려놓고 나갔다.

이산이 지그시 한윤을 보았다.

"지금은 황제 폐하고 문제가 약간 있으나 곧 처리될 것이다."

"예, 아버님."

"아바가이는 어떻게든 황제가 된다."

한윤이 숨을 죽였고 이산의 말이 이어졌다.

"대륙의 통치자는 조선인이 되어야 한다."

이산이 번들거리는 눈으로 한윤을 보았다.

"황제와의 이번 싸움은 그것이 발단이었다. 주변에서 황제의 후계가 조선인으로 이어진다는 모함을 해대었기 때문이었어."

"……"

"그것으로 황제가 흔들렸던 것이다. 아바가이가 조선인의 혈통이라는 것에 말이다."

이산이 눈을 치켜뜬 얼굴로 웃었다.

"그러나 이미 대세는 기울었다. 황제도 순응할 수밖에 없을 것이다."

그러고는 이산이 자리에서 일어섰다.

"알았느냐? 대륙은 조선인이 통치한다. 아바가이를 시작으로 말이다."

"예, 아버님."

따라 일어선 한윤이 고개를 숙였다.

영리한 한윤은 알아들었다.

바미드 부족의 본거지는 본래 동부여진의 메마른 땅인 유츠렉 산맥 왼쪽의 평원이다.

그곳에서 양과 염소를 기르던 유목민족이다.

유목민족이라고 해도 고향은 있다.

그러나 계절마다 목초지를 따라 이동하기 때문에 바미드 부족의 본거지는 유츠렉 산맥 왼쪽의 광대한 평원지역이라고 해야 맞다.

지금 바미드 부족은 누르하치를 따라 수천 리 서쪽으로 이동한 상태다. 고향에 남은 인원은 노약자와 과부, 아이들로 5, 6천 명밖에 되지 않는다.

그들은 양도 제대로 치지 못해서 전장(戰場)으로 옮겨온 바미드 부족군(軍)이 보내온 전리품으로 살고 있다.

이것이 본래의 유목 민족의 풍습이다.

이곳은 바미드 부족의 새 본거지가 된 황성 서쪽, 흑룡강 지류 옆의 초원이다.

본래 한족 마을이 10여 개 있던 곳을 주민들을 다 쫓아내고 바미드 부족이 차지하고 있다.

바미드 부족은 황제를 따라 이동해 온 셈이다.

이곳에서 족장은 왕(王)이나 다름없다.

황제의 권한도 부족 안으로 침투해오지 못한다.

부족은 부족장이 절대 권력을 행사하는 것이다.

바미드 부족은 황제로부터 3개 기군(旗軍)을 하사받았는데, 기장(旗將)은 물론 바미드 부족이며 군사 또한 바미드 부족이다.

흑룡강 지류의 바미드 영지에 1개 기군(旗軍)인 황군(黃軍)이 주둔했고 2개 기군(旗軍)은 황성인 봉천에 주둔하고 있다.

누르하치의 주력군인 것이다.

"낙오자가 30여 명이라니 그중 몇 놈이 황제나 이산군(軍)에 생포되었을지도 모릅니다."

카르하파가 말하자 위라산은 쓴웃음을 지었다.

"대세(大勢)라는 것이 있어. 지금 대세는 누르하치와 이산의 대결이다. 나는 둘 사이에 놓인 다리를 부숴버린 셈이야."

위라산은 67세.

딸 하르나를 누르하치의 여덟 번째 부인으로 줬지만 다른 딸 하나는 누르하치의 적(敵)이었던 팔미드 부족장 카라시르에게 주었다.

당시 카라시르는 누르하치와 동부 여진의 패권을 다투던 대족장이었다.

결국 카라시르는 누르하치가 보낸 암살대에게 사지가 찢겨 죽고 팔미드 부족은 누르하치 부족에 병합되었다.

카라시르의 부인이었던 위라산의 딸은 암살대에게 죽은 것이다.

그러나 위라산은 그때나 지금이나 건재하다.

자신의 말대로 대세(大勢)를 잘 읽기 때문이다.

그리고 언제나 안전장치를 해놓는다.

그때 카르하파가 고개를 들고 위라산을 보았다.

"부족장 각하, 8비께서 연락이 왔지 않습니까? 황제가 8비를 요즘 며칠간 부르지 않는다는 겁니다."

"나도 들었다."

쓴웃음을 지은 위라산이 말을 이었다.

"누르하치도 이제 63살이야. 매일 여자를 안을 수는 없지."

"그래도 타이론, 만파쿤 둘을 풀어준 것이 걸립니다. 그 두 놈은 아바가이, 이산의 측근이나 같습니다."

"어쨌든 이번 기습으로 이산과 누르하치는 손을 잡지 못한다."

위라산이 말을 이었다.

"내가 40년간 누르하치를 겪었다."

강바람이 세었기 때문에 옷자락이 펄럭였다.

자시(밤 12시) 무렵.

마른 갈대가 바람결에 파도 소리를 내었다.

강은 이미 얼어붙어서 짐 실은 마차가 지날 정도가 되었다.

고개를 든 요중이 옆에 선 쿠르바를 보았다.

"시간이 되었어."

"예, 군사(軍師)님."

쿠르바의 눈이 어둠 속에서 번들거렸다.

쿠르바는 자사르 부족장 알탄의 아들이다.

27세.

알탄이 이산에게 투항하고 나서 진중에서 병사하자 자사르 부족군을 이끌고 있다.

이산이 백기장(白旗將)으로 1만인장에 임명했기 때문에 기마군 1만을 이끌고 이곳에 왔다.

요중이 말했다.

"쿠르바, 자네 부친은 용장(勇將)이었네."

"싸우다 죽지 못한 것이 안타깝다고 하셨소."

쿠르바는 6척 장신에 힘이 장사다.

대도(大刀)를 휘둘러 말의 목을 벤다.

전장 경험이 많긴 하지만 오늘 같은 대전(大戰)은 처음이다.

이번에 동원된 3만 5천 병력 중에서 우측 공격을 맡게 된 것이다.

그때다.

밤하늘에 불덩이 하나가 솟아올랐다.

별도 없는 밤하늘이다.

커다란 불덩이가 솟아오르는 것이 선명하게 드러났다.

그것을 본 쿠르바가 요중을 보았다.

"가겠소!"

요중의 시선을 받은 쿠르바가 말에 박차를 넣었고 뒤에 정렬해있던 기마군이 뒤를 따랐다.

갈대숲이 거칠게 부딪치면서 말발굽 소리가 묻혔지만 땅이 울렸다.

좌측 군은 다이락 족장인 유니마가 맡았다.

유니마는 52세.

노장(老將)이지만 부대를 기민하게 움직이는 것으로 정평이 났다.

군사 요중과 같은 부족의 친구 사이로 호흡이 맞는다.

유니마가 이끈 적군(赤軍) 1만여 기가 황무지를 가로질러 일제히 쇄도했다.

그래서 언 땅이 지진이 난 것처럼 흔들렸다.

이곳은 중군(中軍).

마을이 정면으로 보이는 언덕 위에 아바가이가 서 있다.

아바가이가 이번 작전의 총사령이다.

"자, 가자."

불화살을 쏘아 올린 지 일각쯤이 지났을 때다.

이미 좌우에서 기마군의 말굽 소리가 땅을 울렸고 간간이 함성이 일어났다.

쿠르바와 유니마가 이끄는 백군(白軍), 적군(赤軍)이 진입하고 있다.

아바가이의 명(命)이 떨어지자 복창하는 외침이 일어나면서 중군(中軍)의 기마군과 보군 1만 5천이 움직였다.

중군은 보군이 중앙에 섰고 기마군이 좌우에 배치된 구도다.

속도가 느렸기 때문에 질서정연하게 전진했다.

이곳은 바미드 부족의 집단 거주지인 것이다.

뒤쪽이 산에 막혀있기 때문에 앞으로 도망쳐 나오는 부족을 함정 안의 짐승처럼 잡으려는 것이다.

기마군의 말굽 소리가 울렸을 때 위라산은 침상에서 벌떡 일어섰다. 67세이지만 50년 동안을 전장에서 지낸 위라산이다.

상황을 금세 파악한 것이다.

순식간에 옷을 차려입고 방을 나왔을 때, 경호 대장 모파칼이 달려왔다.

허리 갑옷만 두르고 머리도 헝클어졌다.

"좌우에서 진입해옵니다!"

"이런."

위라산이 얼굴을 일그러뜨리며 웃었다.

"대군이다. 사방의 초소는 다 전멸시켰겠구나."

"족장, 피하시지요. 앞이 비었습니다!"

모파칼이 소리쳐 말했을 때 위라산이 고개를 저었다.

"비었을 리가 없지."

"산길이 있으니 뒤로 빠져나가시지요."

"기다리고 있을 거다."

위라산이 귓등에 손바닥을 붙이고 진동과 함성을 조심스럽게 들었다.

이제는 마룻바닥이 울릴 정도로 진동이 심해졌고 함성도 또렷하게 들렸다.

위라산이 말했다.

"1리(500미터) 거리다."

"족장! 내성 주위로 경비군은 배치되었습니다!"

"2만 기가 넘는구만."

"족장, 싸우시지요."

그때 고개를 든 위라산이 말했다.

"우측으로 빠져나가자."

"우측입니까?"

"그쪽이 더 요란하다."

위라산이 고개를 들고 소리쳤다.

"우측으로 돌파한다!"

전장(戰場)에서 일일이 계산하고 앞뒤를 분간할 수는 없는 것이다.

위라산은 직감에 따라 움직였는데 대부분이 맞았다.

직감은 노장(老將)의 경륜으로 만들어진다.

위라산의 지시를 전달받은 아슐라드가 기마군 5천 기를 이끌고 우측으로 돌진한 것은 우측 군이 2백 보쯤 앞으로 다가왔을 때다.

빠른 반응이다.

"우와앗!"

밤하늘이 떠나갈 것 같은 함성을 내지르며 돌진했던 바미드군은 순간 가슴이 철렁 내려앉는 느낌이 들었을 것이다.

갑자기 화살이 빗발처럼 쏟아졌기 때문이다.

"아앗!"

화살이 어깨 갑옷을 튕겨 나간 순간 용장 아슐라드는 그것이 정면에서 날아온 것임을 알았다.

정면에 궁수대가 포진해있는 것이다.

화살은 계속해서 쏟아졌고 기마대 전열이 흐트러졌다.

"우앗!"

유니마가 이끄는 적군(赤軍)은 마을의 좌측 부분을 단숨에 무너뜨리고 진입했다.

그러고는 살육이 시작되었다.

병사, 부족민을 가리지 않고 도륙하기 시작한 것이다.

함성과 비명이 진동했고 곧 불길이 솟았다.

기습 공격인 것이다.

그리고 무방비 상태였던 마을로 공격을 시작했을 때부터 전세는 결정된 것이나 같았다.

거기에다 전력이 압도적이다.

3배의 전력으로 3면에서 공격해온 것이다.

우측으로 용장 아술라드를 앞세우고 빠져나가려던 위라산은 오판을 했다.

정면으로 진출해온 적군의 궁수대를 생각하지 못한 것이다.

함정만 파놓았을 줄 알고 있었는데 궁수대를 앞세우고 전진해 왔다. 우측으로 돌진해나가기도 전에 절반 이상이 살에 맞아 전력이 무너졌다.

그 뒤를 공격대의 좌측 군이 쇄도해오는 바람에 대항도 변변히 하지 못하고 궤멸되었다.

결국 위라산은 경호대 1천여 기에 둘러싸여 뒤쪽으로 퇴각했다.

그러나 예상했던 대로 산 중턱에는 공격대가 배치되어 있다.

"이런."

산기슭에 모여 섰을 때 위라산이 쓴웃음을 지었다.

눈앞은 대낮같이 밝아져 있다.

마을은 물론 강가의 갈대에까지 불이 붙어서 불덩이가 되었다.

위라산이 주위를 둘러보며 물었다.

"아술라드는?"

"전사했다고 합니다."

옆에 서 있던 원로 카르하파가 불을 바라보면서 대답했다.

"조금 전에 도망쳐 나온 부장 아신크가 말해주었소."

그때 옆으로 경호 대원 하나가 서둘러 다가왔다.

"차바라스 님이 전사하셨습니다."

위라산이 고개를 들었다.

셋째 아들이다.

아들 다섯 명 중에서 둘이 남았고 그중 차바라스가 바미드 부족장을 계승할 예정이었다.

그때 함성이 다가왔다.

북소리도 들렸다.

공격군이 다가오고 있다.

위라산이 주위를 둘러보았다.

두 눈이 번들거리고 있다.

"나단은 어디 있느냐?"

두 아들 중 하나인 막내아들이다.

경비대에 포함되어 옆에 있어야 할 나단이 보이지 않는 것이다.

그때 모파칼이 아래쪽에서 달려왔다.

"족장, 아바가이가 전령을 보냈소!"

"아바가이가 직접 공격했단 말인가?"

숨을 들이켠 위라산이 되묻자 모파칼이 대답했다.

"예, 전령이 낯익은 1천인장이었습니다."

막내아들을 찾던 것도 잊은 위라산이 고개를 끄덕였다.

"데려오라."

아래쪽 화염은 더 불길이 높아졌고 대신 함성과 비명은 줄어들었다.

전장(戰場)이 진압되고 있다.

바람결에 피비린내가 계속 맡아지고 있다.

바미드 부족 근거지인 이곳에서는 부족군 1만 5천여 명, 부족원 8만여 명이 모여 있었다.

10만 가까운 인원이다.

위라산이 얼굴을 일그러뜨리며 숨을 뱉었다.

몰살되고 있다.

아바가이가 이끈 여진군이 한때는 동맹군이었던 바미드 부족을 몰살시킨 것이다.

이곳까지 밀려오면서 아이, 여자들의 시체를 수없이 보았다.

가리지 않고 학살한 증거다.

그때 병사들을 헤치고 말에 탄 1천인장과 수하 3명이 이쪽 기마군에 둘러싸여 다가왔다.

아직 축시(오전 2시)도 안 되었지만 이미 전세는 결정이 난 상황이다.

사분오열된 바미드 부족군은 궤멸했고 장수 대부분은 목숨을 잃었다.

산기슭에 모인 1천여 명의 군사가 남아있을 뿐이다.

그때 10여 보 앞에서 말을 멈춘 전령이 소리쳐 말했다.

"이미 마을은 점령되었고 주민 5만여 명이 생포되었다. 주민을 살리려면 족장 위라산은 항복하라!"

"무엇!"

경호대장 모파칼이 버럭 소리쳤다.

"네 이놈! 무엄하다! 누구 앞이라고!"

"핫핫하!"

전령이 턱을 치켜들고 크게 웃더니 모파칼을 노려보았다.

"이놈! 나는 세자 저하의 전령이다! 강아지 같은 놈이 허세를 부리는 것이냐!"

"아니, 이놈이!"

"내가 한 식경 안에 돌아가지 않으면 생포된 주민은 모두 참살시킨다. 자, 위라산은 항복하고 날 따라가겠느냐?"

전령의 목소리가 울린 것은 모두 숨을 죽이고 있기 때문이다.

"결정해라!"

공격을 전혀 상상하지도 못한 데다 치밀한 계획하에 4면에서 4만 가까운 대군(大軍)으로 기습한 전쟁이다.

아바가이군의 3배 이상의 병력과 월등한 사기로 한 시진이 못 되어서 바미드 부족군은 참패했다.

그리고 진시(오전 8시)가 되었을 때 두 시진이나 막사 안에 갇혀 있던 부족장 위라산이 아바가이 앞으로 끌려 나왔다.

항복한 항장이 되어서 끌려 나온 것이다.

위라산 뒤쪽으로 바미드족 장수들에 섞여 있는 막내아들 나단의 모습도 보였다.

모두 30여 명이 맨땅에 꿇어앉았다.

그때 진막 밖으로 나온 아바가이가 앞쪽 걸상에 앉았다.

그 주위에 장수들이 둘러섰다.

아직 이른 아침.

하늘이 흐렸고 바람결에 눈발이 묻어 있다.

아바가이의 모습을 본 위라산이 길게 숨을 뱉었다.

지금까지 멍한 상태였다가 현실을 실감했기 때문이다.

위라산이 주위를 둘러보는 시늉을 하고 나서 아바가이를 보았다.

"세자께서 운(運)이 좋으신 모양이오."

아바가이와의 거리는 10보 정도쯤 되었지만 위라산의 말은 뒤쪽까지 다 들렸다.

모두 숨을 죽이고 있었기 때문이다.

아바가이의 얼굴에 희미하게 웃음이 떠올랐다.

그때 위라산이 말을 이었다.

"허나 아직 산 넘어 산이오. 황제의 결심은 바뀌지 않을 거요."

"너, 아느냐?"

불쑥 아바가이가 물었기 때문에 위라산이 숨을 들이켰다.

바람에 깃발이 펄럭이는 소리가 들렸다.

아바가이가 말을 이었다.

"나는 아이 때부터 여진의 통일, 대륙의 정복을 머릿속에 넣고 자랐다. 아버님이 나를 그렇게 가르쳤다."

아바가이가 걸상에서 일어섰다.

"나는 이제 그 누구에게도 흔들리지 않는다."

그 순간 위라산은 물론이고 아바가이의 휘하 장수들도 숨을 죽였다.

대선언이다.

아바가이는 지금부터 황제의 지시도 듣지 않는다고 선언한 것이다.

아바가이가 옆에 선 요중에게 말했다.

"위라산 일족은 다 죽여라."

"예, 저하."

바로 대답한 요중이 위사대에 지시했다.

"다 죽여라."

더 이상 말을 하지도 않았다.

다시 살육이 시작되었다.

위라산과 함께 투항한 장수 30여 명을 아바가이가 보는 앞에서 도륙한 것이다.

위라산은 눈앞에서 막내아들 나단의 몸이 토막으로 잘리는 것을 보고 눈을 감았다.

더 이상 말도 내뱉지 못한 것은 기가 질렸기 때문이다.

족장으로서의 권위나 체면 따위는 무시해버린 아바가이에 대해서 전율했다.

이렇게 처단할 줄은 상상도 못 한 것이다.

마지막으로 위라산이 남았을 때 아바가이가 말했다.

"다음에는 네 딸 8비와 그 아들 쿠슬란이다. 그것들이 황제의 품 안에 있더라도 찍어내어 죽일 거다."

그러고는 미처 위라산이 입을 열기도 전에 뒤에 선 위사에게 눈짓을 했다.

그러자 위사가 칼을 내려쳐 위라산의 머리통을 몸에서 떼어내었다. 위라산으로서는 참으로 허망하게 죽은 셈이었고 그것이 아바가이의 의도였다.

그날 유시(오후 6시) 무렵이 되었을 때 황궁의 청에서 누르하치가 바미드 부족의 멸망 보고를 듣는다.

보고자는 대장군 마바스다.

구사일생으로 살아 도망친 자들로부터 참사를 들은 장수들이 서로 보고를 미뤘기 때문이다.

"바미드 부족이 기습을 받아 참변을 당했습니다."

마바스가 말하자 누르하치는 눈썹만 모았다.

청 안은 숨소리도 나지 않았고 마바스가 말을 이었다.

"부족장 위라산 님과 두 아들 차바라스, 나단이 전사했습니다."

"누구냐?"

누르하치가 묻자 마바스가 고개를 들었다.

"아바가이 님입니다."

"……"

"어젯밤에 사면(四面)을 포위한 채 기습해서 빠져나갈 수가 없었다고 합니다."

"……"

"위라산 님과 나단 등 장수 30여 명은 투항 권고를 받고 항복했지만 처형되었습니다."

"……"

"10인장 이상급 장수 중 살아남은 자가 없고 성과 마을은 불에 타 황무지가 되었습니다."

"……"

"본거지에 있던 1만 5천여 명 군사 중에서 대부분이 전사했고 1천 명은 포로로 잡혔다가 모두 처형당했다고 합니다."

"……"

"부족원 7만여 명도 다른 부족으로 전향했다니 이제 바미드 부족은 황성에 주둔한 군사 2만여 명뿐입니다."

"이놈, 이산."

갑자기 누르하치가 잇새로 말했기 때문에 마바스가 숨을 들이켰다.

"모두 이산의 짓이다."

누르하치의 목소리가 커졌다.

눈을 부릅뜬 누르하치가 다시 소리쳤다.

"이산 이놈이 마침내 마각을 드러낸 것이다."

마바스는 입을 다문 채 외면했고 청 안은 숨소리도 나지 않았다.

그때 누르하치가 말을 이었다.

"내가 명(明)과 손을 잡을지언정 이산에게 여진을 넘겨줄 수는 없다."

"이산과 아바가이를 협공하자는 말인가?"

전충이 물었는데 쓴웃음을 띤 얼굴이다.

이곳은 요동성 위쪽의 서북면군의 본진이다.

전충은 성안에서 편하게 지내지 않고 벌판에 진막을 치고 숙영하고 있다.

그때 카르사바가 고개를 들었다.

"그렇습니다. 이산과 아바가이는 이제 후금(後金)의 적이올시다."

"그럴 수가."

어깨를 편 전충이 눈을 가늘게 떴다.

"소문이 사실이란 말인가?"

"예, 장군. 이산과 아바가이를 멸하고 나면 후금(後金)은 동쪽으로 이동, 예전의 동부 여진 땅으로 돌아가겠습니다."

그때 전충이 주위에 둘러선 장군들에게 물었다.

여전히 쓴웃음을 짓고 있다.

"이 말을 믿어야 한단 말인가?"

"믿으셔도 될 것 같습니다."

중랑장 안현이 나섰다.

안현은 용기가 있고 책임감이 뛰어나 전충의 신임을 받고 있다.

"봉천성 내부의 정보를 들으면 누르하치와 이산 간의 대립은 극에 달한 상태입니다."

전충도 수시로 보고를 받는 터라 고개를 끄덕였다.

"그렇다면 나쁠 것 없지. 먼저 동맹을 맺는다는 증거를 보이면 연합하겠다."

정색한 전충이 말을 이었다.

"먼저 아래쪽 하장성과 백함성을 돌려주도록 해라. 그렇다면 믿겠다."

"예. 하장성, 백함성입니까?"

카르사바가 되묻더니 고개를 끄덕였다.

"알겠습니다. 그렇게 전하지요."

"여진군이 동탄강 건너까지 물러가야 한다."

"예, 동탄강 건너까지. 알겠습니다."

그러자 둘러선 장수들이 웅성거렸다.

하장성, 백함성은 명(明)군과 대치한 후금(後金)의 요새다.

각각 수만 명씩의 병력이 주둔하고 있는 데다 아래쪽 동탄강까지는 수십 개의 진지가 있다.

동탄강까지 무려 1백여 리(50킬로)의 영토를 반납하라는 말인 것이다.

사신이 물러갔을 때 전충이 장수들을 둘러보았다.

"누르하치의 50년 전쟁이 이렇게 끝나게 되는 건가?"

"이산과의 알력 때문입니다."

하동태수 유백선이 말했다.

"자신이 이룬 여진 제국을 이산이 빼앗아간다고 믿기 때문인 것 같습니다."

"이 기회에 여진을 동쪽으로 몰아낼 수 있게 되었어."

쓴웃음을 지은 전충이 말을 이었다.

"동탄강까지 영토를 확보해놓고 누르하치군(軍)과 함께 이산을 치는 거야."

그리고 나서 여세를 몰아 누르하치를 치면 여진을 궤멸시킬 수 있겠지."

그러더니 덧붙였다.

"명(明)에 운(運)이 붙는 셈인가?"

"사신으로 누가 갔다고?"

타이론이 묻자 하자트가 목소리를 낮췄다.

이곳은 타이론의 저택 안이다.

"카르사바입니다."

하자트가 말을 이었다.

"전충과 동맹을 맺는 조건으로 명(明)으로부터 빼앗은 영토를 반납해주라는 지시를 받고 갔습니다."

"이럴 수가."

"대원수와 세자를 타도하기 위해서는 지금까지 획득한 영토를 다 버릴 수도 있다고 했습니다."

타이론이 숨을 골랐다.

하자트는 황궁의 문서 담당관이다.

누르하치의 측근이어서 누르하치가 카르사바에게 한 말을 한마디도 빼먹지 않고 다 말해주었다.

이윽고 하자트가 말을 마쳤을 때 타이론이 허리를 폈다.

눈을 크게 떴지만 초점이 멀다.

타이론이 혼잣소리처럼 말했다.

"큰일이다."

누르하치는 바미드 부족이 전멸한 이틀 후에 아바가이를 세자에서 폐한다는 칙령을 내렸다.

그리고 8비의 아들 쿠슬란을 세자로 책봉했다.

대신들은 아무도 반대하지 않았는데, 이미 이산, 아바가이 세력과는 적이 되었기 때문이다.

돌이킬 수 없는 관계가 된 것이다.

바미드 부족군인 2개 기군(旗軍)이 쿠슬란을 바미드 부족장으로 추대했다.

그리고 동부 여진의 14개 부족장이 황성에 모여 누르하치 황제에 대한 충성 맹세를 했다.

이산, 아바가이 연합군은 13개 부족을 장악하고 있었기 때문에 후금(後金)은 2개로 분열된 것이나 같다.

그리고 이어서 누르하치는 8비 하르나를 황비로 택했고 궁정에서 성대한 황비 축하연이 열렸다.

이로써 이산, 아바가이 연합은 '조선족군(軍)'이라고 불리게 되었다. 조선의 투항군 1만 4천여 명까지 포함되어 있었기 때문에 그 명칭이 잘 맞았다.

겨울이어서 대지는 눈으로 뒤덮여 있다.

이산, 아바가이군(軍)은 바미드 부족을 궤멸시킨 후에 주민 7만 5천을 13개 부족에 분배했다.

측근들은 각 부족에게 바미드 부족을 노예로 나눠주기를 바랐지만 부족원으로 분배해준 것이다.

그것도 각 부족에게는 자산이 늘어난 것이나 같다.

그러나 8비 하르나의 부족인 바미드 부족은 고향에 남은 노약자와 아이들을 제외하고 주민 대부분이 소멸되었다.

황궁에 주둔한 2개 기군(旗軍)으로 바미드 부족이 존속되는 상황이다.

이산에게 요중이 말했다.

"황궁의 바미드 부족군이 곧 해체될 것입니다."

요중이 말을 이었다.

"투항자가 늘어나겠지요. 전에도 이런 경우가 많았습니다."

바미드 부족을 각 부족에게 분배해준 것도 요중의 제안이었다.

고개를 끄덕인 이산이 눈에 덮인 황무지를 보았다.

"봄이 될 때까지 당분간은 휴전이다."

"그동안 전쟁을 끝내야 합니다."

옆에 서 있던 사사키가 말했다.

"일본에서는 이것을 냉전(冷戰)이라고 부릅니다. 추운 날씨에 군사를 동원하는 대신 적을 음모와 계략으로 치는 것입니다."

사사키도 일본에서 수없이 전쟁을 치른 경험이 있다.

그때 위사장 시로이가 다가왔다.

"대원수 각하, 타이론 님이 보낸 밀사가 왔습니다."

유시(오후 6시) 무렵이다.

이미 주위는 어두워졌고 바람결에 눈발이 묻어 왔다.

고개를 끄덕인 이산이 막사로 향하면서 말했다.

"막사로 데리고 오도록."

타이론의 밀사는 조카 아무라디다.

28세.

병부(兵部)의 관리로 근무하고 있었는데 병탈을 하고 황성을 빠져나왔다고 했다.

이산과 아바가이가 나란히 앉아 아무라디를 보았다.

진막 안에는 군사(軍師), 대장군들이 모두 모여 있다.

"타이론 님이 저에게 구두로 전하라고 하셨습니다."

아무라디가 말을 이었다.

"황제께서는 전충에게 밀사를 보내 영토를 반환하는 조건으로 동맹을 맺으려고 하십니다. 밀사로 간 카르사바는 아직 돌아오지 않았으나 전충이 수락할 것이라고 하셨습니다."

이산이 길게 숨을 뱉었다.

"그렇게까지 나에게 한(恨)이 맺히셨다는 말인가?"

그때 요중이 말했다.

"아집입니다. 지금까지의 여진인의 희생을 한순간에 날린 행태입니다."

요중이 말을 이었다.

"이번 행태로 누르하치 님은 사적 감정으로 대업을 망친 위인이 되셨습니다. 이젠 어느 부족도 진심으로 추종하지 않을 것입니다."

"영토를 반납할 수는 없다."

이산이 결연한 표정으로 말했다.

이제 누르하치와는 회복할 수 없는 벽이 만들어졌다.

누르하치는 이미 8비의 아들 쿠슬란을 세자로 삼은 상황이다.

거기에다 영토까지 돌려주면서 이산과 아바가이를 궤멸시키려고 한다.

고개를 돌린 이산이 아무라디를 보았다.

"타이론에게 전해라. 여진인이 애써 쌓은 탑을 무너뜨리지 않게 할 것이라고."

북방의 겨울은 길다.

다음 날부터 폭설이 며칠간 계속되었기 때문에 부대 이동은커녕 근처의 마을도 갈 수 없을 정도가 되었다.

그때 진중으로 남쪽 대보성에 있던 차드나가 도착했다.

보르츠의 시신을 보내 죽은 모습이나마 보여주었던 이산이다.

"웬일이오?"

이산이 묻자 차드나가 진막 안을 둘러보는 시늉을 했다.

"이런 곳에서 삭막하게 살고 있군요."

"전장(戰場)은 다 그렇지."

진막 안에는 둘뿐이다.

가운데 불을 피워놓은 구덩이 옆으로 다가선 차드나가 이산을 보았다.

"보르츠는 양지바른 산 중턱에 묻었어요. 당신의 옷과 내 옷으로 시신을 덮고 나서 묻었습니다."

"잘했어, 차드나."

이산이 고개를 돌려 차드나를 보았다.

"미안해요, 차드나."

"보르츠가 죽기 전까지 당신하고 함께 있어서 다행이에요."

"그런가?"

"보르츠가 아바가이를 많이 부러워했거든요."

"아바가이는 누르하치 님 아들로 자랐어요. 나하고 함께 있었던 시간은 얼마 되지 않았소."

"이번에 보르츠의 원수를 갚아줘서 고마워요, 산."

이산의 옆으로 다가선 차드나가 말을 이었다.

"난 이제부터 당신 옆에 있으려고 왔어요. 누르하치를 죽이고 아바가이가 황제가 되는 것을 당신 옆에서 보겠어요."

"차드나, 카린은 어떻게 하고?"

"대보성에서 안전하게 잘 지냅니다."

이산이 고개를 끄덕였다.

사사키 말대로 겨울은 냉전(冷戰)이다.

더욱이 이곳은 다섯 달 가깝게 눈에 덮이는 것이다.

이제는 차드나가 친오빠인 누르하치를 죽여야겠다고 하는 상황이 되었다.

보르츠가 죽은 원인도 누르하치가 제공했다고 믿는 것이다.

요중의 예측이 맞았다.

그것도 크게 맞았다.

황성에 주둔했던 바미드 부족의 2개 기군(旗軍) 중 하나인 청군(靑軍)의 기장(旗將) 이리시드가 7천여 기를 이끌고 투항한 것이다.

1만 기 중에서 2천여 기는 투항을 거부하고 성에 남았지만, 누르하치에게는 커다란 손실이자 사기에 엄청난 영향을 미쳤다.

더구나 남은 바미드 부족의 1기군(旗軍)인 청태군은 청군(靑軍)이 집단으로 성을 나가는데 옆에서 방관했다는 혐의를 받았다.

보면서도 막지 않은 것은 사실이다.

같은 부족군을 무력으로 막을 수는 없는 노릇이다.

그래서 누르하치는 청태군을 서북방의 명(明)과의 전선으로 이동시켰다.

황성 근처에 두었다가 반란이라도 일으킬 가능성을 차단한 것이다.

"그래도 황성과 주변에 20만 가까운 병력이 집결되어 있습니다."

요중이 말했다.

"그리고 한인 병력을 팔기군으로 모아 양성시키고 있어서 곧 20만 정도가 더 추가될 것입니다."

이제 누르하치는 팔기군 전술을 적극적으로 운용하고 있다.

여진 부족원이 적었기 때문에 만주인, 한인을 대거 모병해서 팔기군으로 양성하는 것이다.

1백인장, 1천인장 등 고위층은 모두 여진인으로 구성된 새로운 팔기군이다.

그것은 원(元)의 이민족 활용법과 같다.

그때 아바가이가 말했다.

"하장성, 백함성과 그 아래쪽 동탄강까지의 영토는 서부 요동에서 후금(後金)이 점령한 면적의 3할이나 됩니다. 이곳을 그대로 내주면 안 됩니다."

누르하치가 카르사바를 보내 전충과 합의한 동맹 조건이 밝혀진 것이다.

아바가이가 말을 이었다.

"그 땅은 우리가 가로채야 되지 않겠습니까?"

"그래야 합니다."

대장군 신지가 말했고 최경훈도 고개를 끄덕였다.

"그곳을 우리들이 가로챌 필요도 없습니다. 접수하면 됩니다."

"지당하신 말씀이오."

다이락 부족장 유니마가 큰 소리로 동의했다.

유니마가 아바가이를 보았다.

"저하, 그곳이 저하의 영지올시다."

이산의 얼굴에 웃음이 떠올랐다.

회의는 아바가이가 주도했고 아바가이의 주장이 전적으로 공감을 받은 것이다.

군주는 이렇게 신하들로부터 신망을 얻는 법이다.

이산은 입을 열지 않고 아바가이가 결정하도록 맡겼다.

백함성주 차이도르는 52세.

나상족 출신으로 휘하에 백기군(白旗軍) 1만 명과 보충대 6천을 거느리고 있다.

백함성은 후금(後金)의 최서단 성으로 산 중턱의 석성(石城)인데 난공불락의 요새다.

누르하치가 이곳을 공취할 때도 넉 달이나 애를 먹었다.

처음에 정공법으로 나섰다가 3천여 명의 전상자를 내었고 야간에 기습했을 때는 4천여 명의 전상자를 내었다.

결국 성안의 식량이 떨어지는 바람에 명군(明軍)이 항복했다.

그래서 성주가 된 차이도르는 성에 1년분 양식과 샘을 7군데나 파놓아서 난공불락의 요새가 된 것이다.

성안.

미시(오후 2시) 무렵.

청에서 고함 소리가 터졌다.

"뭐라고? 이 성을 전충에게 넘겨?"

차이도르가 발을 구르며 앞에 선 부트반을 노려보았다.

"황제께서 합의했다고? 전충과 말이야?"

"그렇다네. 동맹을 맺은 것이지. 모두 대국(大局)을 위한 것이니까 그대는 명에 따라 군사를 이끌고 황성으로 돌아오게."

"무슨 대국(大局)이냐? 전충과 황제께서 명(明)을 나눠 먹기로 하신 거냐?"

"그것은 황제께서 말씀해주실 거야."

부트반은 같은 나상족으로 후금(後金)의 이부상서를 맡은 고관이다. 누르하치가 차이도르와 같은 부족 출신인 부트반을 보낸 것이다.

부트반이 말을 이었다.

"황제께서 자네를 병부상서로 임명하신다고 했어."

5장
황제를 살려주시오

부트반이 객사로 돌아갔을 때 차이도르가 부장(副將) 요르도를 보았다.

얼굴이 일그러져 있다.

"차이도르 저놈은 간신이야. 내가 저놈의 전력(前歷)을 다 안다. 저놈은 제 이익을 위해서라면 제 부모도 팔아먹을 놈이다."

요르도는 시선만 주었고 차이도르가 말을 이었다.

"나를 병부상서로 임명한다니, 폐하가 정신이 나갔거나 거짓말을 하는 거다."

"성주, 명(明)과 동맹을 맺는다니, 말이 됩니까?"

차이도르의 분위기에 휩쓸린 요르도가 낮게 말했다.

청 안에는 둘뿐이었지만 요르도가 목소리를 더 낮췄다.

"그럼 이산과 아바가이 세자를 지지하는 부족은 적이 된 겁니까? 그럴 수 없습니다."

"폐하의 명이야."

"우리가 명군(明軍)하고 동족을 친단 말입니까? 저는 못 합니다."

요르도가 고개까지 저었다.

차이도르의 심중을 알기 때문이다.

그때 차이도르가 요르도를 보았다.

"요르도, 만일 내가 불복한다면 저놈, 부트반이 황제께 그대로 직보하겠지?"

"당연하지요. 황제는 위사대나 암살대를 보내 성주를 처단할 것입니다."

"나는 명(明)과 손잡고 동족을 치는 반역질은 안 한다. 황제가 반역자다."

마침내 차이도르가 속내를 드러냈었다.

"요르도, 넌 어떻게 하겠느냐?"

"성주하고 같이 살고 죽읍시다."

"그러면 저 간신 놈을 속여 보내고 이산 대원수께 밀사를 보내도록 하지."

차이도르가 결심했다.

이산이 보낸 밀사는 도모란 부족장 부라트다.

부라트는 호탕한 성격에 부족 사이에서 잘 알려진 인물로 차이도르하고도 친숙한 사이다.

"이것 봐, 차이도르. 오는 도중에 이야기 들었네."

부라트가 먼저 입을 열었다.

차이도르와 요르도는 성의 내실에서 부라트를 맞았다.

부라트는 황궁에서 온 차이도르의 집사로 변장을 하고 온 것이다.

"부트반이 제의했다면서? 이 성을 비워주고 돌아오면 병부상서 감투를 준다고 했다지?"

"어쨌든 마침 잘 오셨소."

차이도르가 입맛을 다시면서 부라트를 보았다.

"혹시 부트반이 오가는 걸 보고 있었던 것 아닙니까?"

"맞아. 그 자식이 다녀가기를 기다리고 있었네, 차이도르."

"눈밭에서 고생하셨소."

"자네 마음고생만 하겠나?"

"이제 용건을 말해요, 부라트."

"뻔하지 않나? 정상적인 여진인이 해야 할 일을 하는 것이지."

"참으로 안타깝소."

"차이도르, 아루실라 부족장은 인질로 잡힌 상태야. 부담 가질 것 없어. 부족장도 속으로 자네가 잘했다고 할 거네."

"어떻게 하는 것이 낫겠소?"

"이제 우리하고 합동작전을 펼치는 것이지. 여진 부족들끼리 말이네."

부라트의 목소리가 활기를 띠었다.

"성과 초소만 접수하면 돼."

전충이 앞에 늘어선 장수들에게 말했다.

"겨울이라 이동도 어려운 상황이니 성과 초소의 방어병만 이동한다."

"대감, 그럼 접수한 성에서 겨울이 지나기를 기다리는 겁니까?"

장수 하나가 묻자 전충이 고개를 끄덕였다.

"그렇다. 그때까지 누르하치군(軍)과 합동작전 계획을 세운다. 어차피 겨울에는 전쟁을 할 수 없으니까."

전충이 말을 이었다.

"만일의 경우를 대비해서 성이 빈 것을 확인하고 입성하도록. 입성하기 이틀 전에는 전령을 보내 확인하고, 성에서 연락해야만 한다."

전충도 용의주도한 무장이다.

전장에서 온갖 계략을 겪었기 때문에 어지간한 술수에는 넘어가지 않는다.

"누르하치의 지시를 어기는 장수는 없겠지만 만일의 경우를 대비해야 한다."

"누르하치의 지시에 반발하는 장수가 있을시도 모릅니다."

중랑장 안현이 전충의 지시에 정면으로 이견을 내놓았다.

"만일 반발하고 이산과 내통한다면 우리가 당하지 않겠습니까?"

"그래서 각 성과 초소에 첩자를 심어놓았다. 출발하기 전에 첩자 명단을 받아가도록."

명군(明軍)의 본진이 모처럼 활기를 띠고 있다.

유정이 이끈 토벌군이 패전한 후로 처음으로 도는 활기다.

징세관 조위는 전충이 누르하치와 비밀협약을 맺고 동탄강 서북쪽의 광대한 영지를 되찾게 된 것을 알았다.

조위에게 전쟁의 승패에 대한 책임은 없다.

대신 태사 위충현에게 지시받은 조세 1백만 냥에 대한 압박감뿐이다.

실제로 조위가 목표로 삼은 세금은 2백만 냥이다.

1백만 냥을 위충현에게 바치고 나머지를 자신이 착복하려는 것이다. 2백만 냥이 목표지만 실제로는 1백5십만 냥 정도가 걷히리라는 것도 알고 있다.

그것도 기를 쓰고 쥐어짜야 그 정도가 나오는 것이다.

조위도 혼자 먹는 것이 아니다.

절대권자인 위충현의 옆에서 수족 노릇을 하는 3환관, 여총, 고문영, 상포 셋에게 뇌물을 바쳐야 한다.

위충현의 양아들 조방에게도 떼어줘야 무사하다.

그리고 수십 명의 정보원, 수십 명의 수하들도 먹여 살려야 한다.

그러니 악착같이 세금을 긁어모아야 한다.

많이 모을수록 신임을 받으며 세력이 강해지기 때문이다.

"백함성에 금이 많다고 합니다."

조위의 수족인 영선이 보고했다.

"성이 산 중턱에 있는데 그 산이 본래 금광맥이 지나는 산이라고 합니다. 그래서 성을 금광에다 쌓았다는 겁니다."

"허, 이런."

조위의 얼굴에 웃음이 떠올랐다.

"절도사가 금광맥까지 얻었구나."

"창고에 금이 있다면 철수할 때 갖고 가지 않겠습니까?"

"그건 그렇겠지. 성만 비워두는 것이니까 말이다."

"그 금도 놓고 가라고 하는 것이 낫지 않겠습니까?"

"놓고 가겠느냐?"

"그렇다면 뺏어야지요."

조위가 눈을 가늘게 뜨고 영선을 보았다.

영선도 거세한 환관이다.

24세.

14세 때 환관이 되었으니 10년 차다.

조위보다 20년 연하인데도 더 악랄하고 더 교활하다.

조위가 물었다.

"어떻게 말이냐?"

"금을 갖고 철군한다면 기습하는 것입니다. 그 기습군은 이산군(軍)으로 만드는 것이지요."

"그렇지."

"기습군은 우리가 데리고 온 친위군 1천이면 충분하지 않겠습니까?"

"백함성 군사는 2만 가깝게 된다."

"그 군사는 절도사의 부대로 막게 하는 것이지요. 금은 치중대에서 마차로 싣고 갈 테니 우리는 치중대만 치면 됩니다."

"금이 있어야 된다."

마침내 조위가 결정했다.

"금을 확인한 후에 기습해야 해."

"예, 양곡을 빼앗으려고 기습할 필요는 없지요."

영선이 기운차게 말했다.

조위는 전충과 누르하치가 동맹을 맺건 말건 상관하지 않는다.

징세가 최우선이다.

징세를 방해하면 역적이다.

누구도 막지 못한다.

명(明)은 이미 환관 세상이다.

위충현이 황제나 마찬가지다.

만력제는 정사를 보지 않고 환관에게 맡겨 놓았다.

아예 조정에 나가지도 않는다.

말을 타고 얼어붙은 황야를 달리던 하동태수 유백선이 말고삐를 당겨 말을 속보로 걸렸다.

"저건 어느 부대냐?"

"징세관의 친위대올시다."

옆을 따르던 부장(副將)이 대답했다.

신시(오후 4시) 무렵.

요동성 남서쪽 80리(40킬로) 지점이다.

유백선의 앞쪽으로 1천 기가량의 기마대가 지나가고 있다.

고개를 돌린 유백선이 쓴웃음을 지었다.

"징세군(軍)이군. 잘 먹여서 말도 살쪘다."

"장교들이 모두 첩을 두고 있답니다."

"싸우지도 않고 뒤에서 세금만 뜯어내는 놈들이지. 그런데 어딜 가는 거야?"

기마군이 사라진 쪽을 바라보던 유백선이 다시 말에 박차를 넣었다.

유백선이 백함성 접수를 맡은 것이다.

"전충은 범상한 장수가 아니다."

진막 안에서 이산이 아바가이에게 말했다.

술시(오후 8시) 무렵.

진막 중심부에 화덕을 설치해놓아서 안은 훈훈했지만, 밖은 입김이 얼어붙는 강추위다.

이산이 말을 이었다.

"성에서 군사가 나오기 전에는 움직이지 않도록 지시했을 거다."

그때 요중이 고개를 끄덕였다.

"성 안팎에도 첩자를 심어놓았을 것입니다. 성안으로 명군(明軍)을 끌어들여 쳐부술 필요는 없습니다."

작전 회의다.

이번 작전의 주장(主將)도 아바가이다.

아바가이가 기마군 2만 5천을 이끌고 북진하려는 것이다.

냉전(冷戰)이지만 동탄강 북쪽의 영토를 유지하려면 군사가 필요했기 때문이다.

고개를 든 이산이 아바가이를 보았다.

"아바가이, 이번 전쟁으로 우리가 기선을 잡게 된다. 너에게 맡기겠다."

거울이어서 최소한의 병력을 동원했다.

2만 5천이면 예비마가 6만 여필 필요했고 군량도 반년분은 가져가야 한다.

따라서 10여만 필의 말이 동원되는 것이다.

아바가이가 입을 열었다.

"임무를 마치겠습니다."

이제 아바가이는 32세.

어느덧 누르하치와 대결한 지 3년째다.

"뭐라고? 징세군(軍)이?"

전충이 버럭 소리쳤다.

전충은 조위가 거느린 친위군을 징세군이라고 부른다.

친위군의 대장인 태사 양흠을 사람 취급도 하지 않아서 장수 회의 때 부른 적도 없다.

양흠도 전충의 진막 앞을 지나가지도 않는 터라 견원지간이다.

그때 부장 허지수가 대답했다.

"예, 백함성 접수군보다 하루 먼저 떠났습니다. 소문을 들었더니 백함성의 금괴 때문이라고 합니다."

"금괴라니?"

"백함성에서 철수하는 병사들이 금을 가져가고 있다는 것입니다. 그 금을 가로채겠다는 것 같습니다."

"이런 추잡한 놈들."

"그래서 하장성으로 가는 태수 방선의 병력 1만 5천을 백함성군의 앞을 막도록 부탁했다는 것입니다."

그때 전충이 쓴웃음을 지었다.

"징세관이 이제는 군(軍)까지 지휘하는구나. 명(明)이 환관 때문에 망한다."

순간 진막 안에서 숨소리도 들리지 않았다.

지휘관 수십 명이 모인 자리에서 환관 때문에 나라가 망한다는 발언을 한 것이다.

이것은 황제를 모욕한 것보다 더 치명적이다.

진막 안의 장수들 중에 환관과 내통하는 자들이 있을 것이기 때문이다.

그때 고개를 든 전충이 지시했다.

"유 태수에게 전령을 보내라."

부장(副將)의 시선을 받은 전충이 말을 이었다.

"백함성에 가지 말고 내 지시가 있을 때까지 기다리라고 해라."

"알겠습니다."

전충의 의도가 분명해졌다.

백함성을 접수하려고 떠난 하동태수 유백선의 병력은 2만이다.

그 2만이 멈춰 서버리면 징세군 1천은 백함성 철수군의 앞에 홀로 서게 된다.

징세군이 상상도 못 했던 상황이 펼쳐질 것이다.

아바가이가 출동한 다음 날 이산이 항장 강홍립을 불렀다.

강홍립은 부원수 김경서와 함께 진막 안으로 들어섰다.

"대원수 각하를 뵙니다."

둘이 허리를 굽혀 인사를 했을 때 이산이 얼굴을 펴고 웃었다.

"이제는 항장 시늉을 안 해도 되지 않소?"

"습관이 되었습니다."

강홍립도 따라 웃으며 말했다.

"조선군이 손님 대접을 받는 것이 부담이올시다. 일을 주시면 나서겠습니다."

"지금은 냉전(冷戰)이어서 자제하는 중입니다."

자리에 둘러앉았을 때 이산이 정색하고 김경서를 보았다.

"내가 불민한 때문에 이곳에서 여러 사건이 일어났소. 그래서 묻지 못했는데 조선 상황은 어떻소?"

김경서가 조선에 다녀온 것이다.

물론 밀행이다.

은밀하게 떠나서 조선 임금 광해를 만나고 온 것이다.

김경서가 입을 열었다.

"서인들이 은밀하게 움직이고 있습니다. 임금께서는 정사에 바빠 무시하고 계시는 것 같은데 서인들은 인목대비를 중심으로 세력을 확장하는 중입니다."

"또 시작인가?"

"능양군이 중심입니다."

"능양군이라."

이산의 얼굴에 쓴웃음이 번졌다.

능양군이 누구인가?

인빈 김씨의 아들인 정원군의 아들이다.

선조가 총애하던 신성군이 왜란 초기에 죽자 그 동생인 정원군을 옆에 끼고 살았다.

그 정원군의 아들이 능양군이다.

끈질긴 인연이다.

그때 김경서가 말했다.

"능양군과 서인들은 임금께서 명에 대한 의리를 버리고 대명사대를 하지 않은 것에 배은망덕한 처사라고 비난합니다."

"왜 잡아서 화근을 없애지 않는가?"

"임금께서 더 이상 피를 보지 않겠다고 하십니다."

"화근인 인목대비의 입을 막아야 할 것 아닌가?"

"대신들이 간언했지만 놔두고 계십니다."

"능양군을 왜 살려두는가?"

"아우 능창군을 이미 죽였기 때문에 망설이고 계시는 것 같습니다."

이산이 입맛을 다셨다.

능창군은 능양군의 동생으로 자질이 뛰어났다.

더욱이 선조의 총애를 받던 신성군의 양자로 입적되었기 때문에 군왕이 되어야 한다는 소문이 났던 인물이었다.

그리고 본인이 떠들고 다녔기 때문에 제거된 것이다.

이산이 혼잣소리로 말했다.

"조선도 위험하구나."

"이곳으로 백함성군(軍)이 지나갈 겁니다."

부장 임청이 말했다.

낮은 언덕 위.

울창한 숲이 눈에 덮여서 검은 둥치만 드러났다.

임청이 말을 이었다.

"뒤쪽을 하남성으로 가는 방선태수의 군사가 가로막고 앞쪽에는 백함성 접수군이 올 테니 치중대를 치는 건 도마 위에 놓인 고기를 집는 것이나 같지요."

임청은 본래 호남성 도독부의 교두였다가 황성의 수문장으로 옮겨왔다.

그리고 나서 환관들의 시위가 되었으니 처신에 능한 인물이다.

지금은 친위군의 부장(副將)으로 실력자다.

지방 태수나 장군쯤은 발아래로 본다.

병법 한 줄 읽은 적도 없고 검술은커녕 봉술도 못 하면서 금 손잡이가 달린 장검을 차고 다닌다.

문제는 지금까지 전쟁터에 나가본 적도, 칼로 돼지를 벤 적도 없다는 점이다. 다만 말은 좀 탔기 때문에 친위대장 양흠의 부장 노릇을 한다.

그때 양흠이 말했다.

"부장, 자네가 50기만 이끌고 적정을 살피고 오게."

첨병을 내보냈지만 미덥지가 않은 양흠이 말을 이었다.

"조금 멀리 나가보도록 하고 오늘 밤에는 돌아오도록."

"그러지요."

선선히 대답은 했지만 임청의 기색은 불편해졌다.

지금까지 본대와 떨어진 적이 없기 때문이다.

백함성주 차이도르는 성을 나가지 않았다.

성안에는 군사 1만 6천, 주민 2만 2천여 명이 거주했는데, 사방에 눈이 쌓여 근 한 달째 성안에만 갇혀 있는 형편이다.

그래서 가끔 전령만 내보내고 있었는데, 닷새 전에 명(明)의 연락관 일행이 도착했다.

교위가 병사 다섯을 데리고 온 것이다.

이들이 명군(明軍)하고의 연락을 하고 있다.

성을 비우는 날이 하루 앞으로 다가왔을 때 교위가 차이도르의 부장(副將) 하나를 찾아와 물었다.

"내일 떠나십니까?"

"왜 묻소?"

부장이 퉁명스럽게 묻자 교위가 대답했다.

"지금 접수군이 오는 중이어서요. 그 안에 비우셔야 할 것 같습니다."

"서로 얼굴 보면서 나가고 들어와도 되는 거지. 꼭 비워놔야 들어온다는 약속이라도 했소?"

"그건 아니지만……."

"어쨌든 내일 떠난다고 보고하시오."

"그럼 그렇게 연락하겠습니다."

교위가 진막을 나갔을 때 부장이 투덜거렸다.

"이게 제집이니 나가라는 것 같군."

전충은 누르하치의 약속을 다 믿지 않았다.

이산과의 대립이 이제는 화해 불가능한 지경까지 되었다는 것은 확인했지만 백함성, 하장성과 동탄강 북쪽 영토가 순순히 넘겨지리라고는 믿지 않았다.

그래서 백함성과 하장성에만 접수군을 보냈는데 그것도 안전장치를 여러 개 만들었다.

또한 지휘관에게 조금만 수상해도 성에 입성하지 말고 돌아오라고 지시한 것이다.

전충이 중군(中軍)의 막사에서 허지수의 보고를 받는다.

"하장성을 접수하러 간 방선군(軍)이 울탄 평원에서 정지하고 있습니다."

전충의 시선을 받은 부장 허지수가 말을 이었다.

"벌써 사흘째가 되었는데, 백함성군(軍)은 성을 나오지 않습니다. 그동안 유태수의 백함성 접수군(軍)도 위쪽에서 움직이지 않습니다."

"징세군이 양군(兩軍)의 이동을 중지시킨 셈이구나."

전충의 얼굴에 웃음이 떠올랐다.

"손자의 말씀에도 이런 병법은 없어. 미꾸라지 한 마리가 개울에서 흙탕물을 일으키면 그것이 장강의 둑이 터져서 물난리가 나게 된다는 법칙이지."

영문을 모르는 장수들이 눈만 껌벅였을 때 전충이 말을 이었다.

"인연이 이어진다는 뜻이다. 얼토당토않은 원인으로 세상이 뒤집힌다는 말씀이야. 그 미꾸라지 짓은 저 징세관의 버러지 같은 놈들이 일으킨 것 같다."

전충이 길게 숨을 뱉더니 말을 맺는다.

"어쨌든 이번 냉전(冷戰)으로 세상이 변하게 될 모양이야."

술시(오후 8시)와 해시(오후 10시) 사이의 어중간한 시간에 친위대장 양흠이 말발굽 소리를 들었다.

언 땅에 말굽이 찍히는 소리가 평소보다 크게 울린다.

"임청이 돌아오는 모양이군."

진막 안에서 술을 마시던 양흠이 쓴웃음을 짓고 말했다.

"저놈 이번에 금 손잡이 장검을 휘두를 기회라도 있으려나?"

"휘둘러서 닭이라도 잡겠지요."

같은 부장이면서 임청을 눈 아래로 보는 방천이 양흠의 눈치를 보면서 말했다.

말굽 소리가 가까워지면서 주위가 수선스러워졌다.

친위군 1천 기는 언덕의 숲에서 숙영하고 있었는데 주·부식이 넉넉했기 때문에 저녁도 배불리 먹었다.

술까지 가져와서 장교들은 반주로 술도 마셨다.

그때 말굽 소리와 함께 외침이 터졌다.

이곳저곳에서 비명이 울리더니 주위가 순식간에 함성과 외침으로 덮인 것이다.

"이게 무슨 일이냐!"

양흠이 버럭 소리쳤지만 대답하는 장수는 없다.

진막 안에 모여 있던 10여 명의 장수는 대부분 뛰어나갔고 서기 한 명이 남아있다가 그마저도 밖으로 사라졌다.

그것도 숨 두 번 내쉴 동안이다.

양흠은 42세.

금군 교두를 지낸 무장이다.

허리에 찬 칼을 빼든 양흠이 숨을 들이켰다가 갑자기 저녁때 먹은 돼지고기를 술과 함께 한 바가지 분량이나 토해내었다.

그때 진막 문이 젖혀지면서 바깥바람과 함께 사내들이 쏟아지듯 들어왔다.

기습 지휘관은 다이락 족장 유니마다.

정찰을 나온 부장 임청을 생포한 후에 앞세우고 친위대를 몰사시킨 것이다.

임청은 친위대의 위치는 물론 약점과 살려만 준다면 앞장을 서겠다고 나섰다.

순식간에 친위대를 몰살시킨 유니마는 이제 친위대장 양흠을 생포하고 철수했다.

필요 없어진 임청은 죽였다.

친위대의 요청으로 벌판에서 연락만 기다리던 하장성 접수군의 지휘관 방선은 전령을 맞았다.

사흘째 되는 날 미시(오후 2시) 무렵이다.

"친위대가 서북방 70리(35킬로) 지점의 산 중턱에서 전멸했습니다. 절도사께서 퇴군하시랍니다."

"전멸하다니? 누가 그랬나?"

방선이 얼빠진 표정으로 물었을 때 전령이 대답했다.

"여진군입니다."

"그러면……."

"백함성, 하장성은 그대로입니다. 주둔군은 움직이지 않았습니다."

전령이 말을 이었다.

"명군(明軍)을 전장으로 끌어내려고 간계를 꾸민 것입니다."

"그럴 수가……."

"백함성으로 가던 하동태수도 회군하고 있습니다."

"그렇다면 나도 회군해야지."

방선이 고개를 끄덕였다.

더 물을 것도 없다.

그 시간에 아바가이는 군사를 이끌고 백함성에 입성하는 중이다.

방선군(軍)이 벌판에서 주둔하고 있었던 덕분에 마주치지 않고 백함성에 진입할 수 있었다.

"세자 저하를 뵙습니다."

차이도르가 장수들과 함께 성문 앞에서 무릎을 꿇고 아바가이를 맞는다.

"일어나게, 차이도르."

다가간 아바가이가 차이도르의 어깨를 잡아 일으키며 웃었다.

"8비 덕분에 그대와 내가 이렇게 만나게 되는군."

"그렇습니까?"

끌려 일어난 차이도르의 눈이 금세 흐려졌다.

무장(武將)들은 단순하다.

특히 전장(戰場)에서는 격정적으로 된다.

"저하, 충성을 바치겠습니다!"

차이도르가 소리쳐 말하자 뒤쪽의 장수들도 일제히 따라 외쳤다.

"충성을 바치겠습니다."

"여진의 천하가 되어야 하지 않겠는가?"

차이도르와 함께 선 아바가이가 장수들을 향해 소리쳤다.

그때 차이도르가 두 손을 치켜들었다.

"아바가이 저하 만세!"

"만세! 천세!"

"아바가이 님이 크게 성장하셨군."

뒤쪽에 선 요중이 최보성에게 말했다.

최보성은 대장군 최경훈의 조카로 34세.

여진에 온 지 12년.

이제 여진인이 다 되었다.

조선에서 무과(武科)에 급제하고 종5품 도사를 지내다가 후금(後金)의 이산 휘하에서는 1천인장이다.

이런 전향자가 많다.

이산의 위사장이었던 검객 곤도가 병사하고 그 아들 시로이가 지금은 위사장이다.

시로이는 36세.

곤도 이상 가는 검객으로 1천인장이다.

그때 최보성이 고개를 끄덕였다.

"대원수 각하 아들 아닙니까?"

"이 사람아, 피는 대원수 각하 피를 받았지만 누르하지 황제가 교육을 했다네."

"두 분의 좋은 점만 받은 셈이지요."

"내 말이 그거야."

유니마가 쓴웃음을 지었다.

"반면교사라네."

"알겠습니다, 대장군."

유니마도 50대 후반인 것이다.

시대는 아바가이 시대로 접어드는 중이다.

곰 털을 깔고 양털을 덮었으니 혹한에도 견딜 만하다.

그러나 진막 안이다.

깊은 밤.

자시(밤 12시)가 넘어서 사방은 짙은 정적에 덮였다.

그때 몸을 돌리고 누운 차드나가 이산을 보았다.

진막 안의 불은 껐지만 차드나의 눈이 선명하게 드러났다.

"산, 당신 외롭지 않아요?"

불쑥 차드나가 묻자 이산이 잠자코 시선을 주었다.

차드나가 이런 말을 한 것은 처음이다.

활달했고 직설적이며 정이 많았지만 이런 표현은 쓰지 않았다.

그때 이산이 대답했다.

"난 어렸을 때 거의 혼자 자랐소. 아버지가 있었지만 나는 종의 자식이었기 때문에 얼굴을 마주 본 기억도 드물고 대화를 한 적도 없지."

이산도 차드나에게 이렇게 말을 길게 한 적도 처음이다.

차드나가 숨을 죽였고 이산의 말이 이어졌다.

"어머니한테도 반항했기 때문에 절에 보내져서 수련을 받았지. 그러다가 왜란이 일어났고 부모가 왜인들에게 살해당했소."

이산이 이를 드러내고 소리 없이 웃었다.

"나에게 외로움이란 말은 사용되지 않는 사어(死語)였소. 그러다가 아바가이의 어머니를 만났지만, 같이 지낸 시간도 1년이 안 되는구려."

"들었어요. 지난번에 죽은 막내한테서요."

차드나가 이산의 가슴에 볼을 붙였다.

"내가 불러서 물어보았거든요. 막내가 세세한 이야기까지 다 해주었어요."

"……"

"아바가이의 생모(生母)에 대해서 알고 싶었거든요. 착하고, 기품 있고, 교양 있는 데다 미인이라고 했어요."

"……"

"그리고 당신을 지극히 사랑했다고 들었습니다."

"그런가?"

"당신은 어때요? 사랑했어요?"

"그 사랑이란 감정이 무언지 잘 모르지만 나에게는 숨을 쉬는 심장 같은 존재였던 것 같소."

"심장 같은 존재……"

"그 여자가 죽었을 때 숨이 막히는 느낌이 들었으니까. 그렇게 표현이 되오."

"그렇군요."

차드나가 가슴에 붙인 얼굴을 끄덕였다.

"이해가 되네요. 나는 보르츠가 죽었을 때 그런 느낌이 들었으니까. 지금도 그래요."

"……"

"그 애 생각을 하면 숨이 막혀요."

"지금 나에게는 당신과 카린 둘이 남았소."

이산이 차드나의 허리를 당겨 안았다.

이산은 부인이 차드나 하나다.

부족장만 하더라도 부인을 서너 명씩 두는 것이 보통이고 누르하치는 부인이 16명이나 된다.

"차드나, 나를 숨이 막히게 만들면 안 돼. 카린이 결혼해서 아이가 장성할 때까지 살아야 하오."

"그건 내가 할 말이에요."

차드나가 이산의 가슴에 얼굴을 묻었다.

밖은 혹한이었지만 진막 안은 열기에 덮여 있다.

하장성 성주 고단도 아바가이에게 투항했다.

고단도 처음에는 누르하치가 보낸 사신에게 설득당했지만 이어서 찾아온 유니마에게 투항 의사를 밝힌 것이다.

하장성 접수군으로 출동했던 방선은 징세군 대장 양흠의 청으로 사흘간 벌판에서만 떨다가 귀대했다.

만일 그대로 성에 진입했다면 고단군(軍)과 아바가이군(軍)의 함정에 빠졌을 테니 양흠이 살려준 셈이 되었다.

백함성, 하장성 접수가 무위로 돌아갔으니 아래쪽 동탄강까지의 영토는 말할 것도 없다.

이쪽저쪽에 배치된 47개의 초소도 모두 아바가이에게 충성을 맹세했기 때문에 요동 서북쪽의 광대한 영지는 아바가이에게 소속되었다.

전충군(軍)으로서는 잇새에 낀 가시처럼 불편했던 친위군이 몰사해서 빠져나간 외에는 손실이 없었으니 오히려 득이다.

"이놈, 이산."

보고를 들은 누르하치가 입술도 달싹이지 않고 말했다.

황궁의 내성 청 안이다.

이제 후금(後金)은 국토가 반으로 쪼개진 데다 위쪽의 영토마저 분리되었다.

이산의 영역에 위아래가 포위된 형국이다.

옆쪽에 명군(明軍)이 주둔하고 있었으니 3면이 둘러싸인 상태가 되었다.

그때 오랜만에 청에 나온 대신 타이론이 말했다.

"폐하, 휴전을 제의하시지요. 사신으로 제가 가서 휴전 약속을 받아오겠습니다."

"뭐라고?"

되물은 누르하치가 눈의 초점을 잡았다.

"내가 너를 믿으란 말이냐?"

"제 처자식을 맡길 테니 폐하가 판단하시지요."

타이론이 누르하치의 시선을 맞받았다.

"저와의 50년 인연을 떠올려보시지요."

타이론은 우사르와 함께 사신으로 왔다.

우사르는 누르하치의 조카다.

죽은 형의 아들로 내궁 감독관이다.

누르하치의 분신 같은 인물이다.

이곳은 이산과 아바가이가 숙영지로 삼고 있는 요하 지류 옆쪽의 벌판.

타이론과 우사르가 앞쪽에 앉은 이산과 아바가이에게 인사를 했다.

"대원수 각하와 아바가이 님을 뵙습니다."

타이론이 말하자 이산은 손을 들어 다음 말을 막았다.

"타이론, 아바가이 세자 저하라고 부르지 않는군."

"예, 대원수 각하. 어쩔 수가 없습니다."

타이론이 똑바로 이산을 보았다.

"저는 아직까지 폐하의 신하올시다."

"나는 아바가이 세자 저하를 모시고 있는 사람이네."

이산의 목소리가 청을 울렸고 둘러선 1백여 명의 중신, 장군들은 숨을 죽였다.

이산의 말이 이어졌다.

"이미 여진은 두 개로 쪼개진 상황이니 이곳의 군주(君主)인 아바가이 님께 예의를 보이도록 하게."

"누르하치 님은 새 세자로 쿠슬란 님을 책봉하셨습니다."

"쿠슬란은 결국 내 손에 죽을 것이네. 그렇게 누르하치 님께 전하게."

이제는 이산도 누르하치를 황제로 부르지 않았다.

한계에 닿은 것이다.

그대로 누르하치를 황제로 존중했다가는 이쪽의 결속이 약해진다.

그때 타이론이 말했다.

"예, 각하. 그리고 황제께서는 당분간 휴전을 제의하셨습니다. 현 상태에서 군사를 동원하지 않고 경계선을 유지하는 것입니다."

"냉전(冷戰)은 본래 그런 것 아닌가? 이런 강추위에 누가 군을 이동시키겠는가?"

"휴전의 조건으로 양측의 인질을 두자고 하셨습니다."

"나는 휴전을 생각하지 않았어. 그러니 인질 따위는 필요 없어."

"황제께서는 겨울이 지나면 동쪽으로 이동하신다고 했습니다. 전(前)의 만추성으로 돌아가시겠다는 것입니다."

이산이 고개를 들었다.

대륙 정벌을 포기하겠다는 말이다.

청 안에서 웅성거림이 일어났다가 뚝 그쳤다.

다시 모두의 시선이 이산에게 옮겨졌다.

그때 이산이 아바가이에게 물었다.

"저하, 어떻게 생각하십니까?"

"휴전을 받아들이되 인질은 필요 없을 것 같습니다."

아바가이가 말하자 이산이 고개를 끄덕였다.

그러고는 타이론을 보았다.

"세자 말씀대로 하겠네. 그런데 전충과의 동맹이 깨지는 바람에 큰 낭패를 보신 누르하치 님께 위로의 말씀을 전해드리게."

"예, 그러지요."

이산의 시선이 우사르에게 옮겨졌다.

"우사르가 감시역으로 따라왔군."

"예, 대원수 각하."

"네가 쿠슬란의 측근이 되었다고 들었다. 쿠슬란과 생사(生死)를 함께 하겠구나."

우사르가 몸을 굳혔고 이산의 말이 이어졌다.

"돌아가서 쿠슬란에게 전해라. 휴전이 끝나면 아바가이 님께 항복하는 것이 나을 것이라고, 그렇지 않으면 궤멸된 바미드 부족처럼 될 것이라고."

청 안은 숨소리도 나지 않았다.

기가 질린 우사르가 대답도 하지 못한다.

그때 타이론이 말했다.

"각하, 청이 하나 있습니다."

"그것도 누르하치 님의 말씀인가?"

"제 청입니다."

"뭔가?"

"제가 휴전을 제의하자고 건의해서 폐하의 허락을 받고 온 것입니다."

"그랬겠지. 그런 제의를 할 인간은 그대와 만파쿤뿐이니까."

"만파쿤은 지금 병으로 누워있습니다."

"큰일이다. 그런데 청이 뭔가?"

"제가 목숨을 걸고 왔습니다."

"알고 있어. 황제는 휴전에 솔깃했지만, 그대를 나한테 보내는 건 불안했을 테니까."

이산이 턱으로 우사르를 가리켰다.

"우사르 같은 애송이를 혼자 보낸다면 하루도 되지 않아서 이것저것 다 털어놓았을 테니까."

이산이 몸을 세우고 타이론을 보았다.

청 안에 다시 정적이 덮였다.

"말하라. 청이 무엇인가?"

"황제를 살려주시지요."

타이론의 목소리가 떨렸다.

청 안에는 숨소리도 나지 않았고 타이론이 흐려진 눈으로 이산을 보았다.

"각하, 폐하는 곧 66세가 되십니다."

"나도 곧 60이야."

"폐하가 후금(後金)의 황제로 역사에 남도록 해주십시오."

그때 이산이 눈을 감았다.

그러고는 한동안 침묵했다.

옆에 앉은 아바가이도 숨을 죽이고 있다.

청 안에는 바늘 떨어지는 소리도 들릴 정도다.

밖에서 흐르는 바람 소리만 희미하게 울린다.

그때 이산이 입을 열었다.

"약속하겠다."

타이론이 사신으로 온 목적이 바로 그것이다.

휴전 요청은 다른 사람을 시킬 수도 있었지만 타이론의 의도는 누르하치의 명예 보전이었다.

충신이다.

감동한 이산과 아바가이는 타이론을 정중하게 대접하고 돌려보냈다.

그로부터 10여 일 후.

군사(軍師) 요중이 이산에게 보고했다.

"황궁에서 온 첩자의 보고입니다."

이제는 이산이 본진을 대보성 북쪽의 안산성으로 옮겼기 때문에 내성의 청에서 보고를 받는다.

요중이 고개를 들고 이산을 보았다.

눈동자가 깊은 우물처럼 느껴졌다.

"타이론 님이 자택에서 자결하셨습니다."

"뭐라고?"

깜짝 놀랐던 이산이 금세 주먹으로 무릎을 쳤다.

"그렇구나. 그 영감이 나에게 그 부탁을 하려고 이곳에 왔어."

"무슨 말씀입니까?"

요중이 물었을 때 아바가이가 고개를 돌려 이산을 보았다.

"폐하가 후금(後金)의 황제로 역사에 남도록 해달라는 부탁 말씀입니까?"

"그렇다."

"과연."

요중도 타이론의 부탁을 들었던 터라 고개를 끄덕였다.

"죽음으로 약속의 무게를 실었습니다."

재위 15년에 접어든 3월 12일.

조선의 왕궁 창덕궁 밖.

해시(오후 10시).

훈련대장 이홍립이 앞에서 달려오는 장교를 보았다.

"나리! 궁 안으로 반란군이 진입했습니다!"

소리친 장교가 다가와 섰다.

"허나 군사는 5백여 명 정도입니다!"

그때 옆에 선 도사 윤부일이 이홍립 대신 물었다.

"진압군은 어떻게 되었느냐?"

"창덕궁에서 보이지 않습니다!"

"무엇이?"

이홍립이 소리쳐 물었다.

"어영대장이 8백여 명을 이끌고 있지 않으냐? 그런데 반란군은 5백 명이라면서?"

"모두 투항한 것 같습니다!"

"누가 말이냐?"

"진압군이 말씀이오!"

이홍립과 윤부일이 서로의 얼굴을 보았다.

그때 궁 안에서 함성이 울렸다.

깊은 밤.

함성은 밤하늘에 크게 울려 퍼졌다.

능양군을 주장(主將)으로 한 반란군은 이귀, 김류, 이괄 등을 대장으로 삼고, 광해 15년, 3월 12일 밤에 반란을 일으켜 창덕궁을 점령했다.

불과 7백여 명의 군사였는데 궁 안팎을 지키던 진압군이 투항했고 결정적으로 창의문으로 출동했던 훈련대장 이홍립이 상황을 보다가 반란군 측에 가담함으로써 밤이 새기도 전에 왕조(王祖)를 무너뜨렸다.

그래서 광해가 세자 때 이름으로만 지금도 불리는 반쪽 왕으로 기록된다.

능양군의 반정 명분은 2개다.

첫째, 명(明)에 대한 의리를 버리고 사대를 하지 않는다는 것.

광해가 새로 발흥한 여진과 내통한다는 것이다.

둘째, 영창대군을 죽이고 계모 인목대비를 유폐시켰다는 것이다.

엿새 후.

안산성의 청에서 이산과 아바가이 그리고 대장군들이 조선에서 달려온 종사관 윤성의 보고를 듣는다.

윤성은 훈련도감 소속의 종5품 종사관이다.

능양군의 반정이 성공하자 그날 밤에 곧장 북상했다.

도중에 말의 다리가 상해 평양 근처에서 정주까지는 뛰었고 정주에서는 역관에게서 말을 빼앗아 타고 왔다는 것이다.

"더러운 놈들."

윤성의 보고가 끝났을 때 참지 못한 최경훈이 떨리는 목소리로 말했다.

최경훈의 얼굴은 상기되었고 눈이 번들거렸다.

"어영청 놈들은 뭘 하고 있었나?"

"어영청 안에서도 반란군 가담 세력이 있어서 출동도 못 했습니다."

"포도청은?"

"나서지도 못했습니다."

"이럴 수가."

기가 막힌 최경훈이 고개를 들고 이산을 보았다.

"내부 반란을 진압할 체제도 되지 않았습니다, 각하."

"이곳하고는 다르지."

이산이 차분한 얼굴로 말했다.

그렇다.

여진 부족이나 하다못해 명(明)도 반란을 진압할 체계가 있다.

궁 내부에 위사대, 친위대가 겹겹이 배치되었고 황성도 외궁(外宮), 내궁(內宮)의 경비대가 따로 있어서 대군(大軍)의 기습을 받아도 버틸 수가 있는 것이다.

그런데 조선은 지금까지 한 번도 내부 반란을 겪지 못한 데다 궁 안팎의 경비는 허술하다.

왕을 보호하는 위사대도 없다.

그때 이산이 물었다.

"왕 전하는 어떻게 되셨는가?"

"반란군에 잡혔는데 처형은 못 했다고 들었습니다."

"능양군 이놈."

최경훈이 이를 악물었을 때 이산이 고개를 들었다.

"대장군이 조선으로 가보지 않겠는가?"

"가지요."

대번에 말한 최경훈의 눈이 흐려졌다.

"각하, 보내주시겠습니까?"

"대장군만 한 적임자가 없네."

"각하, 이런 기회를 주시다니요."

마침내 최경훈의 얼굴에서 주르르 눈물이 흘러내렸다.

이때 최경훈은 70세.

30년 전에 왜란이 발발했을 때 이산과 함께 이천 분조에서 세자 광해를 모셨다.

30년 인연이다.

이산이 말을 이었다.

"다시 전란을 일으킬 수는 없으니 믿을 만한 부하 10여 명만 데리고 가서 전하를 보호하도록."

"예, 각하."

"수시로 연락하시오."

"예, 오늘 준비해서 내일 떠나겠습니다."

"이곳은 마침 휴전이 되었으니 염려하지 않아도 될 것이오."

"왕 전하를 마지막으로 모시게 해주셔서 은혜가 망극합니다."

"최 공이 충신이오."

이산의 눈도 흐려졌다.

"왕 전하가 뜻을 제대로 펴지도 못하시고 15년 만에 왕좌를 떠나시는구려."

"저 사대하는 못난 놈들을 어디까지 쓸어내야 하는지 모르겠습니다."

"최 공에게 맡기겠소."

이산이 다시 당부했다.

저녁 무렵에 뒤늦게 소식을 들은 강홍립과 김경서가 달려왔다.

강홍립은 오면서 울었는지 얼굴이 눈물범벅이다.

앞에 엎드린 강홍립이 말했다.

"각하, 제가 조선군을 이끌고 가겠습니다. 제가 이끄는 조선군만으로도 반란군을 평정할 수 있습니다."

고개를 든 강홍립의 목소리가 커졌다.

"각하, 가서 능양군과 반란군 수괴 무리, 사대 안 한다고 임금을 폐한 서인 무리의 씨를 말리겠습니다."

"그대들은 우리가 포로로 잡고 있는 줄 아는 터라 시기를 봐야 할 것 같소."

이산이 정색하고 강홍립을 보았다.

"그래서 먼저 최 대장군을 조선으로 보냈으니 서둘지 마시오."

"주상께서 방심하셨습니다."

강홍립의 눈에서도 눈물이 흘러내렸다.

그때 김경서가 말했다.

"김류, 이귀, 이괄, 이자들은 부패하고 무능해서 한직을 떠돌다가 능양군에게 포섭되었습니다. 소장이 출정하기 전에 주상께 능양군을 잡아 가두는 것이 낫겠다고 은밀히 말씀드렸지만 듣지 않으신 것이 천추의 한입니다."

부원수 김경서는 광해의 아낌을 받는 장수였다.

그래서 간언을 했던 것이다.

그때 강홍립이 길게 숨을 뱉었다.

"훈련대장 이홍립이 지조가 없고 심약해서 대장감이 아니니 바꾸셔야 한다고 주상께 아뢰었지만 미루셨소. 이홍립이 선왕(先王) 때 미움을 받아 귀양을 간 것을 가엾게 여기신 것이지요. 그 이홍립이 반란군이 우세한 것을 보고는 반란군에 붙었다고 합니다. 그놈이 역적입니다."

이산이 길게 숨을 뱉었다.

다 지난 일이다.

이미 능양군이 조선 왕으로 오른 것이다.

명(明)은 사대하는 새 왕이 즉위했으니 금세 인정할 것이다.

조선 왕이 되려면 명(明) 황제의 허락을 받아야 하기 때문이다.

"아버님, 조선은 내버려두실 겁니까?"

내궁에 들어가는 이산을 따라 걸으면서 아바가이가 물었다.

아바가이도 지난번 조선에 갔을 때 광해를 만난 것이다.

"내가 조선 국정에 대해 상관하지 않으려고 했지만 이런 일이 일어날 줄은 몰랐구나."

이산이 탄식했다.

"이 일도 네가 반면교사로 삼아라."

"조선은 본래가 국방이나 군(軍) 체제를 수백 년 전부터 중국에 의존하고 있어서 방 안에서 노는 아이처럼 느껴집니다."

아바가이가 거침없이 말을 잇는다.

"그러니까 좁은 땅에서 파당을 만들어 서로 헐뜯고 무고하고 죽이는 것에만 익숙해진 것 같습니다."

그러고는 덧붙였다.

"대륙이나 바다로 진출해나갔다면 그런 일은 없을 텐데요."

"광해를 죽이면 이산이 내려올 것입니다."

김류가 말하자 김자점이 거들었다.

"광해는 놔두고 그 일당들만 없애면 됩니다. 여진 놈들을 자극할 필요는 없습니다."

능양군이 고개를 끄덕였다.

능양군은 이제 임금이다.

이때 능양군 인조는 28세.

그동안 광해 주변에서 득세했던 대북파에 대한 대대적인 숙청 작업을 하는 중이다.

이로써 광해의 15년 통치는 끝이 났다.

광해가 대명사대를 하지 않고 선왕(先王) 선조를 독살했다는 누명까지 씌워 반정의 명분으로 삼았다.

당시 조선은 왜란의 후유증에서 벗어나고 있던 시기였다.

광해는 명의 요청으로 파병시킨 강홍립과 조선군을 여진(後金)군에 투항까지 시키면서 명과 후금 사이의 중립외교를 펼치며 조선을 안정시키는 중이었다.

그때 능양군이 말했다.

"머리 위에 불덩이를 이고 사는 것 같아서 요즘 잠이 오지를 않소. 무슨 방법이 없겠소?"

그때 김자점이 입을 열었다.

"지금 누르하치와 이산이 전쟁 중이라고 합니다. 그래서 이산이 내려오지 못하는 것 같습니다."

창덕궁의 청 안이다.

안에는 능양군과 반정공신 둘이 둘러앉아 있다.

김자점이 말을 이었다.

"전하, 명 황제 폐하께 강홍립이 이산에게 포로로 잡힌 것이 아니고 광해의 명에 따라 투항한 것이라는 사실을 보고해야 합니다."

"그렇지."

능양이 커다랗게 고개를 끄덕였다.

"그것이 광해의 대죄(大罪)요. 배은망덕한 죄를 보고해야 하오."

"사신으로 이조참판 이유훈이 적당합니다, 전하."

"그렇게 하시오."

고개를 든 능양이 둘을 번갈아 보았다.

"그리고 이산만 없다면 광해는 없애도 되지 않겠소?"

"그렇습니다."

김류가 대답했다.

"누르하치는 광해가 죽건 말건 상관하지 않는 놈입니다."

능양이 입을 벌렸다가 닫았다.

그것을 본 둘이 금세 능양의 속셈을 알았지만 입을 열지는 않았다.

생각 같아서는 누르하치하고라도 연합해서 이산을 제거하고 싶은 것이다.

이곳은 강화도 서쪽 별립산 기슭의 농가 안.

술시(오후 8시) 무렵이 되자 농가의 불빛이 꺼지면서 사방은 짙은 정적에 덮였다.

산기슭에는 농가가 2채뿐이다.

30여 보쯤 떨어진 왼쪽 농가는 불이 켜졌고 두런거리는 사내들의 목소리가 울렸다.

왼쪽 농가는 훈련원 소속의 별장과 군사 8명이 묵고 있다.

오른쪽 농가를 감시하는 군사들의 숙소인 셈이다.

"아래쪽 초소에 두 놈이 있을 뿐입니다. 뒤쪽은 산이 가팔라서 경비를 세워두지 않았습니다."

고한길이 다가와 말했을 때 최경훈이 앉아있던 바위에서 몸을 일으켰다.

농가 2채가 내려다보이는 옆쪽 바위산 위다.

최경훈이 발을 떼며 말했다.

"경비병이 눈치를 채면 다 죽여라."

최경훈은 고한길과 12명의 수하를 이끌고 강화도로 온 것이다.

"전하, 순찰사 최경훈입니다."

밖에서 낮게 부르는 소리에 광해는 몸을 일으켰다.

불은 껐지만 잠이 들지는 않았다.

옆에 누워있던 왕비 유 씨도 따라 일어나 앉았다.

그때 다시 목소리가 울렸다.

"전하, 최경훈입니다."

"오오, 최 공."

광해가 떨리는 목소리로 대답했다.

잠시 후에 최경훈이 광해와 마주 앉아있다.

방의 불을 켜지 않았지만, 어둠에 익숙해진 광해의 눈에 최경훈의 눈이 번들거리고 있는 것이 보였다.

볼의 눈물 자국도 드러났다.

왕비 유 씨는 옆방에 폐세자 질과 폐세자빈 박 씨까지 있었기 때문에 그리 피하지도 못하고 모로 비켜나 앉아있다.

유 씨도 소리 죽여 울었기 때문에 방 안의 셋은 한동안 울기만 했다.

이윽고 먼저 최경훈이 입을 열었다.

"전하, 능양군 이놈은 전하를 귀양은 보낼지언정 그 이상은 겁이 나서 전하께 위해를 가할 수 없을 것입니다. 그러니 마음을 놓으소서."

"이보게, 순찰사."

광해가 30년 전의 최경훈 직함을 불렀다.

"내가 죽음을 겁내는 사람인가?"

"그건 알고 있습니다, 전하."

"전란이 끝난 후에 민생을 안정시키고 국력을 키워 도약할 기회를 놓친 것이 한(恨)이네."

"저도 그렇습니다."

"능양 일당이 다시 왜란 전으로 돌려놓았어. 저놈들은 그저 사대와 권력 장악이 목표일 뿐이네."

"그때 다 죽였어야 했습니다."

"뿌리가 너무 깊었어. 천여 년간 이 좁은 땅덩이에서 사대만 하고 지내다 보니까 내부 권력다툼이 습관으로 된 것이네. 이러다 나라가 또 망하네."

"전하, 제가 요동으로 모시고 가겠습니다. 그곳에 강홍립군(軍)도 있으니 함께 가시지요."

"아니, 난 이곳에 있겠네."

광해의 목소리가 더 가라앉았다.

"내가 조선을 떠날 수는 없어."

그때 왕비 유 씨가 말했다.

"전하, 저들이 직접 죽이지는 않고 독살을 시켜 병사로 위장할 수도 있지 않습니까? 피하시는 것이 낫습니다."

"내가 선왕(先王)이 왜란 때 도망치는 꼴을 보고 결심한 사람이오."

광해가 번들거리는 눈으로 유 씨를 보았다.

"여기서 능양이 보낸 자객에게 죽을지언정 도망은 안 가겠소."

"전하."

두 손을 방바닥에 짚은 최경훈이 광해를 보았다.

"소인이 조선에서 전하를 모시겠소이다."

광해가 놀란 듯 시선만 주었고 최경훈이 말을 이었다.

"그러려고 대원수께 허락을 받고 조선에 온 것입니다."

문이 부서지면서 열렸기 때문에 술에 취해 누워있던 김승구가 놀라 몸을 일으켰다.

그러나 다음 순간 발길에 머리를 차인 김승구가 다시 벽에 부딪히면서 까무러쳤다.

잠시 후의 방 안.

정신을 차린 김승구가 앞에 서 있는 사내를 보았다.

백발에 긴 수염의 사내와 시선이 마주쳤다.

사내 좌우에 두 사내가 서 있었는데 장검을 찼다.

"누, 누구야?"

겨우 김승구가 그렇게 물었을 때 왼쪽에 선 사내가 성큼 다가서더니 발길로 얼굴을 찼다.

"퍽!"

정통으로 얼굴을 차인 김승구가 뒤로 벌떡 넘어졌다.

다시 정신을 차린 김승구가 이제는 두 손으로 방바닥을 짚었다.

방에 불을 환하게 켜놓고 있었는데 피비린내가 진동했다.

"으악!"

김승구의 입에서 외침이 일어났다.

바로 눈앞에 머리통 2개가 놓여 있었기 때문이다.

방바닥에 피가 가득 덮여 있다.

그때 앞쪽에 서 있는 백발노인이 물었다.

"네가 이곳의 경비대장이냐?"

"예."

김승구가 온몸을 떨면서 대답했다.

"목숨만 살려주십시오."

"별장이냐?"

"예."

"종5품이겠구나."

"예."

"네놈이 전하와 겸상해서 밥을 먹는다고 들었다. 그러냐?"

"예. 그것이……."

"사지를 토막 내기 전에 대답부터 해라."

"예, 명(命)을 받았습니다."

"누구한테서?"

"훈련대장 이흥립입니다."

"뭐라고 하더냐?"

"일거수일투족을 감시하라고 했습니다."

그러자 백발노인이 말했다.

"너는 살려줄 테니 앞으로 잘 모셔라. 일국의 군왕으로 대접해라."

"예."

"내가 누군지 아느냐?"

김승구가 숨을 삼켰을 때 백발노인이 말을 이었다.

"후금(後金)군 대원수인 이산 각하의 수하 대장군 최경훈이다."

백발노인의 목소리가 높아졌다.

"강화부사 이익준에게 말해라. 내가 그러더라고. 알았느냐?"

"예, 나리."

그때 백발노인이 일어섰다.

"훈련대장은 염려할 것 없다."

"무엇이? 최경훈이?"

별장 김승구의 직접 보고를 들은 강화부사 이익준이 되물었다.

"경비 군사 다섯을 죽였다고?"

"예, 넷이 남았습니다."

"이런."

말문이 막힌 이익준이 흐려진 눈으로 김승구를 보았다.

"폐왕을 잘 모시라고 했단 말인가?"

"예, 나리."

"그러고는 사라졌어?"

"예."

이익준이 고개를 들었는데 눈이 흐려져 있다.

훈련대장 이홍립은 이번 거사에 협조한 공으로 정3품에서 종2품으로 승진했다.

술시(오후 8시) 무렵.

김자점의 저택에서 열린 주연에서 나온 이홍립이 사인교를 타고 자택으로 돌아가는 중이다.

"물렀거라!"

앞에 선 군사가 커다랗게 소리치는 것은 행인더러 길을 트라는 경고다.

진행에 방해가 되지 않도록 경고를 했는데 걸리적거리면 베어 죽여도 된다.

평시에도 그런데 요즘은 새 왕이 즉위한 세상이다.

그 반정공신의 앞길을 막는다면 양반도 베어 죽일 수 있다.

실제로 대북파 관리들을 지금도 매일 수십 명씩 솎아내어 처형하고 유배를 보내고 있다.

그때 사인교가 멈춰 섰기 때문에 설핏 잠이 들었던 이홍립이 눈을 떴다.

사인교에는 대발을 내려서 밖이 보이지 않는 것이다.

그때다.

사인교 한쪽이 기울더니 외침이 일어났다.

"앗!"

다음 순간 사인교가 땅바닥에 떨어지듯 내려앉았기 때문에 이홍립의 엉덩이가 들렸다가 떨어졌다.

"아이쿠."

몸뚱이가 훌쩍 떠올랐다가 두 자쯤 높이에서 떨어진 꼴이다.

신음을 뱉은 이홍립이 버럭 소리쳤다.

"이놈들! 무슨 짓이냐!"

사인교는 4명이 앞뒤에서 채를 든다.

발을 젖히고 상반신을 내민 이홍립이 어둠 속에 대고 다시 소리치려는 순간이다.

갑자기 목덜미를 잡힌 이홍립이 땅바닥으로 내동댕이쳐졌다.

"어이쿠!"

얼굴부터 땅바닥에 부딪힌 이홍립이 신음을 뱉으면서 상반신을 일으켰다.

그제야 공포가 밀려왔고 눈을 크게 치켜떴다.

그때 옆쪽에서 신음 소리가 일어났다.

"으악!"

경호 군사다.

경호 군사가 칼을 맞고 쓰러지는 중이다.

잠시 후에 사지를 잡힌 이홍립이 옆쪽 골목으로 끌려 들어갔다.

이홍립을 경호하고 오던 훈련원 부장 한 명과 군사 넷, 그리고 사인교잡이 넷은 이미 보이지 않았다.

이홍립이 땅바닥에서 일어나 앉았을 때 앞으로 사내 하나가 다가와 섰다.

백발 수염의 양반 행색이다.

주위는 어두웠지만 백발 수염의 얼굴 윤곽이 드러났다.

그 순간 이홍립이 숨을 들이켰다.

낯이 익은 것이다.

"아니."

"날 기억하느냐?"

다가선 최경훈이 물었다.

이홍립은 58세.

최경훈이 순찰사였을 때 종5품 판관으로 휘하에서 종사한 적이 있다.

그때 이홍립이 입을 열었다.

"대감 아니시오?"

"이제는 네가 공2등을 받고 종2품 대감이 되었구나."

"어쩔 수 없었소이다."

꿇어앉은 이홍립이 번들거리는 눈으로 최경훈을 보았다.

"무장(武將)은 상관의 명을 거역할 수 없소이다."

"비겁한 놈. 너는 죽을 때까지 거짓말을 하는구나. 능양군이 네 상관이었느냐?"

"살려주시오."

이홍립이 두 손을 모으고 최경훈과 좌우에 서 있는 두 사내를 보았다.

두 사내는 이미 손에 칼을 빼들고 있다.

"살려만 주시면 충성을 바치겠소."

"네가 임금 둘을 모시겠다니 우리는 우리 몫인 절반만 가져가마."

최경훈이 좌우에 선 검사(劍士) 둘에게 말했다.

"반씩 떼어내라. 눈도, 귀도, 팔도, 다리도. 머리통과 몸통만 가르지 말고 다 떼어라."

다음 순간 골목 안에서 비명이 이어졌다.

"이홍립이?"

놀란 능양군이 갈라진 목소리로 물었다.

사시(오전 10시) 무렵.

창덕궁의 청 안.

그때 이귀가 대답했다.

"예, 어젯밤 종로 거리에서 습격을 받았는데 현장에서 참혹하게 죽었습니다."

이귀는 입이 거칠다.

청 안이 조용해졌고 이귀의 목소리가 다시 울렸다.

"사지를 모두 두 토막으로 잘랐습니다. 그리고 한 토막씩 자른 부분을 모아서 청계천에 버렸습니다."

"……."

"호위무사도 모두 베어 죽였고 교군들은 살려주었습니다."

그때 청 아래에서 승지가 아뢰었다.

"강화부사가 보낸 급보가 왔습니다, 전하."

모두 술렁거렸다.

강화도에는 폐왕 광해가 유배되어 있었기 때문이다.

강화부사가 보낸 판관이 소리쳐 보고했다.

"폐왕 거처를 지키던 군사 여섯이 죽고 별장 하나만 살았습니다."

청 안이 쥐 죽은 것처럼 조용해졌다.

"전(前) 순찰사였던 최경훈의 소행이라고 합니다. 최경훈이 별장 김승구에게 폐왕을 잘 모시지 않으면 죽이겠다고 협박도 했다는 것입니다."

"무엇이라?"

마침내 능양이 소리쳤지만 목소리가 떨렸다.

화도 났지만 두려웠기 때문이다.

그때 김자점이 판관에게 물었다.

"지금 최경훈은 어디에 있는가?"

"그제 밤에 군사들을 죽인 후에 사라졌습니다."

"그렇다면 폐왕을 만났겠구나."

"부사는 폐왕께 물어보지는 않았지만 그랬을 것이라고 합니다."

"이놈, 최경훈. 무도하구나."

능양이 잇새로 말했지만 대신들은 동조하지 않았다.

최경훈을 추포하자는 말을 꺼내는 사람도 없다.

어젯밤 이홍립을 처참하게 살해한 범인도 최경훈인 것이다.

최경훈이 강화도에 들러 폐왕 거처에서 무례한 경호 별장에게 경고를 하고 군사를 죽였다.

그러고는 도성으로 건너와 이홍립을 토막 낸 것이다.

"어찌하면 좋겠소?"

능양이 김자점, 김류, 이괄, 이귀까지 궁 내실로 따로 불러 물었다.

왕이 된 지 얼마 되지 않아서 제집 청지기한테 묻는 것 같다.

그때 이괄이 먼저 대답했다.

"아마 강화도나 도성 근처에서 자리 잡고 있을 테니 포도청, 어영청, 훈련원 군사들을 풀어서 잡아 죽여야 합니다. 저에게 맡겨 주시면 3군(軍)을 동원해서 제거하겠습니다."

"안 되오."

김자점이 고개를 저었다.

"이산이 그것을 기다리고 있을 겁니다. 대군을 몰아 남하하면 조선은 한 달도 못 가 여진 땅이 됩니다."

"왜군도 7년이 넘도록 점령하지 못했던 조선 땅이오. 한 달도 못 가다니 말이 됩니까?"

이괄이 항변하자 이번에는 김류가 나섰다.

"왜적은 배를 타고 조선에 왔지 않소? 거기에다 이 통제사의 수군이 막았고 대명(大明)의 원군이 대신 싸워주지 않았습니까? 여진은 말을 타고 그냥 남진하면 됩니다."

"그럼 어쩌자는 거요?"

"놔둡시다."

김자점이 말했다.

"최경훈이 이끈 군사는 얼마 되지 않은 것 같으니, 놔둡시다."

"폐왕 광해도 놔두고 말이오?"

"그럼 죽이자는 말씀이오?"

김류가 되묻더니 혀를 찼다.

"지금 광해를 죽여서 여진 군을 끌어들이고 싶소?"

"당신은 비겁한 자야."

마침내 이괄이 폭발했다.

반정(反政) 당시에 반란군 대장을 맡기로 했던 김류는 거사 계획이 탄로가 났다는 말을 듣고 나타나지 않았다.

그래서 이괄이 대신 나서서 반란군을 이끌었다.

반란군이 기세를 몰아 궁을 점령하자 그제야 김류가 군사를 이끌고 가담했다.

이괄은 김류를 받아들이지 않으려고 했지만 이귀가 중재해서 다시 김류를 대장으로 삼은 것이다.

그 후 논공행상에서 김류, 이귀 등은 1등에 책록되었지만 이괄은 2등 공신이 되었다.

그때 이귀가 다시 중재에 나섰다.

"우선 진정하시고 먼저 최경훈 문제부터 처리합시다. 최경훈은 당분간 놔두는 것이 낫겠소. 구태여 추포 작전을 벌이면 민심만 사나워질 뿐만 아니라 이산을 자극해서 군사가 남진해 올 수가 있습니다. 더욱이 누르하치와 이산 군은 지금 휴전 상태 아닙니까? 이산이 그 기회를 이용해서 남진해오면 큰일입니다."

그때 김자점이 고개를 끄덕였다.

"맞는 말씀이오."

"그럼 그렇게 합시다."

능양군이 서둘러 결론을 내었기 때문에 이괄은 입을 다물었다.

고개를 든 능양군이 말을 이었다.

"폐왕과 폐세자를 함께 두는 것은 위험하니 따로 떼어 놓읍시다. 머리를 맞

대고 반정(反政) 모의를 할 수도 있지 않겠소?"

그러자 김류, 이귀, 김자점이 동시에 고개를 끄덕였다.

자신들도 그래 왔기 때문이다.

타이론이 자결한 후에 누르하치의 성격이 달라졌다.

참을성이 없어지고 걸핏하면 화를 내었는데, 칼부림을 여러 번 했다. 인삼차를 가져온 시녀가 찻물을 탁자에 흘렸다고 베어 죽인 적도 있다.

변화는 타이론의 자결 이후인 것으로 분명하게 드러났다.

그만큼 충격을 받은 것이다.

타이론의 시신은 급하게 매장되었는데, 자결은 불명예스러운 일인 데다 누르하치의 분노를 살까 두려웠기 때문이다.

그런데 의외로 누르하치가 성 밖에 매장된 타이론의 무덤을 찾아가 양을 잡아 피를 뿌리는 제사를 지냈다.

그러고는 소리쳤던 것이다.

"내가 내 명예를 찾겠다! 그것은 이산 일족에 대한 토멸이다!"

듣고 있던 대신, 장군들의 모골이 송연해지는 외침이었다.

누르하치는 타이론이 이산에게 부탁한 '유언'을 들어서 아는 것이다.

명예를 스스로 찾겠다는 각오다.

"어쨌거나 너는 황제의 뒤를 잇게 된다."

8비 하르나가 목소리를 낮추고 말했다.

"최악의 경우에 너는 여진의 13개 부족을 이끌고 동쪽으로 돌아가면 돼. 그때까지 내가 지켜볼 것이다."

내궁 안이다.

하르나가 앞에 앉은 세자 쿠슬란을 보았다.

"폐하께서 어렸을 적에도 명과 손잡고 일했어. 네 증조부는 명의 관리였고, 다시 옛날로 돌아가 기회를 노리는 거다."

"남부지역의 여진족이 동요한다는 소문이 있습니다."

"우리가 인질을 잡고 있어서 배신은 못 해. 걱정할 것 없다."

하르나의 얼굴에 웃음이 떠올랐다.

"지금처럼 황제가 나한테 의지해온 적이 없다. 이 기회를 이용해서 쿠슬란 네 기반을 굳혀야 돼."

쿠슬란은 하르나의 꼭두각시다.

하르나가 세자 대리인, 곧 황제 대리가 될 것이다.

봉천성에서 1천여 리 떨어진 안산성 안.

한윤이 아바가이에게 말했다.

"저하, 드릴 말씀이 있어요."

내궁의 침소 안이다.

해시(오후 10시) 무렵.

둘은 아직 침상에 오르지 않고 곰 가죽이 깔린 방에 앉아 차를 마시는 중이다.

고개를 든 아바가이를 향해 한윤이 말을 이었다.

"제가 아직 소생이 없어서 아버님께도 걱정을 끼쳐드리고 있습니다."

아바가이는 시선만 주었고 한윤의 얼굴이 상기 되었다.

"저하, 그래서 제 생각은……"

"잠깐."

아바가이가 손을 들어 한윤의 말을 막았다.

정색한 아바가이가 한윤을 보았다.

"나는 아버님이 서자로 태어난 사연을 듣고 스스로 결심했소. 그것은 소실을 두지 않겠다는 것이오."

"저하, 그러나 군왕은 대를 잇는 후계자가 있어야만 나라가 안정되고 백성이 편안해지는 법입니다. 그래서 생전에 세자를 세워두지 않습니까?"

"아직 시간이 있소."

고개를 저은 아바가이가 웃음 띤 얼굴로 한윤을 보았다.

"기다려봅시다."

"저하께서 저만 택하신 것이 황제 폐하의 심기를 상하게 하셨을지도 모릅니다."

"무슨 말이오?"

"저하께서도 대원수 각하처럼 한 분만을 택하고 계시지 않습니까? 그것을 본 황제께서 친부(親父)를 닮았고 따른다고 생각하셨을 것 같습니다."

"그럴 리가."

아바가이의 눈이 흐려졌다.

누르하치는 부인이 16명에다 왕자, 공주가 16남 8녀다.

그런데 이산은 부인이 1명인 것이다.

그때 한윤이 말을 이었다.

"저하, 조선에 머물고 계신 최 대장군을 수행한 1천인장 고한길에게 부탁을 했습니다."

"무슨 부탁을 했단 말이오?"

"송도에 사는 제 친척을 찾아 데려오라고 했습니다."

아바가이가 고개를 끄덕였다.

"의지할 친척을 데려와도 좋지. 잘했소."

한윤의 주변에 분이 외에는 조선인이 없는 것이다.

자시(밤 12시)가 넘었다.

강화도의 사택 안.

지난번 산기슭의 사택에서 근처 골짜기의 이곳으로 옮긴 지 열흘째다.

방 안에는 여섯이 둘러앉았는데 기름등을 켜놓았기 때문에 면면이 선명하게 드러났다.

폐왕 광해와 폐비 유 씨, 그리고 폐세자 이질과 폐세자빈 박 씨다.

그리고 윗목에 최경훈과 1천인장 고한길이 앉았다.

그때 먼저 최경훈이 입을 열었다.

"능양군이 전하를 해코지하지는 못할 것입니다. 그렇게 대신들과 이야기가 되었다고 합니다."

최경훈의 시선이 폐세자 이질에게 옮겨졌다.

"다만 세자 저하께서 강화부 서문 근처의 민가로 옮기시는 것으로 결정되었습니다."

고개를 든 이질에게 최경훈이 말을 이었다.

"세자비님과 함께 옮기시는 것입니다. 이곳에서 3리(1.5킬로) 정도밖에 떨어지지 않았으니 멀지 않습니다."

"하지만 뵙지 못하게 막을 것 아니오?"

이질이 창백해진 얼굴을 들고 최경훈을 보았다.

이때 이질은 20대 중반으로 영민하고 문장에 뛰어났다.

또한 부모에게 효성이 지극한 효자였지만 성품이 급했다.

그때 최경훈이 달래듯이 말했다.

"저하, 기다리시지요. 요동에 대원수 각하와 세자 아바가이 님이 계십니다."

조선에서 아무도 전하와 저하를 건드릴 수 없습니다. 기다리시면 곧 기회가 올 것입니다."

"대장군 말씀이 맞다."

광해가 고개를 끄덕였다.

"참아라. 여기서 또 난리가 일어나면 안 된다. 후금(後金)군이 밀고 내려오면 백성들이 피해를 보지 않겠느냐? 우리 때문에 피해를 보아서는 안 된다."

이질이 어깨를 부풀렸지만 말대답은 하지 않았다.

효자다.

초가를 나온 최경훈과 고한길 앞으로 갑옷 차림의 무장이 다가왔다.

밤이어서 가죽 갑옷에 박힌 쇠붙이만 별빛에 반짝였다.

"나리, 제가 전하를 보호해드리겠습니다. 걱정 안 하셔도 됩니다."

무장은 광해의 감시를 맡은 황해병사 박종기다.

정4품 무장인 황해병사가 강화도에 상주하면서 세자와 세자 가족의 감시를 맡게 된 것이다.

박종기가 말을 이었다.

"황해감사 이장균이 이귀 일당이지만 전하 근처에는 얼씬하지 못하도록 하겠습니다."

"부탁하네."

최경훈이 흐려진 눈으로 박종기를 보았다.

"군왕(君王)이 초가의 한 칸 방에 쪼그리고 앉아있는 모습을 뵙기가 힘드네. 정성껏 모셔주게."

"예, 나리."

"내가 수시로 뵈려고 올 것이나 서문 쪽으로 옮겨 가시는 세자께도 각별하게 신경을 써주시게."

"예, 나리."

박종기가 길게 숨을 뱉었다.

"저도 이 일이 끝나면 후금(後金)으로 데려다 줍시오."

"자네 역량이면 1만인장으로 기장(旗將)감이지."

"참말 무장(武將)으로 입신하여 대륙을 말달리고 싶습니다."

"그래. 이번 전하 보호 임무를 마치면 내가 대원수 각하께 보내주겠네."

"약속하십니까?"

"하다마다. 그럼 먼저 가솔들을 안산성으로 보내게. 내가 편지를 써줄 테니까."

"그러지요."

얼굴이 환해진 박종기가 최경훈에게 허리를 굽혀 보이고는 어둠 속으로 사라졌다.

"냉전(冷戰) 동안에 5개 기군(旗軍)만 내려보내면 조선 땅을 제주도까지 정벌할 수가 있으련만."

광해의 초가삼간을 바라보면서 최경훈이 탄식했다.

"대원수께서는 조선 땅이 다시 전란에 뒤덮이는 것이 끔찍하게 싫으신 것이야. 대군이 남하하면 백성들이 조금이라도 고통을 받게 될 테니까."

옆에 선 고한길이 잠자코 시선만 주었고 최경훈이 발을 떼었다.

최경훈의 숙소는 강화부 읍내에서 10리(5킬로)쯤 서쪽으로 떨어진 산골짜기다.

동문에서 4리(2킬로) 거리밖에 안 되어서 광해의 처소까지는 금세 달려갈 수 있다.

거기에다 처소 뒷산에 감시대를 만들어놓고 둘씩 번갈아 지키게 했으니 완벽하다.

광해의 감시역으로 배치된 황해병사 박종기가 후금(後金) 장수로 전향한 것이나 같은 데다 최경훈이 아예 눌러앉았기 때문이다.

"나리, 드릴 말씀이 있습니다."

거처의 마루로 올라선 최경훈에게 고한길이 말했다.

고개를 돌린 최경훈에게 고한길이 말을 이었다.

"제가 송도에 다녀올 일이 있습니다."

"송도에? 무슨 일이냐?"

"세자비님의 심부름입니다."

"세자비께서?"

놀란 최경훈이 마루에 선 채 고한길을 내려다보았다.

"너한테? 무슨 심부름이냐?"

"사람을 데려오라고 하셨습니다."

"누구를 말이냐?"

"송도부 하정골에 사는 오 판서 댁입니다."

"오 판서라니?"

"호조판서를 지낸 오용준 대감의 댁으로 가서 그 댁 주인인 오학성 승지에게 편지를 전달하라고 하셨습니다."

"내가 그 집안을 안다."

놀란 표정이 된 최경훈이 고한길을 보았다.

"방으로 들어오너라."

방에서 마주 앉았을 때 최경훈이 말했다.

"오 판서 오용준은 30여 년 전에 죽고 지금은 그 아들인 전(前) 승지 오학성이 가계를 잇고 있어. 내가 그 집안을 잘 알아."

고한길이 긴장한 채 듣기만 했고 최경훈의 말이 이어졌다.

"세자비께서 오 승지에게 편지를 전하라고 했단 말이야?"

"예, 제가 편지를 가지고 있습니다."

고한길이 가슴에서 가죽으로 싼 것을 내놓았다.

납작한 가죽 안에 편지가 있는 것이다.

"세자비께서 전하라고 하신 편지를 내가 읽을 수는 없다."

그것을 내려다보면서 최경훈이 말했다.

"오 승지는 파벌에 끼지 않았지만 남인에 가깝다. 지금 반란을 일으킨 능양군과 서인 일당과는 거리를 둔 사람이지."

"그렇습니까? 저는 모르고 있었습니다."

"세자비 마마의 집안은 서인에 속했으니 당파가 다르지. 다만 친척이야. 오 승지가 마마의 외삼촌이다. 마마 어머님의 동생이 되지."

"아, 예."

"날이 새면 찾아가 뵈어라."

"예, 대장군."

고개를 숙여 보인 고한길이 자리에서 일어섰다.

후금(後金)의 세자 쿠슬란은 사냥을 좋아했다.

겨울 사냥은 여진족의 오랜 전통이다.

쿠슬란은 활을 잘 쏘았기 때문에 어렸을 때부터 겨울이면 매일 사냥을 나갔다.

세자가 되고 나서 냉전(冷戰) 상태가 되자 쿠슬란은 측근들과 함께 자주 사냥을 나갔다.

봉천성 북쪽의 황야는 굴곡이 심한 황무지여서 짐승이 많았다.

쿠슬란은 21세의 혈기가 넘치는 나이다.

오늘도 진시(오전 8시)부터 사냥을 시작했는데 오시(낮 12시)가 되었을 때는 사슴 3마리, 멧돼지 1마리를 잡았다.

"저하, 이만하면 오늘 사냥은 그만해도 되겠습니다."

말을 몰아 옆으로 다가온 위사장 노르카이가 말했다.

"아래쪽 초막에다 식사 준비를 해놓았습니다."

"멧돼지가 근처에 있어."

말에 박차를 넣으면서 쿠슬란이 앞쪽을 가리켰다.

눈이 말발굽 정도까지 쌓여 있었기 때문에 멧돼지 발자국이 다 드러났다.

"한 마리 더 잡고 가겠다."

"그럼 초막으로 돌아오십시오."

"알았어!"

쿠슬란이 다시 박차를 넣자 말이 네 굽을 모아 내달렸다.

금세 쿠슬란의 모습이 가지만 남은 잣나무 숲속으로 사라지자 노르카이는 말 머리를 돌렸다.

낮은 언덕을 내려갔더니 잡초에 덮인 맨땅이 나왔다.

앞쪽 언덕이 바람막이 역할을 해서 눈보라를 막아줬기 때문이다.

그러나 사냥에 익숙한 쿠슬란은 곧 앞쪽 언덕에서 멧돼지의 발자국을 찾아내었다.

눈이 쌓인 언덕에서 멧돼지는 솨측 삼목 숲으로 들어갔나.

시위에 살을 먹인 쿠슬란은 다시 박차를 넣었다.

생생한 발자국이다.

멀리 가지 않았다.

말이 기운차게 언덕을 올라 내리막길을 달려가기 시작했다.

앞쪽 골짜기로 멧돼지 발자국이 찍혀 있다.

한 식경쯤이 지났을 때 언덕 위에 위사장 노르카이와 위사 다섯 명이 나타났다.

쿠슬란의 사냥감을 찾으려고 온 것이다.

사냥할 때는 멀찍이 떨어져 있어야 한다.

그래야 방해가 되지 않는 것이다.

"저쪽으로 가셨군."

이미 지금쯤 사냥이 끝났을 터라 노르카이가 말 발자국을 가리키며 말했다.

일행은 골짜기로 달려가기 시작했다.

"앗!"

앞쪽에서 외침이 울렸기 때문에 노르카이가 눈을 치켜떴다.

골짜기 안쪽의 꺾어진 모퉁이다.

앞장서서 모퉁이로 꺾어 들어간 위사의 외침이다.

달려간 노르카이는 먼저 서성대는 쿠슬란의 말부터 보았다.

그리고 그 앞쪽에 쿠슬란이 앉아있다.

바위에 등을 붙이고 두 다리를 길게 뻗고 앉았다.

그리고 가슴과 목에 깊게 화살이 박혀 있다.

말에서 뛰어내린 노르카이는 쿠슬란의 눈을 보았다.

생기가 사라진 눈이다.

입도 반쯤 벌어진 것이 놀란 표정을 짓고 숨이 끊어졌다.

다가선 노르카이가 손으로 코를 쥐었다.

살았으면 입이 더 벌어져야 한다.

그러나 입은 그대로다.

미시(오후 2시) 무렵이 되었을 때 누르하치가 보고를 받았다.

중대한 일이어서 위사대장 하시바크가 노르카이를 데려와 직접 보고하게 했다.

청 안.

놀란 대신들이 다 모였지만 모두 입을 다물고 있어서 무거운 분위기다.

"매복하고 있었던 것 같습니다. 그쪽이 짐승들의 길목이었습니다."

노르카이가 고개를 떨군 채 말을 이었다.

"제가 갔을 때는 이미 숨이 끊어진 후였습니다. 화살은 여진의 사냥용으로 여러 부족들이 사용하는 꿩 깃 두 개를 붙인 대나무 살입니다."

"……"

"한 발은 목을, 또 한 발은 심장을 뚫어서 둘 다 치명상이었습니다. 한 발은 확인 사살을 한 것입니다."

"……"

"발자국은 남기지 않았습니다."

그때 누르하치가 입을 열었다.

"겨울 싸움에서 첫 희생자가 나왔군."

의외로 차분한 목소리이다.

숨을 죽인 대신늘을 향해 누르하치가 쓴웃음을 지었다.

"우리도 암살대를 보내라."

"여진 화살이라고 할 수도 없지 않나?"

청에서 나온 마바스가 위사대장 하시바크에게 물었다.

"명군(明軍)도 똑같은 화살을 사용하고 있네. 그것을 노르카이는 여진용이라고 말했어."

"노르카이는 약삭빠른 놈입니다. 폐하의 마음에 딱 들어맞는 대답을 한 거요."

청 옆쪽 담장으로 다가간 하시바크가 말을 이었다.

"명군(明軍) 암살대 소행이라고 했다면 폐하의 화는 당장 경호를 게을리 한 노르카이한테 쏟아졌을 테니까요."

"이제 본격적인 암살대 전쟁이 시작되겠군."

마바스가 얼굴을 찌푸리며 웃었다.

"이산의 냉전(冷戰) 실력은 아직 보지 못했다. 어디 두고 보자."

"나리, 이귀 대감께서 보내신 분이 오셨습니다."

집사의 말에 오학성이 고개를 들었다.

신시(오후 4시) 무렵.

승지 직을 내놓고 낙향한 지 8년.

당파싸움에 휘말리지는 않았지만 세상 돌아가는 내막은 다 알고 있다.

이번에 능양군의 반정이 성공해서 서인이 득세하게 되었지만 오학성에게는 남의 일이다.

그에게는 능양군이 역적이다.

대명(大明)에 대한 사대를 저버렸다는 반정(反政) 이유가 오학성에게는 노예 근성으로밖에 보이지 않는다.

"들라고 해라."

머릿속에 오만 가지 생각이 떠올랐지만, 반정의 1등 공신으로 나는 새도 떨어뜨릴 위세를 가진 이귀다.

이귀가 보낸 자라면 만나기는 해야 한다.

방으로 들어선 사내는 생면부지다.

무반(武班) 같다.

갓을 썼고 허리에는 장검을 찼다.

반정(反政)이 일어난 지 얼마 안 되어서 칼을 찬 무반들이 횡행하고 있다는 말은 들었다.

"저는 무반(武班) 고한길이라고 합니다."

그렇게만 자신을 소개한 사내가 오학성이 권하는 방석에 앉았다.

오학성은 52세.

20세에 출사하여 문무반 중신(重臣)들은 대부분 안면이 있지만 이자는 초면이다.

30대 중반쯤이니 변방에서 근무했던 것 같다.

그때 사내가 고개를 들고 오학성을 똑바로 보았다.

"영감, 저는 사실, 후금국(後金國) 대원수 이산 각하의 수하 무장입니다. 1천인장 직이니 이곳에서는 정5품직쯤 되겠지요."

고한길이 오학성을 응시한 채 말을 이었다.

"이번에 대장군 최경훈 대감과 함께 조선에 내려왔습니다. 며칠 전에 강화도에서 주상 전하와 세자 저하까지 뵙고 도성으로 가서 훈련대장 이홍립을 능지처참했지요."

"……."

"능양군과 그 일당들은 조선의 정권을 잡았다고는 해도 주상 전하를 해코지 할 수는 없습니다. 그때는 여진군이 남진해 올 테니까요. 그것을 안 능양군은 전하와 세자를 분리하는 것으로 마무리를 했습니다."

그때 오학성이 고한길을 보았다.

"고 공(公)이라고 하셨소?"

"예, 영감."

"저한테 오신 목적은 뭡니까?"

"후금국 세자비께서 편지를 전해드리라고 했습니다."

"후금의 세자비께서 말씀이오?"

오학성의 눈썹이 모아졌다.

"무슨 말씀이신지 모르겠습니다."

"그럼 전(前) 이조참판 한석준 대감을 아시지요?"

"압니다. 내 매형이셨소. 내 누님의 지아비가 되시오."

"알고 있습니다."

어깨를 편 고한길이 오학성을 보았다.

"그럼 그 집 따님께서 어떻게 되었는지 아십니까?"

"실종되었소. 폐문된 것이지요."

오학성이 바로 대답했다.

"누님은 일찍 돌아가셨고 매형은 처형당하셨는데 그것은 공(公)이 잘 알 것이오. 그리고 남겨졌던 딸 윤이는 실종되었는데 하인들까지 흩어진 터라 찾지 못했소."

고개를 든 오학성의 눈이 번들거렸다.

"그 애도 죽은 것 같소."

"한윤 님은 지금 후금(後金)의 세자비이십니다. 세자 아바가이 님의 부인이시지요."

고한길이 말하자 오학성이 잠자코 시선만 주었다.

말을 머릿속에서 되새겨 듣는 것이다.

그러고는 숨을 들이켜면서 눈을 크게 떴다.

"정말이오?"

"제가 세자비 마마의 심부름을 온 것입니다. 그래서 편지를 가져왔습니다."

고한길이 품에서 편지를 꺼내 내밀었다.

잠시 후 편지를 읽고 난 오학성이 고개를 들고 고한길을 보았다.

손에 쥔 편지가 가볍게 떨렸고 얼굴은 상기되었다.

그러더니 번들거리는 눈으로 고한길을 보았다.

"고 공(公), 며칠만 기다려주실 수 있겠소?"

"저는 이곳에 머물고 있습니다, 영감."

고한길이 말을 이었다.

"기다리지요. 그런데."

고개를 든 고한길이 물었다.

"무슨 일로 그러십니까?"

"고 공(公)은 이 편지 내용을 모르시오?"

"제가 어찌 세자비 마마의 편지를 먼저 읽겠습니까? 저는 전해드리기만 했을 뿐입니다."

"윤이가 아니, 세자비께서 이야기해주시지 않던가요?"

"편지만 드리라고 분부하셨습니다."

"그렇다면."

숨을 고른 오학성이 고한길을 보았다.

"내게 과년한 딸이 있소."

"……."

"세자비하고 어렸을 때 사이가 좋았소. 내 딸이 많이 따랐지요."

"……."

"지금은 장성해서 아직 혼례 전이오."

오학성의 목소리가 떨렸다.

"세자비께서 내 딸 정이가 아직 혼례 전이라면 여진으로 보내달라고 편지에 썼습니다."

"……."

"윤이가 소생이 없어서 걱정하고 있다고도 했습니다."

"……."

"아바가이 님의 내력도 써놓았군요. 나는 이제야 아바가이 님이 이산 공(公)의 친자(親子)인 것을 알았습니다."

오학성이 길게 숨을 뱉었다.

"내 딸하고도 상의해보겠소."

"그런 내용이었더냐?"

고한길한테서 보고를 들은 최경훈이 놀란 표정으로 되물었다.

그러더니 길게 숨을 뱉었다.

"그동안 세자비께서 마음고생이 심하셨구나."

"저도 깜짝 놀랐습니다. 편지에 그런 내용이 적혀 있을 줄은 몰랐습니다."

"이번에 감금까지 당하시고 나서 생각을 많이 하신 것 같다."

이곳은 강화도에서 가까운 은신처다.

골짜기에 있는 30칸 저택 안이다.

술시(오후 8시) 무렵.

고한길은 송도에서 돌아온 참이다.

최경훈이 흐려진 눈으로 고한길을 보았다.

"오 승지가 나흘 후에 오라고 했으니 그때 가서 대답을 듣고 오너라."

"예, 그 댁 아가씨를 보낸다면 어떻게 해야 합니까?"

"세자비께서 지시하신 일이라 나로서는 막을 수가 없다."

최경훈이 말을 이었다.

"이곳에서 대원수 각하나 세자 저하께 보고해서 지시를 기다릴 상황도 안 되니 내가 결단을 내릴 수밖에 없다."

고한길의 시선을 받은 최경훈이 말을 이었다.

"오 승지가 따님을 보낸다고 하면 네가 호위해서 안산성으로 돌아가도록 해라."

"제가 말씀입니까?"

"정중히 모셔야 한다. 알았느냐?"

"예, 알겠습니다."

막중한 임무였기 때문에 고한길의 표정도 굳어졌다.

"가겠느냐?"

오학성이 묻자 오정은 고개를 들었다.

오정의 검은 눈동자가 반짝이고 있다.

사촌 언니 한윤과는 친했던 터라 한윤이 살아서 후금(後金)의 세자비가 되었다는 사실에 놀랐고 또 부른다는 것에 놀랐다.

더욱이 세자 아바가이의 부인이 되라는 제의다.

언니하고 같이 아바가이를 모시게 되는 것이다.

방금 오학성은 한윤의 편지 내용을 설명까지 해주면서 말해주었다.

그때 오정이 입을 열었다.

"가겠어요."

한윤과는 다른 분위기의 미인이다.

성격도 다르다.

밝고 활기에 넘친다.

6장
암살단

누르하치는 쿠슬란의 장례식에도 참석하지 않았다.

장례식에는 8비 하르나도 불참했고 대신, 장수들도 오지 않았다.

황제가 불참한 터라 모두 눈치를 본 것이다.

누르하치는 쿠슬란의 원수를 갚겠다고 공언한 대로 암살대를 조직했다.

책임자는 마바스다.

"소수 정예로 뽑아라."

누르하치가 마바스에게 지시했다.

쿠슬란의 장례식 다음 날이다.

"그리고 조(組)가 많을수록 좋다. 상대를 정해서 보내야 한다."

누르하치는 암살 전술에 익숙한 편이다.

젊었을 때부터 명(明)을 상대로 수없이 사용해왔기 때문이다.

책임을 맡은 마바스가 고개를 들고 누르하치에게 물었다.

"폐하, 닥치는 대로 다 죽입니까?"

"그렇다."

누르하치가 흐려진 눈으로 마바스를 보았다.

"이산 일족은 다 죽여라. 차드나도 그 딸도, 이산은 말할 것도 없다."

마바스가 숨을 들이켰다.

아바가이는 1순위이다.

세자 쿠슬란이 죽었으니 아바가이는 당연히 목숨을 거두어야 할 것이다.

"네가 누구냐?"
황제가 물었다.
옥으로 만든 발 안쪽에 앉아있는 데다 멀다.
그러나 목소리는 울렸다.
그때 발 옆에 서 있던 환관이 소리쳐 되물었다.
"네가 누구냐?"
목소리가 청 안을 울렸다.
한 아름도 넘는 붉은 색 기둥이 양쪽에 네 개씩, 기둥 간의 간격이 50보쯤 되었으니 청의 넓이가 250보가 넘는다.
이곳은 자금성의 청 안.
능양군이 사신으로 보낸 이조참판 이유훈이 명 황제인 태창제 주유교를 만나고 있다.
고개를 든 이유훈이 50보쯤 앞쪽의 발을 올려다보았다.
옥을 꿰어서 내려진 발은 붉은색 계단 8개 위에 드리워져 있다.
그 안에 황제가 앉아있는 것이다.
계단 아래쪽에 서 있는 환관이 황제의 말을 듣고 다시 소리쳤다.
"대답해라!"
"조선국 이조참판 이유훈입니다, 폐하."
"무슨 일로 왔느냐?"
이제는 환관이 바로 묻는다.
황제 목소리는 들리지 않는다.
"조선에서 누르하치에게 추종하는 왕 광해를 끌어내고 새 왕이 즉위했습니다. 새 왕 능양군은 대명(大明) 황제의 신하로서 황제께 충성을 바칠 것을 맹세한다는 말씀을 드리려고 온 것입니다."

이유훈이 두 손으로 붉은색 비단에 싸인 서신을 내밀었다.

"충성서약서입니다."

"왕이 바뀌었다는 말은 들었다."

환관이 짧게 대답했다.

"왕이 될 자질이 있는지는 조사해보겠다."

"성은이 망극하옵니다."

"아직 결정된 것이 아니니까 감사할 것 없다."

"전왕(前王) 광해는 조선군을 명(明)에 보냈지만 조선군 도원수 강홍립을 시켜 이산에게 투항하도록 했습니다. 이것은 대명(大明)에 대한 반역으로 신왕(新王) 능양군이 이에 분개하여 광해를 몰아낸 것입니다."

"그게 정말이냐?"

"조선인들은 다 아는 사실입니다."

그때 청 안 대신들이 술렁거렸고 환관이 소리쳐 말을 맺었다.

"사신은 객사에서 기다려라."

영빈관도 아니고 객사다.

조선 사신은 서역 상인들이 묵는 객사에서 머물고 있다.

자금성에 도착한 지 열흘 만에 황제를 만나게 된 것이다.

객사에서 열흘 동안이나 환관 쪽에 줄을 대고 연락을 기다렸다가 오늘 황제 앞에 나간 것이다.

발 안에서 황제의 첫 목소리만 들었을 뿐이지만 만나서 서약서를 전달하기는 했다.

객사로 돌아온 이유훈이 부사 양대식에게 말했다.

"이제 환관과 소통을 했으니 오늘 저녁에는 연락이 되겠지?"

"오겠지요."

양대식이 말을 이었다.

"적다고 할지 모르겠지만 받기는 받겠지요."

"더 내라고 해도 낼 수가 없어."

"폐왕은 환관한테 못 주겠다고 고집을 피우는 바람에 대북파 놈들이 폐왕 모르게 금화 5천 냥을 가져갔다고 합니다."

"그것에 비교하면 우리가 두 배를 가져온 것 아닌가?"

그때 문밖에서 인기척이 나더니 목소리가 울렸다.

"대감, 자금성에서 오셨습니다."

환관 기천은 황궁의 최고 실력자인 태사 위충현의 심복이다.

흰 얼굴에 화장까지 해서 기괴한 분위기였는데 목소리도 섬뜩했다.

날카로운 여자 목소리다.

기천을 통해 오늘 황제를 뵈었기 때문에 이유훈이 정중하게 맞아들였다.

"대감 덕분에 오늘 서약서를 바칠 수 있었습니다."

인사를 마친 이유훈이 상석에 모신 기천에게 말했다.

"조선의 성의를 받아주시지요."

그때 방으로 사내들이 상자 2개를 가져와 앞에 놓았다.

무겁게 보이는 나무상자다.

"금화 1만 냥이 들었습니다."

"알겠소."

고개를 끄덕인 기천이 째지는 목소리로 말을 이었다.

"며칠 안에 조선왕 책봉서가 전해질 것이오."

"모두 대감 덕분입니다."

반색한 이유훈이 두 손을 모으고 절을 했다.

"황제 폐하께 충성을 다할 것입니다."

여진군으로 뒤덮인 요동을 지나오느라고 갖은 고생을 한 보람이 있는 것이다.

고한길과 마주 앉았을 때 오학성이 말했다.

"여식이 가겠다고 하는군요."

"아, 그렇습니까?"

고한길이 얼굴을 펴고 웃었다.

"제가 모시고 가겠습니다."

"윤에게, 아니 세자비께 데려가는 것이겠지요?"

"그렇습니다."

"그런데 아바가이 세자 저하하고는 이야기가 되었습니까?"

"그건 잘 모르겠습니다만."

어깨를 편 고한길이 오학성을 보았다.

"세자비께서 준비를 하셨을 것입니다."

"세자비를 믿고 내 딸을 보내겠소."

고개를 끄덕인 오학성이 말을 이었다.

"닷새만 기다려주시오. 준비하려면 시간이 걸립니다."

"알겠습니다. 그럼 닷새 후에 다시 오겠습니다."

고개를 숙여 절을 한 고한길이 말을 이었다.

"그때 최 순찰사께서도 영감을 뵈러 오실 것입니다."

쿠슬란이 피살되고 나서 8비 하르나는 절망했다.

그래서 장례식장에도 나오지 않았고 누르하치가 불러도 가지 않았다.

그렇다고 누르하치가 하르나를 찾는 것도 아니어서 둘 사이는 갑자기 소원해졌다.

하르나는 방 안에 처박혀 있는 며칠 동안 자신의 위치를 깨달았다. 쿠슬란을 내세워 누르하치 제국의 이인자가 되려고 했던 꿈이 이제 완전히 무너져버린 것이다.

우선 기반이 되었던 바미드족이 아버지 위라산과 함께 궤멸되었다. 그리고 나서 세자가 된 아들 쿠슬란까지 살해된 것이다.

이제 주변에 아무것도 남지 않았다.

누르하치의 총애는 한시적이다.

하르나는 쿠슬란이 죽고 나서 10일 동안 두문불출했다.

그동안 누르하치를 만나지도 않았다.

해시(오후 10시) 무렵.

15번째 부인 카샤를 불러 술을 마시고 있던 누르하치가 위사장 하시바크의 보고를 받는다.

내궁의 침전 안.

이곳까지 들어와 보고를 하는 측근은 하시바크뿐이다.

"폐하, 황비께서 자결하셨습니다."

문밖에서 하시바크가 소리쳤을 때 술잔을 든 누르하치가 고개를 들었다.

옆에 앉은 카샤가 놀라 몸을 굳히고 있을 뿐이다.

그때 하시바크가 말을 이었다.

"방 안에서 목을 매고 돌아가셨습니다."

"……."

"시신은 내려놓고 궁녀들의 입을 막기는 했습니다만 소문이 번질 것입니다."

"……."

"폐하, 어떻게 처리할까요?"

"오늘 밤에 쿠슬란 옆에다 묻어주어라."

"예, 폐하."

"묘는 따로 쓰지 말고 함께 묻어라. 둘이 같이 눕도록."

"예, 폐하."

"8비는 고향으로 갔다는 소문을 내고 8비 시신을 목격한 궁인은 다 죽여라."

"예, 폐하."

"가라."

문밖의 기척이 사라지자 누르하치가 다시 술잔을 들었다.

이로써 8비 하르나의 파란만장한 인생도 끝이 났다.

세자가 되었던 아들 쿠슬란과 함께 사라진 꼴이다.

그러나 잠시였기는 해도 후금(後金) 제국에 굉장한 충격과 영향력을 행사했던 여걸인 셈이다, 그 8비가 부채질한 누르하치·이산전(戰)은 지금도 계속되는 중이니까.

이산이 들어서자 아바가이는 자리에서 일어섰다.

미시(오후 2시) 무렵.

안산성 서북쪽에 있는 아바가이의 본진으로 이산이 찾아온 것이다.

아바가이가 자리를 권하면서 물었다.

"아버님, 조선 상황은 어떻습니까?"

"그렇지 않아도 그 이야기를 하려고 왔다."

진막 안쪽에 구덩이를 파고 장작불을 피워놓아서 따뜻하다.

나무 걸상에 앉은 이산이 말을 이었다.

"최 대장군이 나에게 급하게 전령을 보내왔다."

"무슨 일이 있습니까?"

진막 안에는 둘뿐이었지만 아바가이가 목소리를 낮췄다.

그때 이산이 웃음 띤 얼굴로 고개를 끄덕였다.

"그렇다, 아바가이."

긴장한 아바가이에게 이산이 말을 이었다.

"내가 조선으로 대장군 황석기가 지휘하는 기마군 1천 기를 보냈다. 황석기는 호송대장 역할이다."

"호송대장이라면……."

"송도에서 호송해올 사람이 있다."

"누굽니까?"

"중요한 사람이야."

"그렇습니까?"

"네가 누르하치 님에 이어서 황제가 되면 국호를 바꿔야 한다."

"예, 아버님."

이산과 합의가 있었기 때문에 아바가이가 고개를 끄덕였다.

그러나 아직 국호는 정해지지 않았다.

그때 이산이 말을 이었다.

"네 처가 최 대장군 수하의 1천인장 고한길에게 편지를 써서 보냈다."

아바가이의 시선을 받은 이산의 얼굴에 서글픈 웃음이 떠올랐다.

"한윤은 황후 자격이 충분하다. 마치 돌아가신 차연 황후님을 연상시키는구나."

"아버님, 한윤이 고한길에게 무슨 편지를 써 보냈습니까?"

"내가 그 이야기를 하려고 온 거다."

이산이 정색하고 아바가이를 보았다.

"한윤이 제 외숙이 되는 전(前) 승지 오학성에게 편지를 보낸 거다."

"……."

"오학성에게는 딸이 있어. 한윤과 어렸을 때 친하게 지낸 사촌 동생이다."

"……."

"한윤이 제 소생이 없으니 외사촌 동생을 불러 네 후비로 맞아들이려고 한 것이야."

"아버님, 그것은……."

아바가이가 고개를 들고 말을 이으려고 했는데 이산이 손을 들어 막았다.

"오 승지와 딸 오정은 승낙했고 지금 이곳에 오려고 준비 중이다. 그래서 내가 황 대장군을 내려보낸 것이니까 그리 알아라."

"아버님, 저는 한윤을……."

"한윤이 네 돌아가신 어머니 차연 황후를 닮았다. 황후의 그릇이다."

"……."

"너는 오정을 제2비로 맞아 대를 이어야 한다. 조선인의 제국을 세워야 한단 말이다."

이산의 눈이 번들거렸고, 아바가이가 홀린 듯이 시선을 주었다가 내렸다.

"별장이 내일 강화부에 간다니 내일 밤에 떠나기로 하겠소."

폐세사 실이 발하사 박 씨가 고개를 들었다.

"저하, 전하께 사람을 먼저 보내는 것이 낫지 않겠습니까?"

"안 되오."

질이 고개를 저었다.

"아버님은 반대하실 것이오. 또 기다리라고 하시겠지. 하지만 시간이 지날수록 능양의 기반이 굳어지고 있소."

"최 장군이 와 계시지 않습니까?"

"최 장군은 우리 호위역이지 능양을 몰아내는 데에는 소극적이오."

해시(오후 10시)가 넘어서 주위는 조용하다.

방의 불은 꺼놓았고 둘은 요 위에 앉아 이야기 중이다.

질은 마침내 내일 밤 서문 근처의 위리안치 처소에서 탈출하기로 결심한 것이다.

목표는 평안감사 강익수에게 가는 것이다.

강익수는 남인이나 광해와 세자에게 충성하는 신하다.

지금도 몰래 하인을 시켜 음식을 전해오고 바깥 사정을 전달해주고 있다.

질은 일단 강익수에게 몸을 의탁한 후에 세력을 모아 능양군을 공격, 다시 정권을 되찾을 작정인 것이다.

질이 말을 이었다.

"내가 닷 냥짜리 은덩이 7개를 갖고 있으니 그것으로 평양까지 가는 노자로 쓰겠소. 부인은 가다가 먹을 양식으로 주먹밥 대여섯 덩이만 만들어 주시오."

"저하, 최 장군에게 부탁해서 수하 경호원을 데리고 가시지요."

"최 장군도 내가 탈출하는 것을 반대할 것이 틀림없으니 안 되오."

질이 단호하게 고개를 저었다.

"내가 먼저 선수를 치면 나중에는 도와주겠지."

"조선 사신을 잡았습니다."

위사장 시로이가 보고를 했다.

"이조참판 이유훈이란 자인데 수행원들과 함께 잡혀서 오는 중입니다."

신시(오후 4시) 무렵.

안산성의 청 안.

이산이 눈썹을 모았다.

"어디 가는 길이라더냐?"

"명(明)의 자금성에서 황제를 만나고 오는 중이라고 했습니다."

"옳지. 조선 왕 책봉을 청하고 오는 길이로구나."

이산이 얼굴을 일그러뜨리며 웃었다.

"곧 우리한테도 책봉을 받아야 할 것이다."

잠시 후에 정사(正使) 이유훈과 부사(副使) 양대식이 이산 앞쪽의 청에 꿇어앉았다.

둘은 사색(死色)이 되었는데, 이산을 보자 두 손을 청 바닥에 붙이고 절을 했다.

이산과 아바가이가 나란히 앉아 둘을 바라보았다.

청 안이 순식간에 조용해졌다.

살벌한 분위기다.

그때 이산이 조선어로 물었다.

"명 황제를 만나 능양이 왕이 되는 것을 인정받았느냐?"

"예? 예, 그것이……."

이유훈이 더듬대자 이산이 입술 끝만 비틀고 웃었다.

"책봉서가 있겠구나. 그럼 넌 소선으로 못 산다. 능양은 왕이 될 수가 없는 놈이야."

"살려주십시오."

조선말이어서 그런지 이유훈이 바로 빌었다.

얼굴이 벌써 땀으로 번들거렸고 이유훈이 말을 이었다.

"저희는 임금이 시켜서 다녀왔을 뿐입니다. 부디 목숨만은 붙여주십시오."

"여기서 죽을 때까지 살 거라."

이산이 고개를 끄덕이며 말했다.

"널 보내줄 이유도 없고 능양이 네가 가져온 명 황제 놈의 책봉서를 받고 희희낙락하는 꼴을 보기도 싫다."

고개를 든 이산이 시로이에게 말했다.

"이놈들을 죽을 때까지 가둬라."

그래서 능양은 명(明)으로부터 왕의 책봉서를 받지 못하게 되었다.

그렇게 시간이 흐르다가 명(明)이 멸망했기 때문이다.

"저곳이군."

마바스의 부하 쿠르드가 눈으로 앞쪽 저택을 가리키며 말했다.

"오늘 밤에 끝장을 낸다."

신시(오후 4시) 무렵인데도 눈발이 흩날리는 성안은 어둑했다.

추위에 몸을 움츠린 주민들이 서둘러 오가고 있다.

담장에 붙어 선 쿠르드는 토끼털 겉옷을 걸친 주민 차림이다.

옆에 선 부장(副將) 효들이 물었다.

"대장, 동문으로 빠져나가려면 여기서 멉니다. 남문이 낫소."

"남문 옆에 수비대 본부가 있어서 위험해. 어쨌든 투카진이 살펴보고 올 거다."

쿠르드가 고개를 저었다.

"만일의 경우, 문을 가로막으면 우리는 우리에 갇힌 짐승 꼴이 되는 거야, 명

청아."

쿠르드가 이끈 암살대는 20명이다.

마바스가 지휘하는 암살대는 모두 25개 대(隊)로 편성되었는데, 각 대(隊)는 20명 단위다.

모두 정예군으로 대장(隊長)은 대부분 1백인장급이다.

쿠르드가 다시 앞쪽 저택에 시선을 주었다.

이곳은 명(明)의 동남방 요지의 한 곳인 화진성으로 지금은 대원수 이산의 영역이 되었다.

앞쪽 저택은 화진성의 성주로 나와 있는 차무사키의 부장(副將) 가리탄의 숙소다.

쿠르드가 성에 잠입한 것은 나흘 전이다.

대성(大城)이라 지리를 익히면서 표적을 찾았는데, 마침내 어젯밤 결정했다.

부장(副將) 가리탄을 기습하기로 정한 것이다.

성주인 1만인장 차무사키는 내성 깊숙이 자리 잡고 있어서 암살대 서너 개로는 엄두가 나지 않았기 때문이다.

눈발이 굵어지면서 주위가 어두워졌다.

담장에서 등을 뗀 쿠르드가 말했다.

"한 바퀴 둘러보고 어두워지면 기습이다."

10인장 규바는 성안 시장 거리에서 노루고기를 가져오는 중이었다. 가리탄의 경호대 10인장인 규바는 오늘 비번이었기 때문에 술까지 한잔했다.

규바가 저택이 보이는 거리 끝으로 다가갔을 때다.

눈보라 속으로 사내 하나가 스치고 지났는데 옆얼굴이 낯익었다.

저녁 무렵인 데다 눈보라가 심해지고 있어서 오가는 주민들은 서둘렀다.

사내는 털모자를 썼지만 옆얼굴은 드러났다.

외사촌 투카진이다.

누르하치 황제의 위사대 소속이 되었다고 뻐기던 투카진이 옆을 스치고 지나갔다.

볼에 난 칼자국을 수염으로 가렸고 어깨를 흔들고 걷는 걸음도 똑같다.

그 순간 규바는 걸음을 늦추면서 벌렸던 입을 닫았다.

투카진은 이미 대여섯 걸음 앞쪽으로 멀어졌고 둘 사이에 눈보라가 가로막았다.

투카진이 이곳에 왜?

"투카진, 자네가 좌측을 맡아라."

쿠르드가 말했다.

"우리 대(隊)는 우측을 맡을 테니까."

"가만. 조금 더 기다리기로 하지."

투카진이 어둠이 덮이기 시작한 주위를 둘러보며 말을 이었다.

"여기서 동문까지 2리(1킬로)나 돼."

방금 투카진이 동문까지의 도피로를 살피고 온 것이다.

투카진도 대장(隊長)이다.

"직선거리로 가지 말고 오른쪽 길로 꺾어졌다가 시장 입구에서 동문으로 가는 것이 나아."

"그렇게 하지."

쿠르드가 고개를 끄덕였다.

쿠르드와 투카진의 2개 대(隊)가 저택을 좌우에서 공격할 것이다.

"좋아. 그럼 한 식경쯤만 기다렸다가 내가 먼저 담장을 넘어가기로 하지."

발을 떼면서 쿠르드가 말했다.

우측 담장으로 가려는 것이다.

이제 2개 대(隊) 40명이 저택을 기습하게 된다.

"와앗!"

함성이 울렸기 때문에 기다리고 있던 투카진이 담장에서 몸을 떼었다.

쿠르드대(隊)가 담장을 넘은 것이다.

"넘어라!"

투카진이 소리치자 기다리고 있던 대원들이 일제히 담장을 넘었다.

저택 담장은 6자(180센티) 정도다.

담장 위에 손을 짚고 몸을 솟구치면 된다.

"기다려."

함성과 함께 담장 위로 솟구쳐 오른 사내들의 모습이 보였다.

그러나 규바는 낮게 소리쳤다.

마당에 화톳불을 밝혀 놓았기 때문에 눈보라 속이었지만 습격자의 모습이 선명하게 드러났다.

"와앗!"

담장을 넘은 사내들이 일제히 저택을 향해 달려왔다.

모두 손에 장검을 치켜들고 있다.

그때다.

"악!"

첫 비명이 터졌다.

저택 구석구석에 숨어 있는 궁사들이 활을 쏜 것이다.

이미 대비하고 있었던 데다 거리는 30보도 안 된다.

단숨에 10여 명이 살에 맞고 마당에서 뒹굴었다.

"와앗!"

그때 저택에서 함성이 울리면서 군사들이 뛰쳐나갔다.

기습자들이 함정에 빠진 것이다.

전세(戰勢)는 사소한 우연으로 결정되는 경우가 의외로 많다.

이번 경우도 그렇다.

눈발 속에서 규바가 외사촌 투카진을 발견하지 못했다면 화진성의 부장(副將) 가리탄은 수하들과 함께 저택에서 몰살당했을 것이다.

그러나 그 우연 때문에 누르하치의 암살대 2개 대(隊)가 전멸하고 포로로 잡혔다.

그러고는 암살대의 전모가 밝혀지게 된 것이다.

"우리도 대응해야 되지 않겠습니까?"

아바가이가 묻자 이산이 고개를 저었다.

"이미 암살대의 전모는 밝혀졌다. 마바스가 지금 어디에 있는지도 아는 상황이니 놔둬라."

이산이 말을 이었다.

"그보다 부족들을 포섭하는 것이 중요하다. 겨울에 최대한 끌어들이도록 하자."

그때 군사(軍師) 요중이 말했다.

"또한, 요동의 한인들의 마음을 얻어야 합니다. 그들은 숫자로 보면 우리 여진 부족의 10배가 넘습니다. 그들의 민심을 얻는 것이 대업(大業)의 지름길입니다."

"옳다."

이산이 고개를 끄덕였다.

"네 측근에 명(明)의 관리, 학자를 되도록 많이 끌어모으도록 해라. 그들로부터 관리를 배우고 동시에 한인들의 민심을 얻게 될 것이다."

"예, 아버님."

이제는 아바가이가 거침없이 아버지라고 부른다.

오정 일행이 도착했을 때는 눈보라가 쏟아지는 미시(오후 2시) 무렵이다.

성 밖까지 마중을 나간 한윤이 오정을 부둥켜안고 울어 눈물바다가 되었다. 제각기 감정이 북받쳐 올랐기 때문이다.

"잘 왔어."

오정의 눈물을 소매 끝으로 닦아준 한윤이 흐려진 눈으로 말을 이었다.

"아바가이 님은 조선 사람이야. 조선말을 우리보다 잘해. 하지만 다른 사람들 앞에서는 조선말을 쓰지 마."

이것부터 알려주려고 했던 것 같다.

다음 날 아침.

내궁의 청에서 이산이 먼저 오정을 만났다.

오정은 이제 몸에 딱 맞는 여진족 예복 차림으로 한윤과 함께 나타났다.

"오!"

오정의 절을 받은 이산이 웃었다.

"여진 복장을 하고 조선식 절을 하는 것이 불편하겠구나."

조선말이다.

청에는 시녀 서너 명뿐이다.

오정이 고개를 숙이고 말했다.

"많이 부족하오니 가르쳐 주십시오."

"세자비가 도와줄 테니 마음 놓거라."

이산이 부드러운 시선으로 오정을 보았다.

오정은 한윤과는 다른 유형의 미인이다.

키도 더 컸고 얼굴 윤곽도 더 섬세했다.

한윤이 후덕하고 얌전한 형이라면 오정은 밝고 영리한 분위기다.

그때 이산이 자리에서 일어섰다.

"이제는 아바가이 님을 만나거라. 나는 자리를 피해 주는 것이 낫겠다."

아바가이가 방으로 들어섰을 때 오정은 막 일어서는 참이었다.

시선이 마주친 순간 아바가이는 숨을 들이켰다.

오정의 반짝이는 눈이 잠깐 빨려 들어오는 느낌을 받았기 때문이다.

그때 한윤의 목소리에 정신이 났다.

조선말이다.

"저하, 조선에서 온 오정입니다."

고개만 끄덕인 아바가이가 자리에 앉았고 오정이 절을 했다.

아바가이는 후금(後金)의 세자다.

누르하치가 폐세자를 했지만 이곳에서는 엄연한 세자다.

절을 마친 오정이 한윤과 함께 나란히 앉았을 때 아바가이가 말했다.

"낭자, 나는 조선인으로 여진의 세자가 되었소. 우연히 그렇게 되었지만 지금은 내가 지켜야 할 의무처럼 느껴지고 있소."

오정과 한윤까지 긴장했고 아바가이의 말이 이어졌다.

"때로는 나에게 맡겨진 기대를 잊을 때가 있었는데 아버님과 옆에 앉은 그대 언니까지 날 깨우쳐 주는구려."

아바가이가 정색하고 오정을 보았다.

"와주셔서 고맙소."

"어떠냐?"

내실로 돌아왔을 때 한윤이 웃음 띤 얼굴로 오정에게 물었다.

아바가이에 대해서 묻는 것이다.

한윤의 시선을 받은 오정이 따라 웃었다.

"기뻐요."

그때 한윤이 오정의 어깨를 팔로 감싸 안았다.

한윤 같았으면 그냥 웃기만 했을 것이다.

"장군, 사고가 일어났습니다."

앞에 엎드린 황해병사 박종기가 가쁜 숨을 몰아쉬었다.

달려온 것이다.

자시(밤 12시) 무렵.

밤이 깊었다.

박종기는 광해와 폐세자 질의 감시 책임자다.

최경훈이 박종기를 보았다.

"무슨 일인가?"

최경훈의 안가(安家)는 광해의 유배 처소에서 6리(3킬로) 거리다.

폐세자 거저와는 8리(4킬로)쯤 떨어져 있다.

그때 박종기가 번들거리는 눈으로 최경훈을 보았다.

"장군, 폐세자, 아니 세자께서 처소를 탈출하시다가 금부 나졸들에게 붙잡

했습니다."

최경훈이 시선만 주었고 박종기의 말이 이어졌다.

"담장 수숫대를 뜯어내고 나루터로 가셨는데 마침 금부에서 도사와 나졸들이 사공 집에 머물다가 세자를 본 것입니다."

"……"

"제 수하 별장, 군사라면 덮고 못 본 척이라도 했겠지만, 그놈들은 수상한 자라고 포박하고 몸 뒤짐을 해서 은괴하고 주먹밥을 찾아내었습니다."

"……"

"그래서 세자인 줄 알고 다시 처소로 끌고 왔는데……."

"어떻게 되었는가?"

"세자빈께서 나무에 올라가 망을 보시다가 떨어지신 것 같습니다. 마당에 떨어져 숨을 거둔 채 누워계셨다고 합니다."

"……"

"그것을 보신 세자께서 군사들을 시켜 시신을 방으로 모시고 나서 모두 밖으로 내쫓았다고 합니다."

"……"

"처소까지 따라간 금부도사가 궁금해서 방 안의 세자 저하를 몇 번 불렀으나 대답이 없었기 때문에……."

"그래서?"

최경훈이 눈을 치켜떴다.

"어떻게 되었는가?"

"단검으로 가슴을 찔러 자결하셨습니다."

그때 최경훈이 자리에서 일어섰다.

"내가 시신을 모시겠네."

"예, 제가 도와드리지요."

따라 일어선 박종기가 최경훈을 보았다.

"전하께는 어떻게 말씀드릴까요?"

"아직 말씀드리지 말게."

방을 나오면서 최경훈이 어깨를 부풀렸다가 내렸다.

"내가 말씀드릴 테니까."

"예, 장군."

"아아, 전하께서는 왜 이렇게 기구한 생애를 겪으시는가?"

마루에 선 최경훈이 검은 하늘에 대고 울부짖듯 소리쳤다.

"이놈의 왕조(王祖)는 언제까지 이어지는가?"

마당에 선 군사들도 숨을 죽이고 있다.

최경훈이 두 시신을 수습했을 때는 묘시(오전 6시)가 되어갈 무렵이다.

새 옷으로 갈아입히고 관에 넣을 준비까지 마쳤을 때 밖이 소란하더니 황해감사 이장균의 행차가 들어섰다.

최경훈이 방에서 나오자 이장균이 이맛살부터 찌푸렸다.

외인(外人)이 출입한 것으로 안 것이다.

그것도 그럴 것이 최경훈은 토끼털 덧옷에 맨상투인 데다 이장균과는 초면이다.

"너는 누구냐?"

이장균이 버럭 소리쳐 물었다.

최경훈이 백발의 노인이었지만 상인 행색이나.

더구나 이장균은 45세.

지금은 서슬이 퍼런 서인이며 이귀의 일당이다.

그때 시선을 준 최경훈이 마루에 서서 이장균을 내려다보았다.

"나는 전(前) 순찰사이며 지금은 여진 후금(後金)의 대장군인 최경훈이다. 너는 누구냐?"

그 순간 이장균의 몸이 나무토막처럼 굳어졌다.

입은 반쯤 벌어진 채 머물렀고 눈이 흐려졌다.

그때 최경훈이 허리에 찬 장검을 쓱 빼들었다.

"네 이놈, 네가 누구냐고 묻지 않느냐?"

최경훈의 목소리가 폐세자 처소를 울렸다.

마당에 선 수십 명의 관원, 경비 병들은 숨을 죽이고 있다.

"나는 황해감사 이장균이오."

이장균의 목소리가 떨렸다.

초면이긴 하나 전(前) 순찰사 최경훈을 모를 리가 없다.

최경훈이 광해를 보호하려고 조선에 와 있다는 것도 안다.

그리고 감히 건드릴 수도 없는 존재다.

그때 최경훈이 다시 소리쳤다.

"이놈, 너희들이 세자와 세자빈을 죽였다. 이제 너희들이 온전할 것 같으냐!"

최경훈의 목소리가 담장 밖으로까지 울렸다.

"너희들의 왕 노릇을 하는 능양군이 시켰지 않으냐?"

"당치 않소!"

이제는 이장균이 소리쳐 반박했다.

"왕 전하는 모르시는 일이오!"

"능양이 왕이냐?"

최경훈이 소리쳐 묻고는 껄껄 웃었다.

"저런 놈을 왕으로 받드는 것이 부끄럽지도 않으냐? 그놈은 양물도 없는 계집애다. 백성들의 수치다."

"이, 이것 보시오!"

그때 최경훈이 버럭 소리쳤다.

"쳐라!"

그 순간 어둠 속에서 소리 없이 사내들이 나타났다.

최경훈의 무사(武士)들이다.

이번에 증파된 여진의 정예군이다.

"으아악!"

마당에서 비명이 울렸다.

황해감사 이장균의 수하들을 도륙하는 것이다.

놀란 이장균이 뒤로 물러섰다가 발을 헛디뎌 마당에 주저앉았다.

"황해감사, 네가 세자의 피 빚을 갚아라!"

최경훈이 소리친 순간 이장균 앞으로 다가간 무사 하나가 칼을 후려쳤다.

어둠 속에서 칼 빛이 번쩍였고 이장균이 허공을 움켜쥐면서 쓰러졌다.

바로 지척이니 숨길 수도 없고 이유도 없다.

그래서 광해에게 보고는 최경훈이 맡았다.

응당 경비책임자인 황해병사 박종기가 맡아야 했으나 최경훈이 나선 것이다.

다음 날 오전 사시(오전 10시) 무렵.

처소로 들어선 최경훈을 광해가 맞는다.

광해는 농군처럼 바지에 저고리 차림이었고 상투만 튼 맨머리다.

이때 광해는 49세.

15년 1개월을 왕으로 통치했고 폐왕이 된 지 석 달째.

방에서 마주 앉았을 때 광해가 눈을 가늘게 뜨고 최경훈을 보았다.

최경훈이 눈만 끔벅거리고 있었기 때문이다.

"무슨 일이 있소?"

"예, 전하."

고개를 든 최경훈이 흐려진 눈으로 광해를 보았다.

"전하, 제가 어젯밤 황해감사 이장균과 판관, 도사, 그리고 비장 둘을 베어 죽였습니다. 지금쯤 파발이 달려가 능양군과 서인 일당 놈들에게 보고했을 것입니다."

순간 광해도 초점이 사라진 눈으로 최경훈을 보았다.

얼굴도 굳어 있다.

그때 최경훈이 말을 이었다.

"능양 일당은 제가 이곳에 와 있는 것을 알지만 토벌하지 못합니다. 알고도 모른 척하는 것이 상책이라고 생각하고 있습니다."

"……"

"만일 우리를 토벌한다면 대원수가 바로 대군을 이끌고 남하하여 아예 조선이란 왕국을 없애고 새 왕조를 세울 수도 있기 때문이지요."

"……"

"그렇게 되면 이산 공(公)과 아바가이 님이 명을 멸망시키고 대륙을 석권할 기회가 적어지기는 하나 이곳 조선 땅은 확실하게 장악할 테니까요."

그때 광해가 다시 물었다.

"무슨 일이 있소?"

"어젯밤 세자와 세자빈께서 각각 목숨을 잃으셨습니다."

광해는 시선만 주었고 최경훈이 말을 잇는다.

"세자께서 은덩이를 갖고 섬을 탈출해서 평안감사한테 갈 작정이었던 것 같습니다. 품 안에 평안감사에게 전할 편지도 들어 있었습니다."

"……."

"세자께서 나루터에서 붙잡혀 처소로 다시 끌려왔는데 그때 뒷마당에 세자빈의 시신이 쓰러져 있었습니다. 세자가 탈출할 때 나무 위에서 망을 보다가 떨어지신 것 같습니다."

"……."

"그래서 세자가 세자빈의 시신을 방으로 모시라고 했습니다. 한참 동안 기척이 나지 않아서 방문을 열었더니 칼로 가슴을 찔러 자결하신 후였습니다."

그때 광해가 고개를 들었다.

어느새 눈에 초점이 잡혀 있다.

"질이 효자요."

최경훈이 숨을 들이켰을 때 광해가 말을 이었다.

"애비한테 짐이 안 되려고 먼저 갔구려."

"만일 최경훈을 잡는다면 이산이 이때다, 하고 남하해 올 것입니다."

김류가 말하자 능양이 고개를 들었다.

"그럼 최경훈 그놈을 등에 붙은 거머리처럼 매달고 살아야 한단 말인가?"

"어쩔 수 없습니다."

이번에는 김자점이 대답했다.

"어쨌든 우리도 거머리 하나는 떼어낸 셈이 되지 않습니까?"

그것은 폐세자 질 부부가 죽었다는 것을 말한다.

능양이 번들거리는 눈으로 앞에 둘러앉은 둘을 보았다.

이때 능양은 29세.

한창나이다.

그러나 지난 15년간 지옥 같은 생활을 했다.

14살 때부터다.

능양은 선조가 총애했던 인빈 김씨의 손자다.

아버지가 김 씨의 아들 정원군이다.

정원군은 능양, 능원, 능창 세 아들을 두었지만 4년 전에 죽었다.

그리고 능양의 동생 능창도 역모를 꾀하다가 사형을 당했다.

능양의 입장에서 보면 무고다.

그때 능양이 입을 열었다.

"광해를 죽여야 반정이 제대로 성공한 셈이 될 것이오."

"전하, 지당하신 말씀이나 먼저 하실 일이 있습니다."

이귀가 고개를 들고 능양을 보았다.

"북방 경계를 강화하는 것이 최우선입니다."

"그렇습니다."

김류가 바로 맞장구를 쳤다.

"위를 막아서 여진의 출입을 봉쇄해야 합니다. 지금은 그놈들이 조선을 제 집 드나들 듯이 하고 있지 않습니까?"

맞는 말이다.

최경훈의 주위에 벌써 수백 명의 여진 무사(武士)가 모여 있는데도 겁이 나서 건드리지도 못한다.

"그렇소."

능양이 고개를 끄덕였다.

"방도가 있겠소?"

"평안도에 군사를 집결시켜 방어해야 합니다. 그러면 여진이 쉽게 행동하지 못할 것입니다."

김류가 말을 이었다.

"대군(大軍)이 집결되어 있으면 지금처럼 제집처럼 오가지는 못하겠지요. 그렇게 한 다음에 차츰 성을 쌓고 통로를 막는 것입니다."

"옳지."

능양도 끌려들었다.

그러나 이귀는 잠자코 듣기만 한다.

김류에 대해서 잘 알기 때문이다.

김류는 반정 거사 당일 밤에 거사 모의가 탄로 났다는 말을 듣고 거사에 참여하지 않았다.

숨어 있었다. 그러다가 이괄이 나서서 궁 안으로 진입했을 때에야 나타났다.

거사가 성공한 것을 보고 나타난 것이다.

그러자 분개한 이괄이 김류를 받아들이지 않겠다고 날뛰었기 때문에 이귀가 진정시켰다.

다시 김류를 대장으로 삼은 것은 이귀의 공이다.

이귀가 이괄을 설득했기 때문이다.

이귀가 보기에 김류는 말만 번지르르하고 비겁하다.

그때 능양이 물었다.

"누가 평양 방어에 적임이겠소?"

"장만을 도원수로 삼아 평양에 주둔케 하는 것이 낫습니다."

이귀가 말하자 능양이 고개를 끄덕였다.

장만은 서인으로 반정 공신들과 맥을 통한다.

"그렇게 합시다."

능양이 길게 숨을 뱉었다.

그때 김류가 말했다.

"평안병사 이괄에게 부원수를 맡겨 영변에 주둔케 하시지요."

고개를 든 능양과 이귀의 시선이 마주쳤다.

이괄을 최전선으로 보내는 것이다.

능양은 반정 공신 주류와 이괄과의 알력을 잘 알고 있다.

실제 반정도 이괄의 주도하에 성공했다고 해도 과언이 아니다.

그런데 반정이 성공하자 김류, 이귀, 김자점 등은 1등 공신에 책록되었지만 이괄은 어쩐 일인지 2등에 책록되었다.

이괄에게는 기가 막힐 노릇이었지만 다시 반란을 일으킬 수도 없는 입장이다.

이것은 김류 등이 이괄을 임금 근처에서 멀리 떼어놓으려는 수작이다. 일단 무인(武人)을 이용한 반정(反政)은 성공했으니 권부 근처에서 멀리 떼어놓아야 안전한 것이다.

앞으로는 자신들이 한 행위가 반복되면 안 된다는 생각이다.

그래서 능양도 이괄을 공2등에 책록했고 도성에서 먼 평양병사로 임명해서 내보낸 것이다.

"이괄이 승낙할까요?"

능양이 묻자 김류가 쓴웃음부터 지었다.

"신하라면 왕명을 거역하면 안 되지요."

이귀도 고개를 끄덕였다.

"무장(武將)의 임무는 왕과 국토를 지키는 것입니다."

이것으로 이괄의 임무가 결정되었다.

폐세자 질과 세자빈 박 씨의 시신은 근처의 산 중턱에 매장되었다.

최경환은 황해감사 일행을 살해하고 종적을 감췄기 때문에 황해병사 박종기가 식을 주관했다.

상민의 장례보다 더 간단하게 가묘에 합장한 후에 망자(亡者)에 대한 예를 보이는 정도였다.

광해는 그날 밤 매장했다는 보고를 받았을 뿐이다.

박종기가 남의 눈을 피해 찾아와 보고했을 때 고개를 들고 물었다.

"술은 뿌려주었는가?"

"예, 전하. 석 잔을 묘 위에 뿌렸습니다."

박종기가 광해를 보았다.

"세자빈께도 한 잔을 드렸습니다."

"잘했어. 세자가 술을 좋아했지."

광해가 흐려진 눈으로 박종기를 보았다.

"명(明)이 망하고 여진 부족이 대륙을 차지할 경우를 대비해서 세자를 너무 혹독하게 단련시켰던 것 같네."

"……"

"아바가이와 질이 함께 대륙의 동쪽으로 나아간다는 꿈을 꾸었는데, 참."

광해가 얼굴을 일그러뜨리며 웃었다.

"이렇게 될 줄 알았다면 세자에게 좋아하는 술이라도 실컷 마시게 해주었을 텐데."

"……"

"사흘에 한 번, 그것도 석 잔 이상 마시지 못하게 했으니."

"……"

"후금(後金)은 잘될 것 같은가?"

"예, 곧 이산 공(公)이 평정하시고 아바가이 님이 통치하게 되실 것입니다."

"누르하치는 순순히 물러날까?"

"예, 대세는 이미 아바가이 님께 기울었습니다."

그때 광해가 눈을 감더니 입까지 다물었다.

한동안 잠자코 앉아있던 박종기가 광해에게 말했다.

"전하, 제가 영변의 부원수 이괄의 휘하로 옮겨가게 되었습니다."

광해는 감은 눈을 뜨지 않았고 박종기가 말을 이었다.

"이번에 조정에서 북방군을 신설했고 장만을 도원수로 임명하여 평양에, 이괄이 실질적인 책임자로 부원수가 되어서 주력군을 이끌고 영변에 주둔하게 되었습니다."

"……"

"제가 이괄의 휘하 부장(副將)이 되어서 영변으로 갑니다."

"……"

"아마 제가 전하께 심복하고 있다는 것을 조정에서 알기 때문이겠지요."

"……"

"이괄 또한 논공행상에 불만을 품고 반역할 위험이 있다고 의심받는 인물이니까요."

그때 광해가 눈을 떴다.

"능양은 왜란이 왜 일어났는지도 벌써 잊어버리고 있는 것 같구만."

광해의 얼굴에 쓴웃음이 번졌다.

"이제는 호란(胡亂)이 일어날 것인가?"

"영변으로 가라고?"

버럭 소리친 이괄이 곧 껄껄 웃었다.

"이놈, 김류, 이귀. 날 국경으로 내쫓고 왕 옆에서 온갖 권세를 차지하겠단 말이구나."

이곳은 평양성의 평안병사 집무소인 병수사청(兵水使廳) 안.

전령의 보고를 들은 이괄이 소리를 지르고 있다.

청 안에는 지휘관급 장수들이 둘러서 있었는데 모두 격앙된 분위기다.

전령으로 온 도사 안형수는 도원수 장만의 막하다.

안형수가 고개를 들고 말했다.

"병사께서는 북방군 부원수로 평안병사를 겸하게 되시며 함경도와 평안도에서 소집한 1만 1천 명의 병력을 지휘하게 되십니다."

"이것 봐, 도사."

이괄이 눈을 부릅떴지만 목소리를 낮췄다.

"1만 1천으로 여진군 수십만을 막으라는 말인가? 그대도 그렇게 생각하나?"

"저는 모릅니다."

"나를 창덕궁에서 먼 쪽으로 쫓아내려는 음모라고는 생각지 않나?"

"저는 도원수께서 주신 임명장만 가져왔을 뿐입니다."

"내가 창덕궁에 제일 먼저 입성했었네. 그때는 훈련대장 이홍립도 대궐 밖에서 눈치만 보았고 훈련도감 이확은 창의문에서 매복하고 있다가 도망을 쳤지. 창덕궁 금호문 수문장 박효림은 나에게 항복했고."

이괄이 소리치듯 거사 당일 밤의 상황을 말하는 동안 청 안은 숨소리도 나지 않았다.

이괄이 눈을 치켜떴다.

"그런데 도망갔다가 나중에 합류한 김류가 나를 변방으로 내쫓으려고 이렇게 만든 것 같다. 이를 어떻게 해야 한단 말인가?"

그러자 청 안은 숨소리도 나지 않았다.

무슨 대답을 하겠는가?

그때 이괄이 소리 내어 웃었다.

"그래, 가지. 도원수께 명을 받겠다고 전하게. 우리야 무장(武將)이니까 간신들하고 말싸움으로는 상대가 안 되지."

도사 안형수가 소리죽여 숨을 뱉었다.

일단 받아들였으니 다행이다.

아바가이와 오정의 결혼식은 이산의 주관하에 성대하게 거행되었다. 오정의 가족이 참석하지 않았지만 제1비 한윤이 적극적으로 나서준 데다가 이번에도 이산이 양가(兩家)의 부모 역할로 주관을 했다.

이제 오정은 세자의 제2비가 되었다.

합방(合房).

결혼식을 마치고 아바가이와 오정의 첫 합방이다.

여진에 온 지 열흘째가 되는 날.

그동안 오정은 혼자 방을 썼지만 세자비 한윤과 거의 붙어 지냈다. 혼례 준비도 한윤이 다 해주었다.

방에는 작은 술상이 차려졌고 아바가이와 오정이 마주 보고 앉아있다.

깊은 밤.

주위는 이미 조용하다.

바닥에 곰 가죽이 깔린 방 안은 넓었지만 따뜻하다.

안쪽 벽에서 장작을 때고 있기 때문이다.

아바가이가 지그시 오정을 보았다.

부드러운 시선이다.

"오정, 두려운 기색이 없구나."

아바가이가 낮게 말하자 오정이 볼우물을 만들며 웃었다.

"조금 두렵긴 해요."

"뭐가 두려운가?"

"저하만큼 훌륭한 자식을 낳아야 할 텐데요."

"……."

"그리고 잘 길러야 하고요."

"……."

"언니하고 같이 기르면 되겠지요. 언니가 많이 도와줄 테니까요."

"내가 어떻게 해주기를 바라지?"

"세자님이 말씀인가요?"

오정이 눈을 크게 떴다가 곧 고개를 저었다.

"지금까지 그런 생각은 한 적이 없습니다."

"바란 것이 없단 말인가?"

"예, 저하."

"그럼 무슨 생각을 하고 이곳에 왔나?"

"언니의 편지를 받고 저하께서 어떻게 지내셨는지를 알게 되었습니다."

오정이 또랑또랑한 목소리로 말을 잇는다.

"그래서 언니와 함께 저하를 조금이라도 편안하게 해드려야겠다고 마음을 먹게 되었습니다."

"……."

"떠나기 전에 아버님이 말씀하셨습니다."

오정이 상기된 얼굴로 아바가이를 보았다.

"너에게 조선 땅의 영기(靈氣)를 다 품어주고 싶구나. 그래서 아바가이 님이 그 영기를 받아 대업을 잇는 것이 내 마지막 여망이 되었다, 하구요."

"……."

"노력하겠습니다. 잘 부탁드려요."

오정이 고개를 숙였을 때 아바가이가 손을 내밀었다.

"이리 와, 오정."

마바스가 지휘하는 암살대는 정보원 역할도 했기 때문에 이산군(軍)의 영역에서 일어난 사건은 전보다 더 빠르게 보고되었다.

아바가이가 조선에서 데려온 신부를 2비로 맞았다는 소식도 누르하치에게 바로 전달되었다.

"후금이 두 조각으로 나뉜 것은 이산과 아바가이 때문이다."

누르하치가 청에서 족장, 지휘관들에게 선언했다.

"후금의 주적(主敵)은 이산이다. 그놈이 조선인으로 후금을 먹으려고 하는 것이다."

이산이 요동 남서쪽에 포진하며 조선국을 딱 가로막고 있는 것도 서로 밀통하고 있는 것처럼 보이는 것이다.

이산의 생각은 다르다.

누르하치와 대적 관계에 있지만 대륙으로의 통로가 막힌 것은 아니다. 이산의 휘하 병력만으로도 대륙으로 진출할 수가 있는 것이다. 산해관은 이산 쪽에서 더 가깝다.

곧장 자금성으로 진격하면 함락시킬 수도 있다.

그러나 그 후가 문제다.

그것 때문에 이산이 요동 남서쪽에서 기다리고 있는 것이다.

"반란이 더 일어날 것입니다."

항장(降將) 문성이 말했다.

"예부터 중원의 제국은 농민의 반란으로 멸망했습니다. 농민이 도적이 되고 그 도적이 군대가 되어서 부패한 제국을 무너뜨렸지요. 지금이 그 상황입니다."

청 안이다.

이산과 아바가이는 냉전(冷戰) 동안에 명(明)의 관리, 장수들을 받아들였는데 그 숫자가 지휘관급으로만 1백여 명이나 되었다.

마치 무너지는 집에서 쏟아져 나오는 것 같다.

그때 군사 요중이 말했다.

"중원에 수십 개의 반란군이 일어났는데 망하고 합치는 것을 반복하면서 세력이 커지는 중입니다. 상대적으로 명(明) 제국의 전력(戰力)은 점점 소진되는 중이지요. 조금 더 기다리는 것이 유리합니다."

이산이 고개를 끄덕였다.

지금까지의 역사를 봐도 그렇다.

명(明)을 건국한 주원장도, 당(唐)을 세운 이세연도 마찬가지다.

도적단을 제압하고 시조(始祖)가 되었다.

"아버님, 새 제국에 조선을 포함하는 것이 낫지 않겠습니까?"

내궁의 청으로 옮겨 왔을 때 아바가이가 물었다.

청 안에는 둘뿐이다.

아바가이가 말을 이었다.

"원(元)이 몽골족이 지배 계급으로 천하를 다스리도록 한 것처럼 하는 것입

니다."

이산이 시선만 주었기 때문에 아바가이의 말이 열기를 띠었다.

"그래서 조선인 무장(武將), 관리들을 많이 받아들이는 것이 나을 것 같습니다."

"가릴 필요는 없지."

고개를 끄덕인 이산이 아바가이를 보았다.

"그러나 원 제국을 세운 몽골족은 금세 한족에 동화되어 지금은 오히려 더 쇠락한 부족으로 전락했다. 조선족은 어떻게 될 것 같으냐?"

"조선족은 몽골족이나 여진족보다 우월합니다. 오히려 명의 중화(中華)가 쇠퇴하고 학문으로는 조선이 압도한다고 들었습니다."

"네가 제대로 공부했구나."

"다만 천여 년간 좁은 땅 안에서 대국의 속국처럼 지내다 보니 관리는 당파로 나뉘어서 서로 싸움질이나 하는 것으로 세월을 보냈습니다. 이 기질을 바꾸는 데 시간이 걸릴 것 같습니다."

"잘 보았다."

이산이 흐려진 눈으로 아바가이를 보았다.

"네가 왜란 때 조선인이 어떻게 싸웠는지를 보았으면 좋았을 텐데."

"어떻게 싸웠습니까?"

"조선은 이순신이라는 명장과 백성들이 조직한 의병이 구해낸 나라다. 그때의 백성들은 천년 만에 깨어난 조선인이었다."

이산의 목소리가 열기를 띠었다.

"그런데 이제 다시 왕조는 그대로 존속되고 관리들도 다시 왜란 이전으로 돌아간 것 같구나."

"……"

"광해왕이 그대로 통치했다면 달라졌을 텐데, 지금은 왕권을 박탈당해 왕의 칭호도 받지 못하고 세자 때의 대군으로 불리다니."

아바가이는 입을 다물었다.

귀가 아프도록 광해의 이야기를 들어왔다.

그러나 이산에게는 한(恨)이 더 쌓이는 모양이다.

다음 날 오전.

이산에게 강홍립이 찾아왔다.

이제는 강홍립이 이산의 측근처럼 행동했고 조선군은 안산성의 경비를 맡고 있다.

둘이 마주 보고 앉았을 때 강홍립이 말했다.

"조선군 지휘관급 장수는 물론 군관 대부분이 새 조선 왕에 대한 반감이 넘치고 있습니다. 그래서 왜 각하께서 새 왕을 폐하고 광해대왕을 복귀시키지 않느냐고 묻습니다."

이산의 시선을 받은 강홍립이 쓴웃음을 지었다.

"그래서 각하께서는 오직 조선 백성을 전란에 휩쓸리지 않도록 자제하실 뿐이라고 했지만 납득시키기가 힘듭니다."

"조선은 몇백 명 군사로 왕조가 바뀔 수 있는 나라요."

이산도 쓴웃음을 짓고 말했다.

"창덕궁을 점령할 때 이괄은 군사 400명을 이끌었다고 들었소."

"저도 들었습니다. 창덕궁 안팎에 경비군 1천여 명이 있었지만 다 도망가고 투항했다더군요."

"목숨을 바쳐 왕과 조정을 지키겠다는 무장(武將)이, 관리가 없소."

"다 썩었습니다."

"어느 놈이 왕이 되어도 따르기만 하는 나라가 되었소."

그때 강홍립이 고개를 들었다.

강홍립은 명문의 자손이다.

부친 강신은 참판 출신이며 조부 강사상은 우의정을 지냈다.

강홍립이 입을 열었다.

"이대로 가면 조선을 정벌하지 않을 수가 없습니다. 세상 돌아가는 상황을 모르고 부패해서 망해 가는 명(明)에 사대를 주장하고 반란을 일으켜 왕을 내쫓다니요?"

"……."

"아무리 권력에 미쳤다지만 그런 명분이 어디 있습니까?"

강홍립의 목소리가 열기를 띠었다.

"냉전(冷戰)으로 전쟁이 교착상태에 빠진 지금 조선을 정벌, 새 왕을 잡아 죽이고 선왕(先王) 전하를 복귀시켜야 합니다."

이때 강홍립은 64세.

노장(老將)이지만 삼국지의 노장(老將) 황충에 못지않아서 한 번 뛰어 말에 오르고 하루에 3백 리를 달렸다.

"전하, 부르셨습니까?"

최경훈이 두 손을 방바닥에 짚고 광해를 보았다.

최경훈이 오면서 고기와 채소, 광해가 좋아하는 생선까지 가득 가져왔기 때문에 바깥마당은 수선스럽다.

유시(오후 6시) 무렵.

방에는 호롱불을 켜놓았다.

그때 광해가 입을 열었다.

"최 공, 음식까지 걱정해줘서 고맙네."

"더 해드리고 싶지만 참고 있습니다."

"난 이제 익숙해졌네."

세자 질 부부가 땅에 묻힌 지도 두 달이 지났다.

그때 광해가 고개를 들었다.

"최 공(公), 내가 편지를 썼으니 요동 땅에 계신 이 공(公)께 전해주게."

"예, 전하."

대번에 승낙한 최경훈이 광해를 보았다.

"전령을 급파하지요. 닷새 후면 대원수께서 읽어보실 것입니다."

그때 광해가 보자기에 싼 편지를 최경훈에게 내밀었다.

"내가 이루지 못한 일과 이 공(公)께 부탁드릴 내용도 썼네."

"대원수께서 다 들어드릴 것입니다."

갑자기 목이 멘 최경훈이 고개를 숙이고는 말을 이었다.

"전하, 어쩌다 이렇게 되셨습니까?"

저절로 터져 나온 말이어서 최경훈은 제 말을 제 귀로 듣고 나서야 당황했다.

그래서 고개를 들고 서둘러 말했다.

"아니올시다, 전하. 제가 늙어서 혼잣말이 가끔 새어 나옵니다."

"다 내 탓이네."

외면한 광해가 말을 이었다.

"당쟁을 없앤다고 했지만 모질지 못했어. 뿌리를 뽑아야 했는데 놔두었으니 자업자득이네."

"전하, 결국 피해를 보는 것은 백성입니다. 능양군 저놈이 백성들 생각이나 했겠습니까?"

"그래서 내가 편지에 썼네. 그것을 이산 공(公)과 아바가이 님께서 참고하시라고 말이네."

마침내 광해의 볼을 타고 눈물이 흘러내렸다.

"내가 군주의 자질이 부족했어. 그것이 백성에게 해로 돌아가면 안 되네."

최경훈도 고개를 숙인 채 눈물을 떨구었다.

이제 세자 질도 저세상으로 떠났다.

광해에게 남은 것은 폐비 유 씨와 박씨 가문으로 출가한 옹주 하나뿐이다.

비참한 말로가 아닌가?

"나는 여진 무사야."

김기성이 술잔을 들고 말했다.

"이제 조선인은 아니다. 그러니 조선에 미련도 원한도 없다."

"옳지."

앞에 앉은 차이바가 고개를 끄덕였다.

"네가 여진녀(女)를 아내로 맞고 자식을 낳으면 그때는 절반 여진인이 돼."

차이바가 말을 이었다.

"그리고 네가 죽고 나면 네 자식들은 그때부터 진(眞) 여진인 행세를 하게 될 거다, 조상은 잊어버릴 테니까."

"이 상놈의 족속."

둘은 여진어로 대화했기 때문에 김기성의 욕을 차이바가 알아듣지 못했다.

그저 '나쁜 놈' 정도로만 들은 것이다.

여진은 양반, 상민, 종의 구분이 없다.

적을 잡아 노예로 부리기도 하지만 그 노예가 여진인과 결혼하면 같은 부족이 된다.

술시(오후 8시) 무렵.

강화도 서북단의 민가 안.

최경훈의 수하 1백인장 김기성과 차이바가 술을 마시고 있다.

최경훈이 광해를 만나러 갔기 때문에 모처럼 긴장이 풀린 상태다.

방을 나온 김기성이 뒷마당으로 다가갔을 때다.

뒷마당의 측간 옆에 서 있는 사내가 보였다.

담장에 붙어 서 있어서 얼른 눈에 띄지 않는다.

"누구냐?"

이미 주위는 짙은 어둠에 덮여 있어서 얼굴은 구분되지 않는다.

그러나 이곳 골짜기의 민가 3채에 최경훈의 본부가 자리 잡고 있다.

김기성은 본채 경비대장인 것이다.

그때 사내가 주춤대는 것 같더니 갑자기 몸을 비틀면서 훌쩍 담장을 뛰어넘었다.

날렵한 동작이어서 한 손을 담장 위에 짚더니 몸을 솟구쳤다.

발도 딛지 않고 사라진 것이다.

"괴한이다!"

그 순간 버럭 소리친 김기성이 허리에 찬 칼을 빼들었다.

그러고는 내달려 담장을 차면서 뛰어올랐다.

김기성도 손도 대지 않고 담장을 뛰어 건넌 것이다.

"조선군 밀정이야."

차이바가 말했다.

"그런데 그놈 재빠르군. 골라서 보낸 무관(武官)인 것 같다."

주위는 여진 군사들이 서둘러 오가고 있다.

347

여진 군사지만 모두 조선인 복장을 해서 티는 나지 않는다.

군사들이 주변을 훑었지만 사내는 종적을 감춘 것이다.

"이곳이 분부니까 염탐하러 왔겠지."

차이바가 말했을 때 김기성이 고개를 들었다.

"내가 나리를 모시러 가야겠다."

최경훈이 광해의 처소로 간 것이다.

그때 차이바가 말했다.

"나도 같이 가겠다."

김기성은 함경도 길주 출신으로 상민이다. 32세.

종성에서 병마사 눈에 띄어 장교가 되었다가 2년 만에 탈영했다.

병마사가 역모에 연루되어 삭탈관직당하고 유배되었기 때문이다.

부모처럼 여기던 병마사여서 장교는커녕 조선 땅에 발을 붙이기도 싫어서 두만강을 건넌 것이다.

그러고는 여진군에 지원하여 졸병에서 1백인장까지 되었으니 그야말로 자수성가한 셈이다.

김기성은 어렸을 때 검술, 마술을 배웠는데 특히 장검과 단검을 양손에 쥔 양검술(兩劍術)이 출중했다.

뛰어난 검객이었지만 조선에서는 알아주는 사람도, 써먹을 데도 없었기 때문에 겨우 병마사의 호위무사가 되었던 것이다.

그러다 여진 군사가 되어 실력을 발휘하게 되자 1백인장까지 올라 이번에 최경훈의 호위대장으로 따라온 것이다.

"저기 오십니다."

앞서가던 10인장 알타이가 앞쪽을 가리키며 말했다.

김기성의 눈에도 어둠 속에서 어른거리는 인마의 모습이 드러났다.

이곳은 바닷가의 늪지다.

조심성이 많은 최경훈은 지름길을 피해 늪지로 돌아오고 있다.

김기성이 말에 박차를 넣고 다가갔더니 과연 최경훈이다.

최경훈은 호위무사 넷을 거느리고 오는 중이다.

"네가 웬일이냐?"

마중 나온 김기성을 보자 최경훈이 물었다.

김기성은 기마군 10여 기를 이끌고 있다.

따라오겠다는 차이바에게 저택 경비를 맡기고 온 것이다.

다가선 김기성이 말 머리를 나란히 붙이고 나서 말했다.

"저택에 잠입한 괴한을 놓쳤습니다. 그래서 걱정되어서 온 길입니다."

"괴한이 잠입했어?"

"예, 빠른 놈이었습니다."

"그렇다면 내 거처가 알려져 있겠다."

"예, 대장군."

고개를 든 최경훈이 김기성을 보았다.

어둠 속에 눈이 번들거리고 있다.

"나리, 거처 안팎에 2백 명이 넘는 여진인이 포진하고 있습니다."

곽상표가 말을 이었다.

"기습해도 최소 5백 명 군사는 있어야 됩니다."

"아니."

오백진이 고개를 저었다.

"다 죽이라는 게 아니야. 딱 한 명. 최경훈만 사살하면 된다."

"나리, 최경훈을 찾다가 하마터면 놈들에게 잡힐 뻔했습니다."

"기회를 노려야지. 일단 거처 주변에 정탐병을 깔아놓은 후에 최경훈의 동선(動線)을 알아내도록."

오백진이 말을 이었다.

"그리고 그 동선에 포수들을 배치하는 거다."

"예, 나리."

"곽 별장, 네가 이번에 공을 세우면 병마사는 따놓은 것이나 같다."

"과분합니다."

쓴웃음을 지은 곽상표가 오백진을 보았다.

"저는 5품 종사관이면 더 이상 욕심부리지 않겠습니다."

"당치도 않는 말이야."

오백진이 버럭 화를 내었다.

"지금 김류에게 붙어있는 장병구도 6품 수문장이었다. 그놈이 반년 만에 3품 선전관이 되었지 않으냐?"

"하긴 그렇습니다."

"네가 창덕궁에 제일 먼저 진입했는데 비장에서 6품 별장으로 한 계단만 오르다니, 그래서 부원수께서 대로하신 거다."

"김류가 죽일 놈이지요."

"이번에 최경훈을 죽이면 그것이 김류, 이귀의 소행으로 드러날 테니 그때는 여진군이 쏟아져 내려올 것이야. 그렇게 되면 세상이 또 한 번 뒤집힌다."

오백진이 번들거리는 눈으로 곽상표를 보았다.

"부원수의 세상이 될 것이다."

오백진은 이번에 북방수비군의 부원수로 임명된 이괄의 심복인 5품 도사다. 이괄과 함께 지난번 거사에 참여했다가 오백진도 한 계단만 승진했다. 이괄은 반정의 일등공신인데도 주류 세력인 비겁자 김류, 김자점 등에게 배척당한 것이다.

전충은 요동지역 총사령에 임명된 지 4년 반이 된다.

전충이 환관 위충현 무리에게 호의적이지 않은데도 요동에 오래 머물게 된 이유는 간단하다.

전충이 환관의 전횡에 대해서 방관적인 데다가 요동지역으로 보낼 마땅한 적임자가 없기 때문이다.

없을 뿐만 아니라 물망에 오른 당사자가 적극적으로 기피하는 상황이다.

병탈을 하거나 심지어는 종적을 감추기까지 했다.

그 이유도 분명하다.

환관에게 충성했다가 역적으로 몰리기 쉬운 것이다.

밀실로 들어선 전충이 자리에서 일어선 사내를 보았다.

한인 복장의 50대 사내다.

전충을 수행한 부사령 유천이 말했다.

"여진 다이락족이며 이산 공(公)의 군사인 요중입니다."

그때 사내가 고개를 숙였다.

"총사령을 뵙습니다."

"음, 그대 이야기 들었어."

자리를 권한 전충이 앞쪽에 앉는 요중을 지그시 보았다.

"다이락족장 유니마하고 어릴 적 친구 사이지?"

"잘 아시는군요."

쓴웃음을 지은 요중에게 전충이 말을 이었다.

"나한테 누르하치 님의 밀사가 자주 온다는 것 알지?"

"서로 합의하신 내용까지 압니다."

"그걸 내가 믿었으리라고 생각하나?"

"황제께서도 믿지 않으셨을 겁니다."

"그대는 또 어떤 지키지 않을 조건을 갖고 온 건가?"

"같이 기다리자고 말씀하셨습니다."

"흥, 이산 공하고 같이 말인가?"

"예."

"시간과의 전쟁을 하자는 것 같은데."

"지금 황제 폐하와 대원수 각하 간의 관계가 그렇습니다."

"누가 이길 것 같은가?"

"대원수께서 이미 이기고 계십니다."

"하긴. 이 공이 누르하치 님보다 연하지만."

고개를 든 전충이 요중을 보았다.

"이것 봐, 죽음은 나이순으로 찾아오는 것이 아니지 않나?"

"황제께서는 지난달부터 공식 석상에 나타나지 않으십니다."

"무슨 말인가?"

이맛살을 찌푸린 전충이 요중을 보았다.

옆에 앉은 유천도 긴장하고 있다.

그때 요중이 말했다.

"폐하의 모친 가문에 유전병이 있지요. 아마 그 병에 걸리신 것 같습니다."

"정신은 오히려 더 멀쩡하시오."

호부상서 올토르가 말했을 때 만파쿤이 길게 숨부터 뱉었다.

"기어코 일이 났구나."

이곳은 후금(後金)의 수도인 봉천성 황궁 안.

청의 구석에서 만파쿤과 올토르가 마주 보고 서 있다.

유시(오후 6시) 무렵.

청 안에 불을 밝혀놓았지만 둘은 기둥의 그늘에 숨듯이 서 있다.

올토르가 말을 이었다.

"저한테 절대로 발설하면 안 된다고 폐하께서 직접 말씀하셨지요. 위사대장 하시바크도 몇 번이나 경고를 했지만 가만있을 수는 없었습니다."

"이것 봐, 올토르."

주위를 둘러본 만파쿤이 기둥 옆에 바짝 붙어 섰다.

넓은 청 안에는 둘뿐이다.

방금 하시바크가 고관들에게 황제의 지시를 전달하고 돌아간 후다.

"폐하의 상태를 자세히 말해라."

"예, 아저씨."

어깨를 부풀린 올토르가 입을 열었다.

"반신이 모두 마비되었습니다. 오른쪽 팔과 다리가 뒤틀려서 부축을 받아야 보행이 됩니다."

"얼굴은?"

"뒤틀리지 않았습니다."

"말은 제대로 하시는가?"

"예, 아저씨."

올토르는 만파쿤의 친척 조카뻘이 된다.

부족이 다르지만 다 얽혀있는 것이다.

올토르가 말을 이었다.

"15일쯤 전에 술을 드시다가 갑자기 쓰러지셨다고 합니다."

"대신 중에서 아는 사람은 몇이나 되나?"

"다섯 명도 안 되는 것 같습니다. 저는 군량과 창고 관리를 맡았기 때문에 폐하의 직접 지시를 받아야 하는 관계로 어쩔 수 없이 대면하게 된 것입니다."

"끝났어."

만파쿤이 잇새로 말하고는 다시 주위를 둘러보았다.

"울토르, 너는 잠시 고향에 내려가 있는 것이 낫겠다."

이산이 만파쿤의 아들 브라타이를 만난 것은 그로부터 엿새 후다.

만파쿤은 위험한 편지 대신 아들을 보내 구두로 전달하는 것이다.

유시(오후 6시) 무렵.

이산과 아바가이가 측근 서너 명만 데리고 밀실에서 브라타이를 만나고 있다.

브라타이가 입을 열었다.

"폐하가 반신불수 상태가 되었습니다. 오른쪽 몸이 마비되어 혼자서 거동을 못 합니다."

순간 밀실 안에 숨소리도 들리지 않았다.

누르하치의 변고다.

브라타이가 다시 말을 잇는 동안 이산은 시선만 주었다.

이윽고 브라타이의 말이 끝났을 때 이산이 물었다.

"지금 정사는 누가 집행하고 있느냐?"

"마바스 장군이 외부에 나가 있어서 하시바크 위사장이 폐하의 명을 집행하는 형식입니다."

이산이 고개를 끄덕였을 때 브라타이가 말했다.

"아버님이 대원수 각하의 지시를 기다린다고 했습니다."

"예상했던 대로 소문이 사실이었구나."

이산이 정색하고 말을 이었다.

"누르하치 님의 변고를 이용하기는 싫다."

"예."

"좋은 약이 있다면 구해서 보내주고 싶은 심정이야."

"예."

"누르하치 님은 날 제거하려고 마바스에게 암살단을 이끌도록 하셨지만 난 그렇게 안 한다."

이산의 얼굴은 상기되었고 눈도 흐려졌다.

이산이 말을 이었다.

"만파쿤이 내 말뜻을 이해할 것이다. 휩쓸리지 말고 기다리라고 해라."

"예, 대원수님."

브라타이가 두 손을 짚고 엎드렸다.

밀실에 측근들만 남았을 때 요중이 말했다.

"마바스와 하시바크 사이에 권력 투쟁이 일어날 것입니다. 둘 다 양보하지 않겠지요."

"……"

"원로들도 두 패로 갈리게 되면 내란이 일어납니다."

"……"

"왕자 중에서 후계자로 내세울 만한 인물이 없습니다. 그러니 마바스와 하시바크 둘이 대권을 쥐려는 것이지요."

그때 아바가이가 말했다.

"둘을 함께 처단해야 됩니다. 그것이 여진 부족과 황제 폐하를 위한 길입

니다."

"지금도 암살대가 횡행하고 있습니다. 기다리기만 할 수는 없습니다."

신지가 말을 이었다.

"마바스부터 찾아 없애야 합니다."

그때 이산이 말했다.

"기다려라."

정색한 이산이 측근들을 둘러보았다.

"우리만이라도 누르하치 님께 예의를 지키도록 하자."

마바스가 봉천성에 돌아왔을 때는 술시(오후 8시) 무렵이다.

떠난 지 두 달 만에 돌아온 것이다.

누르하치의 지시로 조성되었던 암살대도 흐지부지된 것이다.

하시바크를 만난 마바스가 대뜸 말했다.

"이봐, 하시바크. 폐하가 저렇게 되셨다는 걸 왜 나한테 알려주지 않았나?"

"아니. 내가 언제?"

어깨를 부풀린 하시바크가 마바스를 보았다.

위사대 본부의 청 안이다.

주위에 양측 간부들이 서 있었는데 모두 긴장하고 있다.

마바스가 하시바크의 시선을 맞받았다.

"하시바크, 네가 언제부터 폐하의 대리인이 되었지?"

"폐하의 지시야."

"네가 언제부터 나한테 대등한 위치로 말을 놓았지?"

마바스가 한 걸음 다가섰다.

"이 여우 같은 놈. 내가 지금 폐하를 만나야겠다."

"그건 안 되겠는데."

어깨를 부풀린 하시바크가 눈을 부릅떴다.

"폐하가 허락하지 않으셨어."

"네가 어떻게 아나?"

"폐하가 부르실 때까지 기다려."

"내가 가야겠는데."

마바스가 이를 드러내고 웃었다.

"지금 들어가겠다, 하시바크. 날 막아보아라."

그러고는 마바스가 몸을 돌렸다.

잠시 후에 하시바크 앞으로 부장 하나가 달려왔다.

"대장, 백군(白軍)이 내궁(內宮) 앞으로 몰려가고 있습니다! 그 뒤를 백테군이 따릅니다!"

눈을 치켜뜬 하시바크가 벌떡 일어섰다.

"위사대를 모아라!"

"얼마나 모을까요?"

"예비대까지 모아!"

부장이 달려나갔을 때 참모 보르고가 다가와 섰다.

"대장, 놔두시지요."

"뭐가 말이냐?"

"마바스 님을 폐하와 만나게 해주시는 게 나을 것 같습니다."

"그놈이 만나서 무슨 짓을 할지 모른다!"

"우리가 만나지 못하게 할 수도 없지 않습니까? 그렇게 되면 우리가 폐하를 감금하고 있다는 소문이 납니다."

그 순간 하시바크가 숨을 들이켰다.
그러면 마바스가 선동할 것이다.

<2권에 계속>

대야망 1권

초판1쇄 인쇄 | 2025년 9월 4일
초판1쇄 발행 | 2025년 9월 10일

지은이 | 이원호
펴낸이 | 박연
펴낸곳 | 한결미디어

등록 | 2006년 7월 24일(제313-2006-000152호)
주소 | 서울시 마포구 모래내로 83 한올빌딩 6층
전화 | 02-704-3331
팩스 | 02-704-3360
이메일 | okpk@hanmail.net

ISBN 979-11-5916-230-5(04810) 979-11-5916-229-9 (세트)

ⓒ한결미디어

- 책값은 뒤표지에 있습니다. 잘못 만들어진 책은 구입처나 본사에서 교환해드립니다.
- 이 책은 저작권법에 의해 보호받는 저작물이므로 무단전재와 복제를 금합니다.